Dörte Schipper

Den Tagen mehr Leben geben

Dörte Schipper

Den Tagen mehr Leben geben

Über Ruprecht Schmidt, den Koch, und seine Gäste

Lübbe

Lübbe Hardcover in der Bastei Lübbe GmbH & Co. KG

Originalausgabe

Textredaktion: Dr. Stefanie Heinen
Umschlaggestaltung: Rolf Hörner
Umschlagmotiv: © shutterstock/gdm
Satz: Dörlemann Satz, Lemförde
Gesetzt aus der Janson Text
Druck und Einband: GGP Media GmbH, Pößneck

Printed in Germany
ISBN 978-3-7857-2385-2

5 4 3 2 1

Sie finden uns im Internet unter: www.luebbe.de
Bitte beachten Sie auch: www.lesejury.de

Vorwort

Alles das bist du für mich
wie könnte ich leben ohne Dich?
Alles das und noch viel mehr
ich geb' dich nie wieder her
Alles das bist du für mich
so viele Gesichter ich fass' es nicht
Alles das und noch viel mehr
darum lieb' ich dich so sehr
aus: »Alles das bist du für mich«

Als ich gefragt wurde, ob ich mir vorstellen kann, ein Vorwort zu diesem Buch zu schreiben, habe ich gesagt: »Klar, das mache ich.«

Genuss und Leben – Abschied und Sterben.

Ich bin ein Genussmensch, das weiß jeder, der mich kennt. Ich habe bis jetzt Glück gehabt in meinem Leben, viel Glück. Um mich herum gab es Einschläge. Freunde, die mir sehr nahe standen, starben.

Auch wenn ich fassungslos und sprachlos bin: In der Musik finde ich Worte. In meinen Liedern fällt es mir leichter, mich mit Abschied, Sterben und Tod zu beschäftigen – auf meine Art.

Der Tod ist ein Irrtum
ich krieg' das gar nicht klar
Die rufen gleich an und sagen:
Es ist doch nicht wahr
Es war nur 'n Versehen
war 'n falsches Signal
aus irgendeinem fernen Sternental
aus: »Stark wie Zwei«

Ich geh' raus in die fremde Stadt
die für mich keine Liebe hat
geh' in irgend 'ne Bar
und du bist nicht da
ich vermisse dich so
Im Moment ist mir egal, was sonst so um mich 'rum passiert
Im Moment bist du alles, was mich wirklich interessiert
Warum bist du jetzt nicht hier?
Ich starre auf eine Tür
und stelle mir vor, sie geht auf
und du bist bei mir
Die Augen zu – ich zähl bis zehn
ich mach sie auf, und ich kann dich sehn
Die Augen zu – ich zähl bis zehn
Die Zeit soll schneller, schneller vergehn
aus: »Die Augen zu«

Ich wähl' deine Nummer
doch du gehst nicht mehr ran
Mir wird schockmäßig klar
es ist doch wahr:
Du kommst nicht mehr
doch ich lass' mich davon
nicht zu Boden schmettern
Der Fährmann setzt dich über 'n Fluss rüber
Ich spür' deine Kraft geht voll auf mich über.
aus: »Stark wie zwei«

Liebe ist Aufstand gegen den Tod
und daß alles so vergänglich ist
ich seh das ewige Morgenrot
wenn dein heißer Mund mich küßt
Liebe ist absolut unbescheiden
und begnügt sich nicht mit dem Heute

sie fordert nach Morgen und Übermorgen
jedenfalls für manche Leute
für mich – für dich?
aus: »Der Lindische Ozean«

Ich geh' die Straße runter
stark wie zwei
Egal, wohin ich geh
du bist dabei
Ich bin jetzt stark wie zwei
Ich heb' mein Glas und trink' auf dich
Da oben hinter den Sternen
ich vergess' dich nicht
Auch wenn ich heute dich so hart verlier'
so bleibst du doch hier für immer bei mir

Du hast immer gesagt
ich soll nicht so lange trauern
Ich soll in deinem Namen richtig weiterpowern
aus: »Stark wie Zwei«

Ich kenne das Hospiz *Leuchtfeuer* seit vielen Jahren.

Ich finde es großartig, dass es diesen Ort, an dem schwerkranke Menschen würdevoll ihren letzten Lebensabschnitt verbringen, gibt. In einer Atmosphäre, die ihnen ein Stück Heimat bietet, ein Stück Normalität.

Es hat mich sehr bewegt, über die Arbeit von Ruprecht Schmidt zu erfahren. Er leistet einen super Job: ein Spitzenkoch, der sterbenskranke Menschen in einem Hospiz kulinarisch verwöhnt.

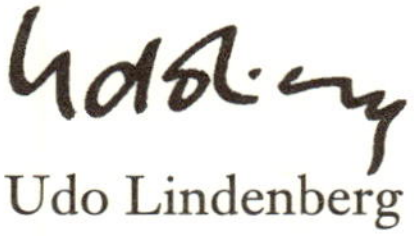

Udo Lindenberg

Ich habe häufig zu hören bekommen: »Was soll ein Koch im Hospiz? Stellt doch lieber einen Pfarrer ein.«

Das stimmt einfach nicht, das muss man erlebt haben, sonst kann man das schwer begreifen.

Essen gehört zu den schönsten Freuden des Lebens. Schon die Vorfreude durch die verschiedensten Gerüche, ob beim Backen oder Kochen, weckt Erinnerungen an das eigene Zuhause. Für die sterbenskranken Menschen bedeutet das ein Stück Normalität.

Man könnte ja meinen, dass ich ganz abgebrüht mit dem Tod oder mit dem Sterben umginge, ich super gewappnet wäre. Wie oft sagen mir Leute: »Für dich ist das ja bestimmt kein Problem, eines Tages loszulassen. Wer so viel mit Sterben und Tod konfrontiert wird wie du.«

Ich stelle für mich immer wieder fest, das ist überhaupt nicht der Fall. Ich habe sehr viele Menschen hier erlebt, sterben sehen. Das gibt mir vielleicht eine gewisse Lässigkeit, über den Tod zu reden. Aber es gibt mir noch keinerlei Ahnung, wie ich mich eines Tages verhalten werde. Also, was ich eines Tages empfinde, wenn ich sterbe.

Meine Angst vor meinem eigenen Tod ist noch genauso groß wie vor elf Jahren, als ich hier angefangen habe. Dies zu wissen, das ist mir noch mal klar geworden, kann einen vor Überheblichkeit schützen. Natürlich wäre es manchmal einfacher, aus einem Zimmer rauszugehen und zu sagen: »Mein Gott, warum kann der Mensch nicht loslassen? Er wird sterben, das sieht man doch …« Aber es ist arrogant, wenn man meint zu wissen, was für den anderen richtig oder falsch ist, wie er sich zu verhalten hat.

Ich finde das eine ganz merkwürdige Vorstellung: Eines Tages wache ich nicht mehr auf oder falle tot um. Und wie das wäre, wenn ich da jetzt liegen würde und gar keinen Anteil am Geschehen mehr hätte. Wie geht das Leben für die Menschen, die ich kenne, ohne mich weiter? Es ist so ein absurder Gedanke, ich könnte was verpassen. Das hindert mich in meiner Vorstellung schon wieder dran loszulassen. Oder man wünscht sich, wie und wann man stirbt und sagt: »Nein, jetzt will ich überhaupt noch nicht sterben, das kommt gar nicht infrage.«

Das ist auch so eine Überheblichkeit. Als ob man Zeitpunkt und Ablauf beeinflussen oder bestimmen, es auf den Wunschzettel schreiben könnte!

Ich definiere mich als Koch nicht mehr darüber, wie viel gegessen wird, sondern danach, ob ich die Menschen damit erreiche. Hier im Hospiz zu kochen ist für mich sehr, sehr stimmig. Diese Art von Arbeit habe ich immer gesucht. Wenn ich es schaffe, ein Essen genau so zu kreieren, wie ein Sterbenskranker sich das vorgestellt hat, kann ich mich jedes Mal aufs Neue darüber freuen. Du kommst ins Zimmer rein, fragst, ob es geschmeckt hat, und der Mensch strahlt dich an und sagt: »Klasse!«

Das ist einfach Genuss. Das ist Genuss pur.

1

So ein Coq au Vin schmeckt am besten, wenn das Fleisch mindestens sechs Tage in einem Sud aus Rotwein und Gewürzen eingelegt war. Ruprecht Schmidt steht in der Küche am Fenster, begutachtet die rosa gefärbten Hähnchenschenkel und ist sichtlich zufrieden: »Die Farbe ist genau richtig. Jetzt müssen die Schenkel ein bisschen abtropfen, dann werde ich sie schön kross anbraten und mit einem trockenen roten Tafelwein ablöschen. Das muss laut zischen.«

Seine leuchtenden Augen signalisieren es – auf dieses Geräusch freut er sich schon.

Wie ein klassischer Koch sieht Ruprecht Schmidt nicht aus: Jeans, dunkles kariertes Hemd, hochgekrempelte Ärmel. Die lange blaue Schürze hat er lässig um die Hüften gebunden. Diese unkonventionelle Arbeitskleidung passt zu ihm. Er ist nicht der Typ, der sich gerne zu weit aus dem Fenster lehnt. Eher beiläufig sagt er: »Ja, es waren schon ziemlich gute Restaurants, in denen ich gearbeitet habe.«

Von seiner Vita träumt manch anderer ein Leben lang: der Zwei-Sterne-Gourmet-Tempel an der Elbchaussee, das Toprestaurant in einem Hamburger Szenestadtteil – nur zwei Etappen einer beruflichen Karriere, die von Beginn an auf Erfolgskurs war und vielversprechend hätte weitergehen können. Noch bessere Läden, noch edlere Gäste, noch mehr Anerkennung. Vom Spitzen- zum gekrönten Meisterkoch – wäre da nicht jeder Superlativ zu toppen gewesen? Für Ruprecht Schmidt nicht. Als er seinen jetzigen Job bekam, war das für ihn wie ein Sechser im Lotto.

Ruprecht Schmidt kocht im *Leuchtfeuer*, einem Hamburger Hospiz. Seine Gäste besprechen nicht bei einem Business Lunch den nächsten Geschäftsabschluss, überlegen nicht bei einem romantischen Dinner, wo sie im übernächsten Jahr heiraten wollen, ob unter Palmen in der Karibik oder doch lieber im Heißluftballon über der Elbe. Für Zukunftspläne haben die Gäste im *Leuchtfeuer* keine Zeit mehr. Sie sind sterbenskrank, müssen vom Leben Abschied nehmen.

Diese Menschen kulinarisch zu verwöhnen ist Ruprechts Aufgabe. Eine Herausforderung, der er sich Tag für Tag neu stellt – und die mit seinen früheren Jobs in keiner Weise vergleichbar ist. »Im Hospiz hat Essen eine besondere Wertigkeit«, sagt er. »Wenn ich in einem Restaurant bin, gut bedient werde, von der Vorspeise bis zum Dessert alles vorzüglich schmeckt, gehe ich davon aus, den Besuch in diesem Lokal wiederholen zu können – egal, ob einige Wochen oder Monate später. Wenn ich als Schwerkranker hier im Haus esse, kann es mein letztes Essen gewesen sein. Ich habe vielleicht nur noch diese eine Gelegenheit und sollte umso mehr versuchen, sie in vollen Zügen zu genießen.«

Ruprecht Schmidt ist ein Mann der leisen Töne. Seine Stimme klingt ruhig und sympathisch. Er ist sechsundvierzig Jahre alt, ein schlanker, sportlicher Typ mit kurzen lockigen Haaren und freundlichen Augen.

Wie fast immer arbeitet er an diesem Morgen allein in der großen Küche. Dass er Profi ist, ist nicht zu übersehen. In atemberaubendem Tempo schneidet er lässig mit einem langen Messer Möhren und Sellerie in gleich große Stücke, Lauch in feine Scheiben und gerät dabei ins Schwärmen: »Coq au Vin ist eine Köstlichkeit, die man supergut vorbereiten kann. Nach dem Anbraten gebe ich das Gemüse zu den Hähnchenschenkeln und lasse alles zusammen zwei Stunden bei kleiner Flamme im Backofen schmoren. Wenn das Fleisch schön zart ist, kümmere ich mich um die Soße, schmecke sie ab und verfeinere sie mit frischen Kräutern.«

Dazu wird er Rosmarinkartoffeln und einen bunten Salat

reichen, als Nachtisch ein Zitronenparfait mit karamellisierten Bananen servieren. Zigmal hat er dieses Menü schon zubereitet. Im Lauf der Zeit hat es sich zu so etwas wie einem Klassiker entwickelt, der bei den Bewohnern, ob jung oder alt, immer wieder gut ankommt. Ruprecht selbst schließt sich der Fangemeinde an. Obwohl es erst neun Uhr morgens ist und noch lange hin bis Mittag, läuft ihm vor Vorfreude das Wasser im Mund zusammen. Mit einem strahlenden Lächeln bringt er seine Kochphilosophie auf den Punkt: »Essen gehört zu den schönsten Freuden des Lebens!«

Seit der Gründung des Hospizes vor elf Jahren ist Ruprecht Schmidt sein eigener *Chef de Cuisine* in einem Zuhause für Todkranke. Mitten in St. Pauli, wenige hundert Meter von der Reeperbahn entfernt, bietet das Hospiz Platz für elf Bewohner. Die meisten leben hier nicht länger als ein paar Wochen.

Wenn der Spitzenkoch an seinen ersten Arbeitstag im *Leuchtfeuer* zurückdenkt, wischt er sich mit dem Handrücken über die Stirn, als stünden dort dicke Schweißperlen. Es war damals eine Mischung aus Aufregung und Nervosität. Ihm fehlte die Erfahrung, wie er als Koch sterbenskranken Gästen begegnen sollte – und welche Reaktionen ihn erwarteten. Er war unsicher, ob er die richtigen Worte finden würde, wenn er als Koch die Zimmer betrat. Er hatte Bammel, die Bewohner könnten entweder gar nicht oder über mehr als nur Essen mit ihm reden wollen. Auf Gespräche über Leid und Angst war er aber nicht vorbereitet.

Wie ernst sollte er, wie locker durfte er auftreten? Musste er sich von nun an jedes Lachen verkneifen, stattdessen betretenen Blickes durch die Gegend laufen, wann immer er die Küche verließ? Womöglich zeigten seine Gäste nicht das Interesse am Essen, das er sich erhoffte und das ihm selbstverständlich erschien. Zur Vorbereitung auf seinen neuen Job hatte er sich zwei Bücher über Ernährung für Krebs- und Aidskranke gekauft. Er wollte gesund kochen, Vollwertkost anbieten. »Nach drei Tagen habe ich gemerkt: Das interessiert keinen. Ich bin auf meinen gesamten Grünkernbratlingen sitzen geblieben. Die Leute wollten genießen, etwas auf dem Teller haben, das ihnen schmeckte, das sie kannten. Wenn es ein Schweinefilet war, mit dem ich sie glücklich machen konnte, haben sie es von mir bekommen. Und nicht noch daneben den Grünkernbratling, nur damit ich sagen konnte: ›Ich koche vollwert.‹«

Um eine Erfahrung reicher, zerriss er seinen ersten Wochenspeiseplan und schrieb einen völlig neuen.

Das Konzept, das er sich seinerzeit überlegte, hat sich bis heute bewährt. Täglich bietet er ein Menü à la carte an, und wer etwas anderes möchte, bekommt es – selbstverständlich auch Vollwertkost. Ruprecht schmunzelt. »In der ersten Zeit sind meine Speisepläne sehr qualvoll entstanden. Natürlich habe ich vorher im Restaurant auch welche geschrieben, aber anders. Wenn Wildzeit war, gab es in verschiedenen Variationen die ganze Woche Wild. Das Gleiche mit Spargel oder Muscheln. Ich musste mich gewaltig umstellen, zeitloser planen und von vornherein mehr Abwechslung anbieten. Es kamen plötzlich so viele unterschiedliche Geschmäcker zusammen, die es zu berücksichtigen galt.«

Das Repertoire des Spitzenkochs deckte sich damals nicht unbedingt mit den Wünschen seiner neuen Gäste. Er konnte zwar eine Seeigelterrine zubereiten, Fasanen rupfen und Hummer knacken. Auf dem Gebiet der Hausmannskost hatte er allerdings einiges nachzuholen. »Klar wusste ich, wie eine Roulade geht, aber bei Frikassee fing es schon an, schwierig zu werden. Das hatte ich vorher so lange nicht gekocht, dass ich nachschlagen musste. Es war auch ungewohnt für mich, einen simplen Grießbrei oder Milchreis mit Zimt und Zucker zu machen.«

In der gehobenen Gastronomie, aus der er kam, waren Süßspeisen wie Crème brûlée, Mousse au Chocolat oder Parfaits mit exotischen Früchten en vogue, aber nicht so etwas Profanes wie Grießbrei.

Kein guter Start.

Am fünften Tag im neuen Job musste der Koch kapitulieren – das erste und bislang letzte Mal. Er kam vom Einkaufen, war bepackt mit Obst und Gemüse. Der Bewohner, ein junger aidskranker Mann, saß auf einer der Bänke vor dem Hospiz und rief ihm zu: »Sag mal, ich hätte gerne einen Burger. Machst du mir den?« Natürlich wollte er ihn mit Ketchup und Pommes, eben das volle Programm.

O je, dachte Ruprecht, sollte das seine Zukunft sein? Im Geiste sah er sich von montags bis freitags an der Friteuse stehen.

»Ich wette«, sagte der Bewohner, »du bekommst den Burger nicht so hin, wie ich ihn gerne möchte.«

Auf diese Wette ließ sich der Koch gar nicht erst ein, er hätte sie nur verlieren können. Stattdessen brachte er schnell seine Einkäufe in die Küche, ging wieder nach draußen, schwang sich auf sein Fahrrad und fuhr los. Sein Ziel war die Fast-Food-Kette, die die Geschmacksnerven des jungen Mannes jubeln ließ. Dort besorgte er den Hamburger, inklusive Pommes rotweiß.

Die Geschichte seiner bislang einzigen Niederlage ist für Ruprecht Schmidt unvergesslich – auch aus einem anderen Grund. Als er mit dem Burger zurückkam, bedankte sich der Bewohner: »In meinem Leben hat noch nicht oft jemand so was für mich getan.«

Die Bemerkung ging dem Koch unter die Haut – mal kurz losradeln, na und? Das war für ihn nicht mehr als eine kleine Geste.

Ein paar Tage später wollte der Burger-Fan unbedingt Pizza, und Ruprecht legte sofort los. »Die hab ich natürlich selbst gemacht, gleich ein riesiges Blech. Die Stücke habe ich einzeln eingefroren, damit er sich jederzeit, wenn ich nicht da war, eins warm machen lassen konnte. Der hat so gestrahlt, und bei mir hat es klick gemacht.«

Was er jahrelang theoretisch wusste, erlebte er plötzlich hautnah: Durch seinen Beruf konnte er nicht nur zum leiblichen, sondern auch viel zum psychischen Wohlbefinden anderer Menschen beitragen.

Jeden Morgen, wenn er das Haus von *Leuchtfeuer* betritt, vergegenwärtigt er sich seine Aufgabe. In der Eingangshalle hängen nebeneinander die Fotos der Mitarbeiter, auch das des Kochs. Darüber steht in großen Buchstaben der Leitspruch des Hauses: »Wir können dem Leben nicht mehr Tage geben, aber den Tagen mehr Leben.«

Diese Worte hat Ruprecht Schmidt verinnerlicht. Das Leben der Bewohner verlängern kann er nicht, es versüßen schon.

Direkt neben der Küche, im lichtdurchfluteten Esszimmer, sitzt Rolf Führing bei einem späten Frühstück. Das selbst gemachte Quittengelee findet er vorzüglich. Es ist sein erster Morgen im Hospiz.

Direkt von der Klinik wurde der Neunundsechzigjährige gestern Nachmittag im Krankenwagen hergebracht. Er lag hinten auf der Trage, sein Sohn Christoph begleitete ihn. Während der Fahrt über den Kiez alberten die beiden herum, planten der Realität zum Trotz für den ersten warmen Frühlingsabend einen Reeperbahnbummel.

Die Ankunft war hastig. Schnell raus aus dem Wagen, die Rampe hoch, rein ins Hospiz – wie am Fließband. Für die beiden Männer, die ihn auf der Krankentrage transportierten, war es ein Routinejob, für Rolf Führing der neue, unbekannte Anfang seines letzten Lebensabschnitts. Er hatte keine Gelegenheit, die ihm fremde Umgebung zu betrachten. Nicht einmal flüchtig konnte er von außen einen Blick auf das Haus werfen, in das er geschoben wurde. Nachdem er in der Eingangshalle war, kehrte jedoch sofort Ruhe ein. Er wurde freundlich begrüßt, als ob man ihn kannte, er schon länger hier wohnte und nur von einem Ausflug zurückkäme. Und in seinem Zimmer stand der bequeme, ein wenig in die Jahre gekommene, große hellbraune Ledersessel aus seinem Wohnzimmer. Unzählige Stunden hatte er darin gesessen, ob zum Lesen oder Fernsehen. Sein Sohn hatte für ihn den Transport des einzigen Teils organisiert, das er von zu Hause haben wollte. Die anderen Möbelstücke gehören zur Ausstattung des Hospizes: Kommode, Kleiderschrank und Stühle aus hellem Holz.

Rolf Führing war zunächst skeptisch. Die Einrichtung wirkte in seinen Augen sehr modern, nicht zu vergleichen mit seinen eigenen Möbeln daheim. Sogar einen Flachbildfernseher gab es. Als er noch gesund war, hatte er überlegt, einen zu kaufen. Aber das Format missfiel ihm. Der pensionierte Finanzbeamte hatte nie vor Flexibilität gesprüht. Er glaubte, sich nicht mehr an Neues gewöhnen zu können. Das Bett, auf das er nun schaute, war zwar ein Krankenbett – musste wohl sein –, jedoch nicht so steril weiß wie das in der Klinik. Es bestand ebenfalls aus Holz, passend zu den Möbeln. Auf dem runden Tisch stand ein Blumenstrauß aus roten und gelben Tulpen, daneben ein kleiner selbst gebackener Kuchen – Willkommensgrüße vom Hospiz.

Obwohl keine Sonne schien, wirkte das Zimmer hell und freundlich. »Guck mal«, sagte sein Sohn, »du hast direkt vor deinem Fenster einen Kastanienbaum. Der blüht bald.«

Rolf Führing schaute raus und merkte erst jetzt, dass es auch einen kleinen Balkon gab.

»Möchtest du Pflanzen in den Blumenkästen haben?«, fragte Christoph ihn.

Er zuckte nur mit den Schultern, war müde, wollte schlafen.

Auch heute Morgen, als er in der für ihn noch fremden Umgebung aufwachte, fühlte er sich elend und schwach, ihm war alles egal. Am liebsten wäre er den ganzen Tag im Bett geblieben. Doch Achim, einer der Krankenpfleger, überredete ihn schließlich mit viel Geduld und Geschick, sich wenigstens einmal das Esszimmer im Erdgeschoss anzusehen.

Wozu eigentlich? Es war zehn Uhr, zum Frühstücken eh zu spät – das kannte Rolf Führing aus dem Krankenhaus nur allzu gut. Außerdem hatte er überhaupt keinen Hunger und Appetit schon gar nicht. Halbherzig ließ er sich im Rollstuhl hinunterbringen. Die großen Sprossenfenster, der lange helle Holztisch mit Stühlen drum herum, an den Wänden farbenprächtige Bilder. Nachdem Rolf Führing seine Blicke kurz schweifen gelassen hatte, stellte er nüchtern fest: »Das ist also mein Ambiente zum Sterben.« Der sarkastische Unterton in seiner Stimme war nicht zu überhören.

Sofort kam der Koch aus der Küche, um den späten Gast zu begrüßen: »Guten Morgen, wir kennen uns noch nicht. Ich bin Ruprecht, der Koch. Möchten Sie frühstücken?«

»Bekomme ich denn um diese Uhrzeit noch was?«

»Wann immer Sie wollen. Wie wäre es mit einem weich gekochten Ei, Käse, Obst, Aufschnitt?«

In Windeseile war der Tisch, den der Koch gerade eben abgeräumt hatte, wieder gedeckt.

»Der Neue« im Hospiz staunte über die reichhaltige Auswahl – und über sich selbst. Genussvoll biss Rolf Führing in ein Brötchen und konnte sich nicht erinnern, wann ihm das zuvor das letzte Mal passiert war. Sehr gut hatte er die zahlreichen Versuche vor Augen, Essen in sich hineinzuzwingen. Fast immer waren sie bisher gescheitert – er musste würgen, sich übergeben.

Sein Gesicht ist ausgemergelt, von Krankheit gezeichnet. »Ich habe Bauchspeicheldrüsenkrebs und in den letzten Monaten vierzehn Kilo abgenommen«, erklärt er. »Ich vermeide es, in den Spiegel zu schauen. Ich mag mich nicht sehen, bin kaum mehr als Haut und Knochen. Können Sie sich vorstellen, wie das ist, wenn man überhaupt keinen Appetit mehr hat? Dem eigenen körperlichen Verfall machtlos gegenübersteht, fast wie ein Fremder zusehen muss, wie es unaufhörlich weiter bergab geht?«

Niemals hätte Rolf Führing daran geglaubt, dass sich dieser Zustand in seiner allerletzten Lebensphase noch einmal zum Positiven ändern könnte. Er nimmt einen Löffel Ei und bestreicht auch die zweite Hälfte des Brötchens mit Quittengelee. Seine Bewegungen sind langsam, die hageren Hände zittrig.

Der Moment ist gekommen. Ruprecht schnappt sich den trockenen Roten aus seiner Küchenbar.

Die Flaschen stehen jederzeit griffbereit neben dem Herd auf der Arbeitsplatte. Den Brandy braucht der Koch zum Verfeinern von dunklen Soßen, den Vermouth für Risotto und Pilzgerichte. Cassis passt perfekt in einige Süßspeisen, und die Weine sind Multitalente. Ein kleiner Schuss oder Spritzer Alkohol gibt vielen Gerichten den besonderen Pfiff.

Beim Rotwein ist der Koch heute spendabel. Großzügig begießt er das angebratene Geflügelfleisch. Es zischt. Und Ruprecht strahlt. Ein paar Minuten später schmort der Coq au Vin im Backofen und verbreitet einen verheißungsvollen Duft, der durch die halb offene Tür dezent ins Erdgeschoss des Hauses dringt und sich über das Treppenhaus den Weg in die zwei Stockwerke bahnt. Einige Bewohner werden neugierig schnuppern und rätseln, welche Köstlichkeit da unten in der Küche brutzelt. Das wird sie zumindest für ein paar Minuten ablenken und an etwas anderes als den Grund ihres Aufenthalts im Hospiz denken lassen.

Der Koch schiebt einen Rhabarber-Streuselkuchen in den Backofen. Einer reicht jedoch auf keinen Fall, und Ruprecht beginnt sofort mit der Zubereitung eines zweiten. Eingeschweißter Billigkuchen aus dem Supermarkt ist ihm ein Graus. Meistens ist er viel zu süß und pappig. Den würde er nicht anbieten, seine Gäste haben Exquisiteres verdient. »Ich habe von Anfang an gesagt: Ich möchte den Kuchen selbst backen. Er schmeckt tausendmal besser als gekaufter und vermittelt außerdem eine familiäre Atmosphäre, etwas Heimeliges.

Schon die Vorfreude, die durch die verschiedensten Gerüche entsteht, ob beim Backen oder Kochen, weckt Erinnerungen an das eigene Zuhause. Für die sterbenskranken Menschen bedeutet das ein Stück Alltag, ein Stück Normalität. Man schafft ihnen damit kleine Rettungsinseln, um das hier alles besser auszuhalten.«

Jeden Tag gibt es andere köstliche Kuchenvariationen. Das spricht sich auch unter den Angehörigen und Freunden der Bewohner schnell herum. Wer es nicht schafft, pünktlich zum Kaffeetrinken im Hospiz zu sein, ruft früh genug in der Küche an und lässt sich eines der begehrten Stücke reservieren. Ansonsten läuft er Gefahr, leer auszugehen.

Dass seine Kuchen solch großen Anklang finden, ist kein Wunder. Bei aller Bescheidenheit – seit seiner Kindheit backt Ruprecht leidenschaftlich gern und gut! Als kleiner Junge ging er regelmäßig samstags in der Frühe zu seiner Großmutter. »Sie war eine Oma wie aus dem Bilderbuch, mit weißem Haar und hinten so einem kleinen Knoten.«

Wenn Ruprecht ihr beim Frisieren zuschaute, staunte er jedes Mal, wie viele Haarnadeln sie brauchte, um diesen Knoten, der gar nicht groß wirkte, am Hinterkopf festzustecken. Ohne Verrenkungen vor dem Spiegel wusste sie aus jahrzehntelanger Praxis genau, wo welche Nadel ihren Platz hatte – für den ungeduldigen Enkelsohn eine langwierige Prozedur. Denn erst wenn der Dutt endlich perfekt saß, ging sie in die Küche, um Kuchen zu backen. Und Ruprecht folgte ihr. Sie wischte den Küchentisch ab, legte einige Stücke Butter drauf und hackte sie mit einem großen Messer zu kleinen Flocken. Dann schüttete sie Mehl auf den Tisch, machte eine kleine Mulde in die Mitte, dahinein kamen ein Ei, eine Prise Salz und Zucker. Drum herum verteilte sie die Butterflocken. Mit flinken und geschmeidigen Bewegungen klopfte, schob, strich und mischte sie anschließend mit ihrem riesigen Messer die Zutaten so lange zusammen, bis der Mürbeteig fertig war.

Stundenlang hätte der Enkelsohn ihr dabei fasziniert zusehen können. »Ich war total baff, wie sie das ohne Geräte schaffte. Zu der Zeit hatte meine Mutter längst eine elektrische Küchenmaschine.«

Nach dem Ausrollen durfte Ruprecht den Teig mit Apfelstücken belegen, die seine Oma ihm zurechtgeschnitten hatte. »Sie bereitete den Kuchen zwar samstags vor, gegessen werden sollte er aber erst am Sonntag. Das Beste war natürlich für mich, wenn ich trotzdem schon ein Stück probieren durfte. Mmhh, warmer Apfelkuchen!« Während der Koch in Erinnerungen schwelgt, bereitet er einen Vitamintrunk für die Bewohner vor, wäscht Erdbeeren, schält Birnen, viertelt und entkernt sie. Das Obst, im Standmixer püriert, aufgefüllt mit Joghurt und Milch, ist als kleine Zwischenmahlzeit gedacht.

Als Ruprecht zehn Jahre alt war, wollte er den Apfel-Mürbeteig-Kuchen seiner Großmutter ohne ihre Hilfe backen. »Ich stellte es mir kinderleicht vor, ihre Handgriffe, die ich zigmal aufmerksam verfolgt hatte, zu kopieren. Mein erster Versuch endete in einem Desaster. Das Mehl blieb nicht auf einem Haufen, sondern verteilte sich wüst über die gesamte Fläche. Das Ei lief die Tischkante runter, und die Butter bekam ich nicht weich, obwohl ich wie wild mit dem Messer auf ihr herumhackte.«

Erst beim vierten oder fünften Anlauf stellte ihn das Ergebnis zufrieden. Statt Spielzeugauto, Wasserpistole oder Abenteuerroman schenkte er seinen Freunden von nun an einen Kuchen zum Geburtstag – er weiß bis heute nicht, ob sie ihn dafür gehasst oder geliebt haben. Ihm machte es auf jeden Fall Spaß. Er hatte die Kunst des Backens für sich entdeckt und probierte ständig neue und kompliziertere Kreationen aus.

Sein Engagement wurde bestaunt. Ein Junge, der backt?! Als er dreizehn war, klopfte ihm an einem Sonntagnachmittag sein Onkel nach dem Kaffeetrinken auf die Schulter und sagte süffisant: »Weißt du, Junge, wenn aus dir nichts wird, kannst du immer noch Konditor werden.«

Ruprecht schämte sich damals wegen dieser abwertenden Bemerkung in Grund und Boden. Er wollte später einmal studieren, und das wusste sein Onkel ganz genau.

Für die Bewohner, die nur im Liegen trinken können, hat er Becher gefüllt und Mundstücke aufgeschraubt. Alle anderen bekommen Gläser. Ruprecht schnappt sich das volle Tablett mit den Vitamingetränken und trägt es professionell auf einer Hand. Zügig geht er die Treppen hoch bis in den zweiten Stock, ohne einen Tropfen aus den Gläsern zu verschütten. Es ist ein tägliches Ritual. Jeden Vormittag gegen halb elf schaut der Koch persönlich bei seinen Gästen vorbei, stellt das Tagesmenü vor und nimmt Sonderwünsche entgegen.

Auf das Klopfen an ihrer Tür reagiert Gudrun Fischer mit einem freundlichen »Kommen Sie rein!«. Quirlig sitzt die fünfundfünfzigjährige Lehrerin im Bett, zupft sich kurz den Pony ihrer Pagenfrisur zurecht und empfängt ihren Besuch: »Ruprecht, ich fühle mich hier wie im Schlaraffenland. Ihre Polenta gestern war ausgezeichnet.«

Vor zwei Tagen der Fisch mit Gnocchi, die Spaghetti mit selbst gemachtem Pesto und all die anderen Leckereien, die ihr in den sechs Tagen, seit sie eingezogen ist, serviert wurden, treffen genau ihren Geschmack. Gudrun Fischer liebt die mediterrane Küche und kann es kaum abwarten, dass der Koch am Vormittag das Zimmer betritt und ihr verrät, worauf sie sich heute freuen kann: »Ich bin jeden Tag entzückt, wenn Sie vor mir stehen und das Menü bekannt geben.«

Kokett zwinkert sie Ruprecht mit ihren großen grünblauen Augen zu. Der ist zwar geschmeichelt, äußert aber dennoch Bedenken: »Das ändert sich vielleicht auch mal. Hoffentlich nicht gleich heute.«

Bei Coq au Vin bestimmt nicht. Seit wann kann der Koch Gedanken lesen? Bis eben lag Gudrun Fischer im Bett und träumte vor sich hin. Sie schaute aus dem Fenster auf die

Dächer der Nachbarhäuser und fühlte sich wie seinerzeit am Gare du Nord in Paris. Ihr Mann und sie hatten sich damals in den Ferien in der Nähe des Nordbahnhofs eine kleine Wohnung im obersten Stock eines Altbaus gemietet. Rund um das Appartement lief ein schmaler begehbarer Balkon. Dort standen sie oft, um über die Dächer von Paris zu schauen. »Mein Paris sind jetzt die Dächer von St. Pauli, und darüber freue ich mich. Ich kann nicht mehr raus in die Welt, also lasse ich die Welt zu mir kommen.«

Ihre Stimme klingt fröhlich, ihr Gesichtsausdruck ist nicht verbittert. Sie lässt einige Haarsträhnen durch ihre Finger gleiten und erinnert dabei den Koch eindringlich: »Bitte denken Sie dran! Nur eine ganz kleine Portion für mich. Sonst habe ich keinen Platz mehr für den Nachtisch, leider.«

Gudrun Fischer findet es ungerecht. Ausgerechnet ihr, die sie ihr Leben lang gut und gerne aß, drückt ein riesengroßer Tumor auf den Magen. »Bevor ich hierherkam, habe ich tagelang nur ein bisschen Babybrei zu mir genommen. Ist es nicht unglaublich? Seit meiner Ankunft im Hospiz kann ich wieder feste Nahrung essen, nicht viel, aber immerhin. Dass die mir schmeckt, verdanke ich einzig und allein dem Koch.«

Die frischen Zutaten, die kleinen und großen Raffinessen beim Würzen, jedes Gericht sei mit viel Liebe zubereitet, lobt sie. Und die Präsentation – niemals nullachtfünfzehn, immer hübsch angerichtet und appetitanregend.

Was hat sie sich an ihrem ersten Tag geärgert! »Es gab Spinat-Quark-Klöße mit Parmesan, dazu einen gemischten Salat. Ich war ja sowieso völlig erstaunt, dass ich essen konnte, und hab es mir so richtig schmecken lassen. Von meinem Appetit her hätte ich Berge vertilgen können. Da aber nicht mehr viel in meinen Magen passt, holte mich die Realität schnell auf den Boden der Tatsachen zurück. Ich musste passen, ausgerechnet beim Nachtisch. Es gab Apfelcrumble!« Schon das Wort lässt sich die Grundschullehrerin genüsslich auf der Zunge zergehen: »Ich liebe Apfelcrumble!«

Der säuerliche Geschmack der Äpfel, kombiniert mit Marzipan und Streuseln, weckt bei Gudrun Fischer Erinnerungen an Ferien, Sonne, gute Laune. Leider konnte sie den Nachtisch nicht einmal probieren, ihr Magen schloss wegen Überfüllung. »Am nächsten Tag gab es Pflaumentiramisu, das kannte ich bis dahin nicht. Da war ich schlauer!« Sie streicht sich mit der Hand über den Bauch. »Ich habe hier unten eine Ecke frei gelassen. Das schmeckte!«

Einfach so habe der Koch sie gestern zwischendurch gefragt, ob er ihr ein bisschen Obst servieren solle. »Ich habe früher viel Obst gegessen. Jeden Morgen zum Frühstück gab es bei uns zu Hause Fruchtsalat, den hat mein Mann zubereitet. In meiner jetzigen Situation nehmen Früchte aber zu viel Platz in Anspruch, da ist es besser, Saft zu trinken.«

Gudrun Fischer überlegte hin und her. Trotz großer Verlockung lehnte sie das Obstangebot ab. Im Geiste sah sie allerdings nichts anderes mehr vor sich als eine große, reife, saftigsüße Orange. Das erzählte sie dem Koch. Eine halbe Stunde später stand er mit einem kleinen Teller in der Hand wieder bei ihr im Zimmer. Darauf lagen fünf Orangenscheiben, filetiert – ohne das kleinste Häutchen.

»Es mag verrückt klingen. Ich fühle mich hier wie im Urlaub. Ich verbringe jetzt am Ende meines Lebens Ferien wie in einem Grandhotel. Mit fast allem, was Freude bereitet.« Gudrun Fischer weiß, dass es nur eine Frage der Zeit ist, bis nichts mehr in ihren Magen hineinpasst – der Tumor ihn erdrückt hat.

Die ersten Tage aß sie gemeinsam mit ihrem Mann, der meist gegen Mittag kommt, unten im Esszimmer. Sie fühlte sich auf Anhieb wohl in dem Raum mit der schlichten, fast puristischen Einrichtung, die aber Charakter und Charme ausstrahlt. Die Geräusche aus der Küche waren ihr vertraut und beruhigten sie – das Klappern von Geschirr, der offene Wasserhahn, das leichte Summen der Spülmaschine. Alles klang normal und gewohnt. Die Atmosphäre am Esstisch, das zwanglose Plaudern miteinander, erinnerten sie an den kleinen Italiener bei ihr zu Hause um die Ecke. Hier war sie abends oft mit ihrem Mann gewesen. Sie bestellten Antipasti oder eine andere Kleinigkeit, dazu jeder ein Glas Wein. Am Nachbartisch saßen manchmal der Besitzer und seine Familie beim Abendessen. Er ließ die Eheleute probieren, was er außer der Reihe für sich privat gekocht hatte.

Die Ausflüge ins Erdgeschoss hat Gudrun Fischer mittlerweile aus Vernunftgründen gestrichen. »Ich habe nicht nur Krebs, sondern auch Thrombose. Zehn Tage war ich deshalb im Krankenhaus. Mir wurde strengste Bettruhe verordnet. Mein linkes Bein musste immer hoch liegen. Nicht einmal auf Toilette durfte ich gehen.« Sie tippt sich mit dem Zeigefinger an die Stirn: »Eigentlich ist das totaler Pippifax. Ob ich nun an den Folgen einer Thrombose sterbe oder zwei, drei Wochen später am Krebs. Was macht das für einen Unterschied?«

Trotzdem versucht die Lehrerin, besonnen zu handeln. Sie steht nur auf, um ins Bad zu gehen – und nachmittags, um mit ihrem Mann Kaffee zu trinken. Spätestens ab halb drei wird sie ganz unruhig, wartet darauf, dass der Kuchen serviert wird. »Kaffeeklatsch! Auf die Idee wäre ich früher nie gekommen. Das fand ich viel zu spießig und erinnerte mich an die regelmäßigen sonntäglichen Besuche bei meinen Eltern. Sie saßen auf dem Sofa, ich im Sessel, und zwischen uns stand der Frankfurter Kranz.« Gudrun Fischer lacht schallend: »Der Mensch ändert sich. Jetzt bin ich selbst eine Kaffeetante. Bei den Kuchen kein Wunder! Das ist nicht so ein synthetischer Kladderadatsch. Das ist was ganz Reelles. Wenn ich an die französische Schokoladentorte mit Nüssen denke – ein Gedicht. Mir hat sogar die Quarktorte geschmeckt, obwohl Quark nicht mein Ding ist.«

»Was ist denn heute Schönes drin?« Renate Sammer versucht, sich im Bett aufzurichten. Dann streicht sie mit beiden Händen durch ihr schneeweißes Haar und widmet ihre ganze Aufmerksamkeit dem Koch.

»Erdbeere, Birne und ein bisschen Joghurt.«

»Ruprecht, Sie sind ein Ass!«

Renate Sammer ist fünfundsiebzig Jahre alt. Ihr Gesicht ist blass. Umso mehr kommen die geschminkten Lippen und das dezent aufgetragene Rouge zur Geltung. Vorsichtig nimmt sie den Becher an den Mund und probiert. Das Getränk erfrischt herrlich, und der Koch ist ein netter Junge.

»Möchten Sie auch ein Glas?«

Ulrike, die Tochter, bedankt sich bei Ruprecht für das Angebot, lehnt aber ab. Sie will kurz raus an die frische Luft, ein paar Minuten tief durchatmen. »Mutter«, sagt sie, »ich bin gleich zurück.«

Die letzte Zeit war strapaziös und zehrte gnadenlos an den Nerven – von Mutter und Tochter. Vor etwa vier Monaten zog es Renate Sammer mehr und mehr den Boden unter den Füßen weg. Ihre Schmerzen wurden von Tag zu Tag schlimmer. Jeder Handgriff, jeder Schritt wurde zur Qual. In der kleinen Wohnung schaffte sie es kaum, vom Bett zum Sofa und zurück zu gehen. Ulrike, ihre Tochter, die seit einigen Jahren in Amerika lebt, hatte sich für einen zweiwöchigen Besuch angekündigt. Renate Sammer wollte sie am Flughafen abholen. Sie biss die Zähne zusammen, mobilisierte ihre letzten Kräfte und fuhr mit dem Taxi zum Airport. Wie schlecht es ihr ging, bemerkte die Tochter schon bei der Begrüßung.

Kaum waren sie in der Wohnung angekommen, lag Ulrike ihrer Mutter in den Ohren: »Mutter, du hast was. Du musst dich im Krankenhaus durchchecken lassen.«

»Quatsch, ich brauch keine Hilfe! Du willst mich wohl loswerden.« Laut und deutlich signalisierte die Mutter ihrer Tochter, über dieses Thema kein weiteres Wort verlieren zu wollen.

Vier Tage später, an einem Montagnachmittag, spitzte sich die Situation jedoch zu. Renate Sammer saß auf ihrem Sofa, wollte aufstehen und konnte sich nicht mehr vom Fleck rühren, obwohl sie die Zähne zusammenbiss.

Die Tochter eilte zur Hilfe, griff ihr unter die Arme, versuchte mehrmals, sie hochzuziehen. Ohne Erfolg – ihr fehlte die Kraft in den Armen. So konnte es nicht weitergehen. Ulrike schlug vor, einen Krankenwagen zu bestellen. Die Mutter war strikt dagegen. Das komme nicht infrage, wies sie die Tochter zurecht, das schaffe sie alleine. Aber Renate Sammer schaffte es nicht, keinen Millimeter kam sie von der Stelle.

Ulrike war unschlüssig, wie sie reagieren sollte. »Ich traute mich nicht, ohne ihre Zustimmung einen Krankenwagen zu rufen. Ich hörte innerlich schon ihre tagelangen Vorwürfe, sie wäre von mir bevormundet worden.« Jeder Vorschlag der Tochter, und wenn es nur der war, den Nachbarn um Hilfe zu bitten, wurde vehement abgelehnt – immer mit denselben Worten: »So schnell wirst du mich nicht los. Das schaffe ich allein!«

Die Auseinandersetzung zwischen Mutter und Tochter zog sich über Stunden hin. Es war bereits Abend, als Renate Sammer plötzlich leise und ruhig sagte: »Ja, lass uns ins Krankenhaus fahren, es ist wohl besser.«

Wenige Tage später erfuhr sie die Diagnose: Lungenkrebs im Endstadium. »Als die Ärztin am Bett stand und ihr das mitteilte«, erinnert sich Ulrike, »zeigte meine Mutter keinerlei Reaktion. Ein, zwei Stunden später teilte sie mir mit, sie wolle sobald wie möglich wieder nach Hause.«

Eine Rückreise in die USA war vorläufig undenkbar. Ulrike Sammer cancelte ihren Flug, nahm unbezahlten Urlaub und zog zu ihrer Mutter. Ohne auf Protest zu stoßen, beauftragte sie einen Pflegedienst, der morgens und abends zur Unterstützung kam. Ihrer Mutter zur Seite zu stehen war für Ulrike selbstverständlich: »Ich empfand dabei keine töchterliche Pflicht.

Pflicht bedeutet ja, Dinge tun zu müssen, die man nicht unbedingt tun will. Mir fiel kein Grund ein, mich dieser Verantwortung zu entziehen. Die Situation hatte sich so ergeben. Und ich handelte entsprechend. Meine Mutter allein zu lassen und nach Amerika zurückzufliegen wäre mir nie in den Sinn gekommen.«

Die Tochter schlief im Wohnzimmer auf der Couch, die Mutter im Krankenbett im Schlafzimmer. Die Türen standen nachts offen, damit Ulrike jeden ungewohnten Laut hören konnte. Ihre große Sorge war, Hilferufe der Mutter im Schlaf zu überhören.

Etliche Wochen meisterten sie den neuen Alltag recht gut, bis sich Renate Sammers Gesundheitszustand dramatisch verschlechterte und sie zurück in die Klinik musste. Ulrike rechnete mit einer Lawine neuer Vorwürfe – sie blieb aus. Unerwartet stoisch nahm die Mutter den Transport ins Krankenhaus hin.

Nachdem sie einige Tage dort verbracht hatte, wollte man den »hoffnungslosen Fall« schnell wieder loswerden. Nie hätte Ulrike gewagt, ihrer Mutter gegenüber das Wort »Hospiz« auch nur auszusprechen. Es war die behandelnde Ärztin, die mit Renate Sammer über das Thema sprach. Ulrike wartete so lange auf dem Flur. Als sie später das Zimmer betrat, sagte ihre Mutter: »Das mache ich, da gehe ich hin. Aber vorher möchte ich noch einen Tag lang in meine Wohnung.«

Den Tag zu Hause hat Ulrike in ziemlich schlechter Erinnerung: »Meine Mutter lag im Bett und redete kein einziges Wort mit mir. Sie wollte weder essen noch trinken, rührte nichts von dem an, was ich ihr hinstellte. Ob Obst, Joghurt oder Suppe, sie ignorierte alles. Sie lag stur da und guckte mich streng an.«

Den eindringlichen Blick kennt die Zweiundfünfzigjährige aus ihrer Kindheit. Wenn sie als kleines Mädchen mit den Nachbarskindern draußen spielen wollte und um Erlaubnis fragte, schaute die Mutter sie meist strafend an und schwieg – ihr Gesichtsausdruck hingegen sprach Bände. Ulrike hätte sich in solch einer Situation nie getraut, ein zweites Mal zu fragen. Sie blieb in der Wohnung, während ihre Freundinnen draußen spielten oder ins Freibad gingen.

Warum sie so viele Dinge nicht durfte, die andere Kinder taten, weiß sie bis heute nicht. Manchmal gab die Mutter zwei, drei Tage keinen Laut von sich. »Sie war früher ziemlich nachtragend. Wenn ich was angestellt hatte – wie das halt ist als Kind: Man hat nicht aufgeräumt, die Schuhe schlecht geputzt oder die Hände nicht gewaschen –, bin ich hin zu ihr, wollte es wiedergutmachen, ihr in der Küche helfen. Das Einzige, was ich zu hören bekam, war aber: ›Jetzt brauch ich dich nicht mehr!‹ Da war ich zehn oder elf Jahre alt. Ich fühlte mich schuldig und wusste selten, weshalb.«

Ähnlich fühlte Ulrike sich in diesen letzten gemeinsamen Stunden in der Wohnung ihrer Mutter. Während Renate Sammer beharrlich in Gedanken versunken blieb, nahm Ulrike mit schlechtem Gewissen Nachthemden, Pullis und Strümpfe aus dem Schrank und packte die Tasche für das Hospiz.

Erst am nächsten Morgen, kurz bevor sie losfuhren, brach Renate Sammer ihr Schweigen. Mit freundlicher Stimme bat sie ihre Tochter: »Ulrike, mach bitte mal die Schublade auf, und nimm das Armband raus.«

Nach einigem Suchen fand Ulrike die Schatulle und reichte sie der Mutter. Renate Sammer betrachtete ihr einziges wertvolles Schmuckstück aus Gold einen kurzen Moment, dann legte sie es der Tochter um den Arm und sagte: »Das ist jetzt deins. Versprich mir, dass du gut darauf aufpasst.«

Der Koch hat sein Tablett zwischenzeitlich auf der Kommode abgestellt und hockt vor Renate Sammers Bett, um auf gleicher Augenhöhe mit ihr sprechen zu können. »Ich mache heute Mittag Coq au Vin, Hähnchenschenkel in Rotwein eingelegt und mit Gemüse geschmort. Das Fleisch könnte ich Ihnen klein schneiden. Mögen Sie das, oder hätten Sie gerne etwas anderes?«

Renate Sammer guckt verlegen, zieht sich die Bettdecke bis zum Hals hoch und zögert. Ruprecht kennt Situationen wie diese und greift ihr unter die Arme: »Nun mal raus mit der Sprache. Sagen Sie, worauf Sie Appetit haben. Ich bin Koch, das ist mein Job.«

Zaghaft traut sie sich: »Ich würde gerne Steckrüben essen, geht das?«

»Kein Problem, die mach ich Ihnen.«

Aber wie? Aus dem Wunsch nach Steckrüben entsteht eine intensive Fachsimpelei. »Möchten Sie Steckrübensuppe oder Steckrübengemüse?«

»Ich möchte Mus.«

»Okay, darf es ein bisschen in Richtung Süßsauer gehen, etwas karamellisiert? Oder ist Ihnen das zu exotisch?«

»Ja, das ist mir zu ausgefallen.«

»Also einfach nur schön mit Zwiebeln und Brühe. Wie sieht es aus mit Fleisch?«

»Nein, Fleisch möchte ich nicht. Ein bisschen ausgelassener Speck wäre schön.«

Renate Sammer wünscht sich ihr Mus klassisch. Genau so, wie sie es früher immer samstagmittags kochte, nachdem sie die Wohnung geputzt hatte – und bloß nicht zu flüssig, sonst kleckert sie im Bett, das wäre ihr peinlich. Das Angebot der Krankenschwestern, beim Essen behilflich zu sein, mag ja nett gemeint sein. Aber sich füttern zu lassen – allein die Vorstellung findet die Fünfundsiebzigjährige unerträglich. Sie streicht sich von Neuem mit den Händen durch die weißen Haare. »Die sind ständig platt vom Liegen und viel zu lang. Ich habe überhaupt keine Frisur mehr.«

Seit vier Tagen bewohnt Renate Sammer Zimmer 7. Vom Bett aus kann sie die Bäume und den Himmel nur schemenhaft sehen – sie ist halb blind. »Meine Tochter um mich zu haben hilft mir sehr. Ich hatte große Angst, hierherzukommen. Ich habe mir einen düsteren Ort vorgestellt, dunkel und trostlos. Am ersten Tag fühlte ich mich total abgeschoben und alleine. Ich habe innerlich gezittert, dachte, jetzt warten sie alle darauf, dass es schnell mit mir zu Ende geht.«

In dieses Gefühl hat sie sich hineingesteigert. Sie wollte nicht merken, wie sehr sich Schwestern und Pfleger um sie sorgten. Jeder, der ihr Zimmer betrat, eine nette, herzliche Ausstrahlung hatte. Sie wollte nichts Positives zulassen, wies die Menschen zurück, ignorierte die Blumen und verschmähte den kleinen frisch gebackenen Begrüßungskuchen. »Ich habe ihn nicht einmal richtig angeguckt, geschweige denn angerührt.«

Wütend auf sich, die Krankheit und ihre Tochter, schlief sie am Tag ihrer Ankunft erst spät abends ein. Was über Nacht geschah, kann sie sich nicht erklären. Als sie am nächsten Morgen wach wurde, war ihre Angst jedenfalls weg. »Ich fühlte mich nicht mehr abgeschoben. Im Lauf des Tages merkte ich, die Freundlichkeit der Leute war nicht aufgesetzt. Der Aufenthalt in diesem Haus ist momentan für mich das Beste.«

Renate Sammer schaut zur Tür. Gerade betritt ihre Tochter das Zimmer. Beschwingt ruft sie ihr zu: »Ulrike, stell dir vor, ich bekomme heute Mittag Steckrüben! Ist das nicht toll? Und jetzt nimm dir einen Zettel!« Ihre eben noch freudige und zufriedene Stimme nimmt schlagartig einen leicht frostigen Befehlston an. »Schreib dir auf, was du mir besorgen sollst! Sonst vergisst du wieder die Hälfte.«

Das saß – mal wieder. Ulrike greift zu Papier und Kugelschreiber und nimmt Platz zum Diktat. Sie erwartet keine Dankbarkeit von ihrer Mutter. Aber warum muss sie so vieles schlucken und einstecken? Zu allen anderen ist ihre Mutter meist reizend und freundlich, nur sie bekommt den barschen Kommandoton ab: »Ulrike, mach dies!«, »Ulrike, mach jenes!«, »Ulrike, du bist ja vergesslicher als ich!«, »Ulrike, iss nicht so viel, du wirst zu dick!«

Seit Jahren versucht die Tochter, sich das Verhalten ihrer Mutter zu erklären: »Sie musste sich zu sehr durchs Leben boxen. Ich glaube, das hat sie hart gemacht. Meine Mutter hat meinen Bruder und mich allein großgezogen. An meinen leiblichen Vater kann ich mich kaum erinnern. Ich habe ihn das letzte Mal gesehen, als ich sieben oder acht war.«

Die Mutter arbeitete als Büroangestellte, um den Sohn, die Tochter und sich über die Runden zu bringen. Sie musste an allen Ecken sparen, nähte in ihrer Freizeit die gesamte Kinderkleidung selbst: Hemdchen mit weißen Kragen, Kleidchen mit Rüschen. Ulrike und ihr Bruder fielen auf – positiv! Sie waren wie aus dem Ei gepellt, wenn sie morgens in den Kindergarten und später in die Schule gingen. Dass sie arm waren, sollte keiner mitbekommen. Wie einfach sie lebten, ging niemanden etwas an. Dabei sah es bei ihnen ordentlicher und sauberer aus als in vielen »richtigen« Familien. Küchenschrank, Tisch, Stühle, Betten, Schränke – sie besaßen alles, was sie brauchten, nur eben weniger als die anderen. Aus dem Grund durfte Ulrike auch keine Freundinnen mit nach Hause bringen. Wer weiß, was die Mädchen ihren Eltern erzählt hätten ... Über die alleinerziehende Mutter, die gar nicht in die heile Familienwelt Anfang der Sechzigerjahre passte, tratschten die anderen schon genug. Hinter vorgehaltener Hand wurde getuschelt, aus den Kindern von der könne nichts werden.

Umso mehr wollte Renate Sammer den anderen und sich selbst beweisen, dass sie Kindererziehung, Arbeit und Haushalt sehr wohl allein schaffte. Tagsüber schuftete sie im Büro, nach Feierabend zu Hause. Wenn die Kinder im Bett lagen, bereitete sie das Essen für den nächsten Tag vor, wusch und bügelte.

Ulrike Sammer zeigt auf ein kleines Loch am Ärmel ihres Sweatshirts und lacht: »Die Naht hat sich schon vor Tagen gelöst. Das hätte meine Mutter früher nicht sehen dürfen. Sie wäre sofort mit Nadel und Faden angerannt gekommen. Ständig war sie damit beschäftigt, uns zu versorgen. Aber ich habe mich als Kind nicht so von ihr geliebt gefühlt, wie ich es mir gewünscht hätte. Körperkontakt, mal auf ihrem Schoß kuscheln, das kam viel zu selten vor. Für die Schule lernte sie mit mir allerdings immer.«

Sie und ihre Mutter haben viele gemeinsame Chancen verpasst, resümiert Ulrike Sammer melancholisch. Aber zu jammern bringt sie jetzt keinen Schritt weiter. Vergangenheit ist nicht aufholbar. Wachsam sein, neue Chancen sehen und wahrnehmen – wenn sie sich in den nächsten Wochen noch bieten –, das nimmt sie sich vor.

Ruprecht ist mittlerweile mit seinen Vitamingetränken im ersten Stock unterwegs und grinst: »Hab ich heute wieder ein Glück! Steckrüben! Hoffentlich wird es nicht so ein Dilemma wie damals mit Birnen, Bohnen, Speck. Das war schlimm.«

Weder in seinem privaten noch in seinem Restaurantleben war er zuvor jemals mit dieser, seiner Meinung nach gewöhnungsbedürftigen Zusammenstellung konfrontiert worden. Die Bewohnerin, eine ältere Frau, die das Gericht jahrelang und regelmäßig für ihre Familie gekocht hatte, wünschte es sich aber. »Ich habe den Fehler gemacht zu denken: Na ja, das schaffst du locker, das kriegst du hin.«

Doch bei so viel Optimismus vergaß er die Frage nach den Details und legte so los. Eine Birne, grüne Bohnen, ein bisschen durchwachsener Speck, schön geköchelt – wird schon werden. Er selbst war mit dem Ergebnis durchaus zufrieden, fand sein Erstlingswerk gelungen und dachte: »Wow, das hab ich auf Anhieb gut hingekriegt!«

Weit gefehlt. Mit dem Kommentar, der Koch müsse es ja nicht unbedingt erfahren, aber unter Birnen, Bohnen, Speck stelle sie sich etwas anderes vor, ließ die Bewohnerin den Teller fast unangerührt zurück in die Küche bringen.

Das spornte den Ehrgeiz des Kochs erst recht an. Er hatte keineswegs den Eindruck, dass die Bewohnerin ihn schikanieren wollte. Ihm fehlte jedoch die Vorstellung, was neben den Zutaten für sie das Besondere an dem Gericht war. »Ich bin zu ihr hin und versuchte, zwischen den Zeilen zu lesen, während wir jeden Schritt der Zubereitung akribisch besprachen.«

Er blieb vorerst auf dem falschen Weg. Auch der zweite Versuch, wenn auch wohlwollender kritisiert, ging in die Hose. Das Problem war die »weiße Soße«. Seine war lecker, aber die Bewohnerin verstand etwas anderes darunter als der Koch. »Ich hatte eine Béchamelsoße zubereitet. Sie wollte aber lediglich ein bisschen Butter und Sahne in der Brühe verrührt haben.«

Erst als auch dieses Missverständnis ausgeräumt war, er die dritte Version von Birnen, Bohnen, Speck servierte, traf er den Geschmack und damit die Erinnerung genau auf den Punkt. Die sterbenskranke Frau strahlte über das ganze Gesicht, als sie sich bei ihm bedankte: »Sie haben mir heute ein sehr großes Geschenk gemacht.«

An Tagen wie jenem geht Ruprecht abends zufrieden nach Hause. »Ich bin da, um Wünsche zu erfüllen. Schaffe ich das, habe ich einen guten Job geleistet.«

Und wenn er zigmal zurück an den Herd geschickt wird – da ist er nicht eitel, nimmt es mit Gelassenheit und versucht, die Ruhe zu bewahren. Auch bei der Fliederbeersuppe mit Grießnocken. Die war bislang sein schlimmstes Waterloo. »Ich habe fünf Anläufe gebraucht, da stimmte gar nichts. Die erste Schwierigkeit war, den Fliederbeersaft zu finden. Ich bin durch zig Läden gerannt, die hatten keinen. Am selben Tag abends, das war purer Zufall, bekam ich von einer Freundin zwei Flaschen selbst gemachten geschenkt. Meine Rettung! Genau so sollte er sein. Das erste Problem war damit gelöst. Die anderen kamen noch. Ich habe diese Fliederbeersuppe streng nach Anweisung der Bewohnerin gekocht. Da sie nichts von Zucker erwähnt hatte, tat ich keinen rein, obwohl mir mein Gefühl und mein Geschmack anderes rieten. Die Suppe war schrecklich sauer. Die konnte keinem schmecken. Natürlich gehörte Zucker rein. Das war für die Bewohnerin dermaßen selbstverständlich, dass sie es mir nicht extra gesagt hatte. Sie wies mich erst daraufhin, nachdem sie sich vor lauter Säure schüttelte. Nach zwei Testläufen bekam ich die Suppe halbwegs in den Griff, genau richtig angedickt und sämig wie gewünscht.

Mein nächstes Problem waren die Grießklöße, diese Nocken. Sie habe sie immer gewürfelt, gab mir die Bewohnerin mit auf den Weg. Ich dachte: Na ja, wenn ich die würfeln soll, muss die Masse ziemlich fest sein. Am Ende hatte ich Grießkloßquadrate, die waren steinhart und damit ungenießbar.«

Er lacht. Das sind eben die kleinen Missverständnisse, mit denen er zu kämpfen hat. Die Würfel, stellte sich bei erneuter Nachfrage heraus, durften auch gerne Kugeln sein. Insgesamt war er mit dieser Fliederbeersuppe zwei Tage beschäftigt, zumindest geistig.

Im Hospiz muss Ruprecht Schmidt ganz andere Prioritäten setzen als im Restaurant: »Ich muss mich als Koch zurücknehmen können, sonst wäre ich hier fehl am Platz. Die beleidigte Leberwurst spielen, im Sinne von: ›Was? Mein Pilzragout hat Ihnen nicht geschmeckt? Andere lecken sich die Finger danach!‹ Das geht gar nicht. Ich kann von meiner Kochkunst überzeugt sein. Sie darf mich aber nicht dominieren.«

Seinen Geschmack den Sterbenskranken aufschwatzen – auf diese Form der Selbstbestätigung verzichtet er gern. Sie ist fehl am Platz an einem Ort, an dem Menschen mit Appetitlosigkeit und körperlichem Verfall zu kämpfen haben. Was er lecker findet, ist das eine. Was die Bewohner wollen und vertragen, oft das andere. Ruprecht Schmidts Aufgabe ist nicht, den neuesten Innovationen der französischen oder italienischen Küche vorwegzueilen oder hinterherzujagen. Stattdessen sind Grünkohl, Sauerkraut, Kassler oder Scholle Finkenwerder Art nur einige seiner großen Herausforderungen. Immer wieder wünschen sich die Sterbenskranken Gerichte, mit denen sie persönliche Erinnerungen verbinden. Genau die lassen den

Geschmack unvergleichlich werden – und Ruprechts Job manchmal schwierig. Denn er muss exakt an diese Erinnerungen anknüpfen, um den Bewohnern im Rahmen seiner Möglichkeiten ein bisschen Heimat und ein Stück Hoffnung auf Normalität anzubieten.

Nie wieder mundete ein Apfelkuchen so gut wie damals bei der Großmutter! Geht es da wirklich ausschließlich um den Kuchen? Oder hatte die Oma einen großen Garten, in dem man als Kind herumtollen konnte und sich pudelwohl fühlte? Die Klopse von Tante Maria schmeckten einmalig! Warum? Weil sie zwar gut kochen konnte, aber auch eine herzensgute Frau war. Und nicht nur, weil sie besonders große Kapern in die Soße gab.

Klar, kennt Ruprecht Schmidt ihn persönlich auch. Den im Gedächtnis jederzeit abrufbereiten einzigartigen Geschmack, der sich bei dem kleinsten Gedanken an eine bestimmte Situation sofort auf den Gaumen legt und die kulinarische Erwartung um ein Vielfaches höher schnellen lässt. Kartoffelpuffer! Wenn seine Großmutter – die mit den vielen Haarnadeln im Dutt – sie zu Mittag briet, bedeutete das für ihn als Kind das Glück auf Erden. »Mein Rekord waren fünfzehn Stück, frisch aus der Pfanne. Meine Oma stand so lange geduldig am Herd und machte einen nach dem anderen, bis ich nicht mehr ›papp‹ sagen konnte. Dazu gab es Blattsalat mit Joghurtsoße, ein Gedicht!«

Manchmal gingen Großmutter und Enkel gemeinsam zur kleinen Bäckermühle im Dorf, kauften frisches, noch warmes Holzofenbrot mit dunkler Kruste. Dick mit Butter und Tannenhonig bestrichen, konnte Ruprecht mit Leichtigkeit mehrere Scheiben davon verdrücken. Für dieses Brot würde er noch heute weit laufen.

Es könnten fünf Bewohner im Hospiz innerhalb eines Monats um dasselbe Gericht bitten, für den Koch wäre das nie die gleiche Aufgabe. Oft geht es nur um Nuancen, genau die individuelle Geschmacksvariante zu treffen, die jemand aus den unterschiedlichsten Gründen mit einem Essen verbindet. Sei es ein Lieblingsgericht aus Kindheitstagen, die erste Einladung bei der Freundin oder der traditionelle Sonntagsbraten mit Salzkartoffeln in heimeliger Atmosphäre – zu einer Zeit, die noch nicht von Krankheit überschattet war.

Bei jemandem, der nie selbst gekocht hat, ist es für Ruprecht Schmidt besonders schwierig. Mühsam muss er herauskitzeln, was hinein soll ins Essen, welche Zutaten und Gewürze. Und selbst bei einer gestandenen Hausfrau ist der Erfolg nicht garantiert. Auch wenn sie ihm klipp und klar erklärt, wie sie sich die Zubereitung vorstellt. Genaue Mengenangaben, exakte Reihenfolge – der Koch erfährt jedes Detail bis auf eines: die Erinnerung.

An die Geschichte hinter dem Gericht tastet er sich langsam heran – eine Aufgabe, die ihn anspornt! Immer wieder überkommt ihn allerdings ein Mischgefühl aus Verzweiflung und Hoffnung. »Aber, wenn ich es mal wieder geschafft habe, bekomme ich unendlich viel zurück.«

Das zufriedene Lächeln, mit dem er beim Betreten des Zimmers begrüßt wird, zeigt ihm den richtigen Weg. Das ehrlich gemeinte »Danke« motiviert ihn jeden Tag aufs Neue. Er sieht, hört und fühlt das Resultat seiner Arbeit. Die Offenheit seiner Gäste fasziniert ihn. Die Bitte: »Ruprecht, darf ich Sie umarmen?«, erfüllt ihn als Koch mit Stolz und geht ihm als Mensch unter die Haut. Ab und an muss er heftig schlucken – vor Rührung. Dass ein sterbenskranker Mensch sich wahrgenommen und respektiert fühlt, zumindest in diesem Moment Wohlbehagen ausstrahlt und sich über lebenswerte Kleinigkeiten freut – viel mehr braucht der Koch nicht, um seinen Job zu lieben.

Neulich hatte Ruprecht Schmidt mal wieder eines dieser Erlebnisse, die ihn sprachlos werden lassen. Er war auf einer großen Feier eingeladen, um ihn herum standen viele Leute, die er nicht kannte. Man kam ins Gespräch, plauderte, das übliche

Party-Geplänkel. Klar kam die Frage auf: »Was machst du beruflich?«

»Ich bin Koch«, antwortete er.

»Oh, interessant, in welchem Restaurant arbeitest du denn?«

»Im *Leuchtfeuer*, das ist ein Sterbehaus.«

Der einzige Kommentar seines Gegenübers: ein kurzes »Ach so …«.

Dann brauchte der Unbekannte dringend ein frisches Bier und verschwand in der Menge. Manchmal wird Ruprecht bei Begegnungen dieser Art auch gefragt, ob es sich denn überhaupt lohne, für Todkranke zu kochen? Die müssten doch sowieso sterben. Diese Frage hat er sich selbst in all den Jahren nie gestellt. Ob gesund oder krank, sich eine Leckerei auf der Zunge zergehen zu lassen kann für jeden ein sinnliches Erlebnis sein.

Den Ravioli in der Büchse sei gedankt – er selbst hat diesen Sinnesprozess bereits in seiner Jugend durchlaufen. »Meine Eltern waren beide berufstätig. Essen war eine zwingende Notwendigkeit, mehr nicht. Wenn ich als Jugendlicher mittags aus der Schule kam, öffnete ich mir, hungrig wie ich war, häufig eine Dose Nudeln, Eintopf und so weiter. Bereits das Ausschütten und Aufwärmen fand ich unangenehm. Ich habe mir relativ schnell beigebracht, Kleinigkeiten selbst zu kochen.«

Später, als er seine erste eigene Wohnung bezog, ein winziges Zimmer unterm Dach mit Kochnische, lud er oft Freunde zum Essen ein. »Das war eine herrlich neue Erfahrung für mich. Wir saßen zusammen, drei, vier Stunden. Haben gegessen und viel geredet, anschließend wieder gegessen. Und den Abend genossen.«

Aus dieser Zeit rührt seine Leidenschaft für Tapas und Antipasti – viele Kleinigkeiten, die auch kalt schmecken und den ganzen Abend über auf dem Tisch stehen bleiben und zum Zugreifen einladen. Jeder kann nachnehmen, wann und so oft er möchte. Keiner muss das Essen in sich hineinschaufeln, weil er meint, der Braten oder Fisch würde kalt und der Tisch bald abgeräumt.

Ruprecht beugt sich über das Bett, berührt leicht den Arm des schwerkranken Mannes. Um den Bewohner nicht zu erschrecken, spricht er sehr leise: »Herr Reckling, ich bin's, Ruprecht, der Koch. Ich hab hier ein Vitamingetränk. Das mochten Sie die letzten Tage doch so gerne. Mögen Sie heute auch einen Becher?«

Kaum hörbar, mit kraftloser Stimme, antwortet Horst Reckling mit einem gehauchten Ja.

»Und heute Mittag, soll ich Ihnen wieder ein Schälchen mit ihrem Lieblingsquark bringen?«

Der Siebzigjährige nickt. Selbst diese kleine Kopfbewegung fällt ihm schwer.

Ruprecht versteht die wortlose Antwort sofort. »Gut, dann bereite ich ihn vor. Ich verspreche auch, mit dem Slibowitz großzügiger zu sein, hab schon von Ihrer Frau gehört, gestern war Ihnen zu wenig drin.«

Der sterbenskranke Mann reagiert nicht, sein Blick ist leer, bevor er erschöpft wieder die Augen schließt. Ehefrau Beate streichelt seine Hand und zieht ihm fürsorglich die Decke über die Zehenspitzen, damit er keine kalten Füße bekommt. Diese Quarkspeise, berichtet sie, habe ihr Mann vor vielen Jahren in einem Urlaub an der Adria gegessen. Zu der Zeit kannten sie sich noch nicht.

Quark, ein bisschen süße Sahne, eingelegte Pflaumen, etwas Zucker und ein Schuss Slibowitz – schlicht, ohne weiteren Schnickschnack. Das Besondere daran kann nicht das Rezept sein. Beate Reckling schüttelt den Kopf. »Ist es auch nicht, obwohl die Kombination wirklich lecker schmeckt.« Sie schaut ihren Mann liebevoll an: »Horst machte die Quarkspeise, als er mich das erste Mal zu sich nach Hause eingeladen hat.«

Es war vor fünfzehn Jahren. Beate Reckling war Mitte vierzig und lange geschieden. Sie hatte keine guten Erfahrungen hinter sich. Wenn sie einen Mann kennenlernte, folgte die Enttäuschung auf dem Fuß, und sie kam sich vor wie in einem schlechten Film. »Entweder waren sie verheiratet und haben mir das verheimlicht, oder sie sind fremdgegangen.«

Schluss, aus, genug der Verletzungen! Das Thema Männer wollte sie definitiv ad acta legen, sich stattdessen mit aller Kraft in die Arbeit stürzen. Die Buchhalterin bewarb sich auf einen neuen Job und bekam ihn. Wenn sie am Anfang unsicher war, unter welchem Posten sie eine Rechnung ablegen musste, rannte sie durch die halbe Firma von Büro zu Büro und fragte nach. Sie merkte schnell, dass Kollege Reckling meistens Rat wusste und gerne half. Er war von der ersten Begegnung an ein Gentleman, immer höflich und zuvorkommend. Das faszinierte sie an ihm.

Manchmal trafen sie sich zufällig während der Frühstückspause in der Kantine, saßen gemeinsam an einem Tisch. Er aß süße Franzbrötchen, sie frisches Obst. Es dauerte nicht lange, bis aus dem beiläufigen Treffen eine feste Verabredung wurde. Er ließ sich schnell von ihr bekehren, biss nicht mehr in Zuckerbrötchen, sondern in knackige Äpfel und Bananen.

Beate fand es unerhört, als eine Kollegin sie zur Seite nahm und tuschelte: »Zwischen Ihnen und Herrn Reckling läuft doch was!«

Wie konnte diese Tratschtante derlei Gerüchte in die Welt setzen? Was war dabei, gemeinsam zu frühstücken und miteinander zu reden? Beate Reckling lächelt zaghaft und hält dabei die Hand ihres Mannes fest in ihrer: »Nachdem ich die Kollegin ordentlich ausgeschimpft hatte, meinte sie schnippisch zu mir: ›Bevor Sie in der Firma angefangen haben, ist er nie in die Kantine gegangen, fünfzehn Jahre lang!‹ Die hat früher als wir verstanden, was ablief. Ich wollte wirklich nichts mehr von

Männern wissen, habe mich allerdings dabei erwischt, wie ich abends oft wartete, bis Horst ging. Wir hatten denselben Weg, mussten beide die U-Bahn nehmen. Wenn bei ihm im Büro das Licht ausging, packte ich in einem Affenzahn meine Sachen und rannte los. Wenn ich ihn eingeholt hatte, tat ich natürlich so, als ob es reiner Zufall war. Was ist das denn, hab ich gedacht, was läuft denn da bei dir ab? Ich lebte richtig auf. Vor allem, weil es Horst offensichtlich genauso erging. Der spähte auch ständig um die Ecke, wann ich Feierabend machte. Er war ja genauso wie ich geschieden und allein.«

Die gemeinsamen U-Bahnfahrten vergingen wie im Flug, viel zu schnell für die beiden und ihre Gespräche, die sie ungern beenden wollten. Sie konnten über jedes Thema reden und sich ereifern. Waren durchaus unterschiedlicher Meinung, diskutierten stundenlang über Lebensanschauungen und gesellschaftliche Probleme. Streit entstand deswegen nie – für Beate Reckling eine angenehm neue Erfahrung. Um länger zusammen zu sein, stiegen sie häufig eine Station früher aus und liefen. Doch auch die Zeit, die sie dadurch gewannen, war ihnen bald zu kurz. Sie nahmen überhaupt keine Bahn mehr, gingen die gesamte Strecke – kilometerweit – zu Fuß. Bis sich ihre Wege trennten, sie sich förmlich per Handschlag verabschiedeten, er in sein Zuhause ging und sie in ihres. Ein Frauenaufreißer war ihr Horst nicht, eher ein gut erzogener Junge. Das gefiel ihr. Erst Monate später – sie waren noch immer per Sie – fragte er in seiner zurückhaltenden Art, ob sie sich bei Gelegenheit anschauen wolle, wie er lebt.

Drei Tage später, an einem Samstagabend, klingelte sie an seiner Tür. Er öffnete, half ihr aus dem Mantel und zeigte zunächst die Wohnung. Sie staunte, wie tipptopp die Zimmer aufgeräumt waren. Keine schmutzigen Tassen in der Küche, keine Zeitungsberge auf dem Wohnzimmertisch – und das in einem Junggesellenhaushalt. Der Mann braucht keine Frau, stellte sie mit gemischten Gefühlen fest.

Horst Reckling hatte Schnittchen vorbereitet und als Nachtisch einen Pflaumenquark, den sie nebenbei aßen – ahnungslos, welche Bedeutung er eines Tages einnehmen würde. Sie redeten viel über ihre Enttäuschungen in der Vergangenheit und ihre Vorsätze für die Zukunft. Von diesem Abend an duzten sie sich. Zum Abschied küsste er sie zart auf die Wange.

Eine Woche später lud Horst sie in ein superfeines Restaurant ein. »Mann, war ich aufgeregt. Mir zitterten die Knie«, erinnert sich Beate Reckling. Nie zuvor hatte sie jemand in ein solch vornehmes Lokal ausgeführt. Die verschiedenen Bestecke, unterschiedlichen Gläser – für Beate Reckling damals absolutes Neuland. Sie hatte Angst, sich zu blamieren. Und dann war es genau umgekehrt. »Bei mir lief alles glatt, und ihm passierte ein Missgeschick nach dem anderen. Er war viel aufgeregter als ich. Beim Eingießen des Weins kleckerte er aufs Tischtuch. Der erste Bissen der Vorspeise landete auf seiner Krawatte, und später warf er aus Versehen ein Glas Cognac um. Aber es war ein wunderschöner Abend.«

Die nächste private Verabredung wurde gleich vereinbart: ein Mittagessen bei ihr. Sie wollte kochen. Um sechs Uhr früh stand Beate an dem Tag auf, ihr Perfektionsdrang ließ sie nicht länger schlafen. Sie bereitete die Rouladen vor, den Rotkohl, die Klöße und kochte einen Schokoladenpudding, den sie als Nachtisch servieren wollte. Nachdem er abgekühlt war, dekorierte sie ihn kunstvoll mit Sahnehäubchen und Streuseln. Um elf Uhr war der Tisch gedeckt, die Soße fertig, und sie war frisch geduscht – und parfümiert.

Horst kam pünktlich und brachte Blumen mit. Wie es sich gehörte, hatte er sie vor der Wohnungstür aus dem Papier gepackt. Sie lachten viel beim Essen, tauschten Anekdoten aus. Beate merkte, dass sie auf dem besten Weg war, sich zu verlieben. Und wenn bei Horst die Liebe durch den Magen ging – die Rouladen schmeckten ihm auf jeden Fall, er nahm gleich zwei. Beim Nachtisch war er zaghafter. Er aß ein Schälchen, aber nicht mit übertriebener Begeisterung. Als perfekte Gastgeberin redete Beate ihm gut zu, ein zweites zu nehmen. Er zierte sich, druckste rum. Sie interpretierte sein Verhalten als Schüchternheit, ließ nicht locker, bis er nachgab. Nach dem Motto »Augen zu und durch« löffelte er tapfer weiter, verzog keine Miene. Eigentlich hasste er Schokoladenpudding, schon der Geruch konnte ihn in die Flucht treiben – das aber gestand er, höflich wie er war, Beate erst viele Wochen später.

»Hallo Herr Weber! Oh, Sie nehmen gerade ein Sonnenbad. Darf ich stören?« Ruprecht schaut durch die halb geöffnete Tür ins Zimmer.

Thomas Weber bittet ihn herein. Er liegt mit freiem Oberkörper im Bett, hat die Decke bis zur Hüfte hinuntergeschoben und sein T-Shirt bis unter die Arme hochgezogen. Er ist so abgemagert, dass sich jeder Knochen unter seiner Haut abzeichnet. Die Sonne, die durch das geschlossene Fenster direkt auf seinen Körper scheint, ist für ihn wie eine Entspannungsübung. Die warmen Strahlen tun seinem Bauch wohl. Gut möglich, dass sie sogar heilend wirken. Thomas Weber entschuldigt sich für seine Blöße.

Ruprecht ermuntert ihn, entspannt liegen zu bleiben – vergebens. In dieser Montur habe er noch nie Besuch empfangen, und das werde er auch jetzt nicht. Der Dreiundsechzigjährige zieht sein T-Shirt herunter und streift sich die Bettdecke über. Er faltet die Tageszeitung zusammen, die neben ihm auf der Matratze liegt und schiebt seine randlose Lesebrille in die richtige Position.

»Wollen Sie heute wieder im Zimmer essen, oder haben Sie Lust, herunterzukommen?« Ruprecht schaut seinen Gast aufmunternd an, was nicht hilft. Die Antwort ist ein unmissverständliches Nein. Thomas Weber will im Bett bleiben. Seine neue Umgebung, seine neue Situation sind ihm noch fremd. Sich im Rollstuhl durch die Gegend schieben zu lassen – dieses

Szenario wäre ihm vor drei Wochen nicht einen Gedanken wert gewesen. Da lief er mit einem Freund den halben Tag auf einer Oldtimerausstellung herum und fand, es sei das Normalste der Welt, nostalgisch von einem Auto zum nächsten zu schlendern. Dass er jetzt vollständig auf fremde Hilfe angewiesen ist, hat ihn knallhart auf den Boden der Tatsachen zurückgeholt. Was der Mensch alles für selbstverständlich erachtet. Man geht zur Tür, öffnet sie, geht hinaus, läuft die Treppen runter, und wenn man will, jederzeit wieder rauf.

Dass so rasch von seinem gewohnten Leben kaum etwas übrig blieb, war für Thomas Weber ein gewaltiger Schock. »In diesen Tagen schaffe ich mit Mühe und Not, vom Bett ins Badezimmer zu kriechen. Gucken Sie sich die Entfernung an! Das sind keine drei Meter. Soll ich mich jetzt über etwas freuen, das ich mein Leben lang, ohne darüber nachzudenken, Hunderttausende Male gemacht habe? Seltsamerweise musste ich feststellen: Ja, ich freue mich über diese Banalität. Wenn ich auf meinen dünnen wackligen Beinen am Waschbecken angekommen bin und die Kraft besitze, für einige Minuten dort stehen zu bleiben, bin ich stolz, fühle mich stark wie Oskar.«

Als er sich die Oldtimer anschaute, rief die Klinik an. Endlich. Er solle am nächsten Tag sofort kommen, hieß es. Der Eingriff könne stattfinden.

Thomas Weber hatte sich für eine neue Therapieform entschieden. Er wollte nichts unversucht lassen im Kampf gegen den Krebs, der schon seit über zwei Jahren sein Leben bestimmte. Wenn die Metastasen weniger schnell wüchsen, wäre ihm schon viel geholfen – mit dieser Hoffnung ging er ins Krankenhaus.

Er wurde vorgewarnt, nach dem Eingriff könne es ihm womöglich schlechter gehen als vorher. Die Ärzte sagten ihm, es würde einige Wochen dauern, bis Erfolg oder Misserfolg der Therapie erkennbar seien. »Ich bin gehend ins Krankenhaus rein und liegend wieder raus. Um mich von dem Eingriff in Ruhe zu erholen, empfahl man mir einen Hospizaufenthalt, und deshalb bin ich hier.«

Ruprecht versucht, seinen Gast aufzumuntern: »Haben Sie einen besonderen Wunsch? Oder soll ich Ihnen eine nette Kleinigkeit besorgen? Büffelmozzarella, französischen Camembert, Parmaschinken oder was auch immer. Sie sind zu bescheiden. Fällt Ihnen nichts ein?«

»Nein. Ich bin zufrieden mit dem Service, wie er ist. Außerdem haben Sie mir schon einen Wunsch erfüllt.«

»Ich weiß, das Sauerkraut mit Kassler.«

»Ich kann nicht ständig Wünsche äußern. Ich muss auch Rücksicht auf die anderen Damen und Herren nehmen.«

Ruprecht widerspricht ihm: »Das darf nicht Ihre Sorge sein. Bitte keine falsche Zurückhaltung.«

»Das klingt gut. Vielleicht überlege ich mir für die nächsten Tage einen Großauftrag. Im Augenblick bin ich gedanklich abgelenkt. Seit dem frühen Morgen beschäftigt mich ein heißes Thema.« Thomas Weber beugt den Kopf ein wenig, damit er besser über seine Lesebrille hinwegschauen kann. »Ruprecht, ich habe eine Frage, die Sie mir bestimmt beantworten können. Sie arbeiten schon länger hier und kennen die Abläufe. Wie viele Kranke kommen aus diesem Haus lebendig raus?«

Ruprecht schluckt. Obwohl ihm diese Frage schon häufiger gestellt wurde, trifft sie ihn jedes Mal unvorbereitet. Er will weder lügen noch Träume zerstören, vorsichtig, aber wahrheitsgemäß antworten. »Es gibt durchaus Bewohner, die nach einer gewissen Zeit aus dem Hospiz ausziehen und nach Hause zurückkehren.«

»Interessant. Und sind das v-«, Thomas Weber unterbricht sich selbst: »Egal, wie viele das sind. Hauptsache, es gibt welche, die nicht im Sarg rausgetragen werden. Zu denen will ich gehören. Vielleicht kriege ich die Kurve. Man muss sich eine Perspektive aufbauen, sonst geht man den Bach runter.«

Thomas Weber schiebt seine Lesebrille von der Nase auf den Kopf und steckt sie in seine kurzen grauen Haare. Dabei schaut er erleichtert auf die leeren Wände. »Bin ich froh, dass hier im Zimmer keine Uhr an der Wand hängt! Im Krankenhaus war eine direkt gegenüber von meinem Bett. Eine große weiße mit schwarzem Rand. Ein grauenhaftes Teil. Man schließt die Augen und döst vor sich hin. Wenn man sie wieder öffnet, denkt man, es sei mindestens eine Stunde später. Und dann glotzt du unwillkürlich auf diese riesige Wanduhr und stellst frustriert fest, es sind nur drei Minuten vergangen. Nur drei Minuten!«

Er schwor sich, nie wieder in einem Raum zu liegen, in dem eine Uhr hängt. Er will nicht wissen, wie lange er gegrübelt hat und worüber. Am liebsten würde er sowieso die meisten seiner Gedanken per Knopfdruck abstellen. Besonders einen, der ihn seit Tagen verfolgt. Thomas Weber versucht sich vorzustellen, wie das ist mit dem Tod, wie man ihn fühlt, was man davon mitbekommt. »Eines Tages bist du weg, verschwunden. Und das war es dann. Mehr ist da doch nicht, oder?«

Der Koch geht zügig über den Flur. Er hat noch zwei Zimmer vor sich. Wenn die Steckrüben pünktlich bis zum Mittag fertig werden sollen, muss er sich ein wenig beeilen.

Bei einigen Bewohnern ist er nur kurz im Zimmer, klärt lediglich die Essensfrage, mehr nicht. Bei anderen entwickeln sich Gespräche, die er nicht abwürgen will – so eilig kann er es nicht haben. Die Frage von eben, wie viele Menschen lebend das Hospiz verlassen, beschäftigt Ruprecht nachhaltig. Er möchte keinem die Hoffnung und den Mut rauben, indem er die Statistik zitiert, in der nüchtern und sachlich steht, dass achtundneunzig Prozent der Schwerkranken, die hierherkommen, auch hier sterben. Punkt, aus, Ende der Durchsage! Was täte er den Menschen damit an? Theoretisch kann jeder zu den zwei Prozent gehören, die dem Tod entgegen ärztlicher Prognosen von der Schippe springen und trotz ihrer schweren Leiden für ungewisse Zeit nach Hause zurückkehren können.

Eines hat der Koch im Umgang mit den Bewohnern schnell gelernt: So unterschiedlich die Menschen im normalen Leben agieren und reagieren, verhalten sie sich auch im Hospiz. Jeder schöpft auf seine Art Hoffnung, die Krankheit stoppen zu können. Jeder setzt sich anders mit der Angst vor dem Sterben auseinander. Die gesamte Bandbreite menschlicher Gefühle kommt zum Vorschein: Die einen demonstrieren Gleichgültigkeit, verfallen in Depressionen oder haben Wut im Bauch, die anderen ergehen sich in Zynismus, schwarzem Humor und Sarkasmus. Es wäre anmaßend, als Außenstehender die Gefühle und Reaktionen der Bewohner zu beurteilen.

»Für mich gibt es kein richtig oder falsch. Manchmal versuche ich mir auszumalen, wie ich mich selbst in einer lebensbedrohlichen Situation verhalten würde. Meine Vorstellung ist begrenzt, da es eben nur eine Vorstellung ist, eine Spekulation. Ich hoffe, nicht in Panik zu geraten, stattdessen Ruhe zu bewahren. Ich schätze, das wünscht sich jeder.« Ruprecht Schmidt lacht. Im Voraus eine Antwort zu finden, hat er aufgegeben. Es gibt sie nicht, und das ist besser so.

Rolf Führing, der Neue im Hospiz, sitzt immer noch am großen Esstisch, obwohl er längst mit dem Frühstück fertig ist. Von seiner Position aus kann er durch die hohen Fenster bis in die Baumkronen schauen. Der Wind lässt sie hin und her wiegen. Wolken ziehen am Himmel. Er hört Vogelgezwitscher, kaum Autolärm. Und das in St. Pauli, einem der turbulentesten Stadtteile Hamburgs. Weit genug von den Gebäuden an der Straße entfernt, liegt das Hospiz in einem großen offenen Hinterhof, links und rechts eingerahmt von Wohnhäusern.

Rolf Führing beeindruckt der Ort, an dem er seit vierundzwanzig Stunden verweilt. Hier ist er nicht der Patient mit Bauchspeicheldrüsenkrebs, der gestern eingeliefert wurde. Er ist der neue Bewohner, der gestern eingezogen ist. Achim, der Krankenpfleger, hat am Morgen zu ihm gesagt, er müsse sich nie allein fühlen, es sei immer jemand für ihn da. Seitdem er am Esstisch sitzt, kann der pensionierte Oberfinanzbeamte diese beruhigende Aussage nur bestätigen. Nicht aufdringlich, eher wie nebenbei schaut in gewissen Abständen ein Pfleger oder eine Schwester freundlich um die Ecke und bietet Hilfe an.

Erneut nimmt Rolf Führing Schritte wahr, dieses Mal kommt jemand die Treppe herunter. Das kann er gut hören, weil das Esszimmer keine Tür hat, sondern einen breiten, offenen Durchgang. Das ist ungewohnt für den Neunundsechzigjährigen, aber durchaus vorteilhaft, weil es dadurch mehr zu sehen gibt. Von seinem Platz aus hat er die Küchentür und den Teil des Flurs, der in die Eingangshalle führt, voll im Blick.

»In ein paar Tagen werde ich Sie an Ihrem Gang erkennen!«, ruft er dem Koch von Weitem entgegen.

Den Vitamintrunk, den Ruprecht ihm anbietet, nimmt er gerne. »Ich bin zwar pappsatt, aber probieren könnte ich ihn ja mal.«

Was für ein Service! Einfach so zwischendurch ein frisch gemixtes Getränk. Zum Mittagessen möchte er, wenn überhaupt, nur etwas Leichtes. Aber was? Beim Nachdenken hält Rolf Führing den rechten Zeigefinger an die Lippen und entscheidet sich schließlich für eine Portion Grießbrei. Ruprecht regt an, diesen mit ein wenig frischem Rhabarberkompott zu servieren. Die Kombination hört sich nicht schlecht an.

Er fühle sich gerade wie in einem Restaurant, stellt Rolf Führing anerkennend fest. »Haben Sie den Kuchen gebacken, der bei mir im Zimmer steht?«

Der Koch nickt. Ja, er hat.

Drei Tage vor der Eröffnung des Hospizes entdeckte er die kleine Kuchenform zufällig in einem Laden – ein Teddy mit ausgestreckten Armen. Er wusste sofort, das ist es. »Ein kleines selbst gebackenes Bärchen als süße Begrüßung aus der Küche –

die Idee fand ich absolut klasse. Man muss sich das immer wieder vor Augen führen: Die Menschen sind im Krankenhaus oder zu Hause und werden damit konfrontiert, dass man medizinisch nichts mehr für sie tun kann, sie zum Sterben verurteilt sind. In diesem emotionalen Ausnahmezustand ziehen sie bei uns ein. Da kann eine kleine Geste, die signalisiert ›Ihr seid willkommen‹ ein bisschen helfen, die Schwere der Situation aufzufangen.«

Rolf Führing schaut zu, wie Ruprecht den Frühstückstisch abräumt. »Ich erfuhr die Hiobsbotschaft in der Klinik«, berichtet er auffallend sachlich. Der Professor sei ins Zimmer gekommen und habe zu ihm gesagt: »Herr Führing, Sie sind nicht mehr therapierbar.«

Ihn hat diese Information nicht geschockt. Im Gegenteil, in gewisser Weise wartete er geradezu auf sein Todesurteil. Er ahnte es seit Monaten. »Ich hatte viel Zeit zum Nachdenken im Krankenhaus. Ich setzte mich mit der Möglichkeit, das Schlimmste könnte eintreten, früh genug auseinander.«

Das kann er jedem anderen in einer ähnlichen Situation nur empfehlen. »Wenn man sich mit der Vorstellung vertraut macht, in Kürze aus dem Leben scheiden zu müssen, kommt die Diagnose nicht als allzu harter Hammerschlag daher. Jeder von uns wird irgendwann endgültig gehen.«

Seine Worte klingen beruhigend – aber ist es wirklich so einfach? Der ehemalige Oberfinanzbeamte strahlt übertriebene Gelassenheit aus, als er pragmatisch und unerschrocken resümiert: »Alles, was auf der Erde kreucht und fleucht, findet sein Ende und ist anschließend tot. Aus dieser Sicht der Endlichkeit muss auch der Mensch Rückschlüsse ziehen.«

Während er erzählt, ist Rolf Führing in ständiger Bewegung. Seine Hände umklammern die Tischkante. Er schiebt und zieht sich in seinem Rollstuhl zurück und vor – vom Tisch weg und wieder ran. »Jeder hat nur soundso viele Jahre. Die genaue Zahl weiß keiner, die ist ein X. Dieses X, die große

Unbekannte, muss ich mit Leben füllen und gestalten, wohl wissend, alles kann morgen zu Ende sein. Wenn ich den Gedanken an dieses Ende allerdings in den Mittelpunkt stellte und er mich beherrschte, hätte ich überhaupt keinen Antrieb mehr. Ich würde in einer Tour jammern und jammern: ›O je, o je, bin ich übermorgen fällig, morgen oder schon heute?‹«

Die Ärzte gaben ihm zu verstehen, berichtet Rolf Führing weiter, er habe noch ein paar Wochen. Aber wie viele sind das genau? Zwei, drei, vier – oder vielleicht doch zwei Monate? Wie viele Menschen verunglücken womöglich bis dahin im Straßenverkehr, bei einem Flugzeugabsturz oder einer Naturkatastrophe? Der einzige Unterschied zu ihnen ist, dass seine Vergänglichkeit bereits zeitlich definiert wurde.

Rolf Führing glaubt nicht an ein Danach. Der Tod ist für ihn endgültig. Wie er beerdigt wird – ob im Sarg oder in einer Urne –, ist ihm egal, davon bekommt er nichts mehr mit. Wie es ist zu sterben, wie lange dieser Übergang vom Diesseits ins Nichts dauern wird, darüber denkt er jedoch viel nach. »Ich bin Beamter durch und durch, ein kontrollierter, planender Mensch. Spontaneität war nie meine Stärke. Ob bei der Arbeit oder privat, ich habe nichts dem Zufall überlassen. Und so möchte ich es mit dem Sterben ebenfalls handhaben.«

2

Der kleine Supermarkt um die Ecke war auf die Schnelle seine Rettung. Mit einer großen Steckrübe unter dem Arm kehrt der Koch mehr joggend als gehend zurück ins Hospiz und macht sich sofort an die Arbeit. Schälen, klein schneiden – die Bewegungen gehen ihm leicht von der Hand, sind geschmeidig, wie nebenbei. Ein paar Minuten später steht der Topf auf dem Herd. Die festen Rübenstücke brauchen lange, bis sie weich sind. Um die muss Ruprecht sich vorerst nicht mehr kümmern. Aber neben der Spüle liegen zwei Bund Radieschen, Tomaten, Gurken, Frühlingszwiebeln und einige Blätter Bärlauch. Salate sind für den Hospizkoch Muntermacher. In den verschiedensten Variationen gehören sie zu seinem täglichen Angebot.

Ruprecht macht sich ans Putzen und Waschen. Er mag die Nähe zu den Produkten, die er verarbeitet, fasst sie gerne an. Auch wenn er sich beim Fleischumdrehen in der Pfanne schon zigmal die Finger verbrannt hat, benutzt er ungern einen Heber, arbeitet am liebsten mit den Händen. Kochen bedeutet für ihn Lebendigkeit, Leidenschaft und kreatives Chaos. Es hat lange gedauert, bis er diese Erkenntnis zulassen konnte: »Ich komme aus einer intellektuellen Pfarrersfamilie. Mein Großvater, mein Vater und meine Mutter haben Theologie studiert. Mein Vater ist relativ früh gestorben, ein Jahr vor meinem Abitur. Von meinem umstrittenen Werdegang bekam er nichts mehr mit.«

Gymnasium, Studium, Pastor – was sonst? Nichts schien den Eltern klarer, als dass der Sohn in ihre Fußstapfen treten würde. Folgerichtig stieß Ruprecht bei seiner Mutter auf großes Unverständnis, als er sich nach dem Abitur anders entschied. Er wollte weg. Auf Reisen gehen, fremde Länder und Kulturen kennenlernen. Drei Monate lang waren Ägypten und Israel seine neue Heimat, dann ging ihm das Geld aus und er musste zurück. »Ich war zwar notgedrungen wieder in Deutschland, aber die Faszination des Reisens ließ mich nicht mehr los«, erzählt er.

Er überlegte, wie er Beruf und Fernweh in Einklang bringen konnte. Parallel gab es endlose Diskussionen mit der Mutter, die ihren Sohn, wenn nicht an einer theologischen, dann doch wenigstens an irgendeiner anderen Fakultät sehen wollte. Die Mutter machte Druck ohne Ende und er sich selbst genauso. Alle seine Jugendfreunde studierten, da musste er doch auch …

Schließlich schien ihm Archäologie mit seinen Plänen vereinbar zu sein. Welcher Studiengang, wenn nicht dieser, führte auf direktem Weg ins Ausland, zumindest zu antiken Stätten? Zwei Semester hielt er durch, bis er sich eingestand, was er innerlich längst wusste: Er hatte überhaupt keine Lust zu studieren. Eine akademische Laufbahn war nicht das, was ihn glücklich machen würde. Er wollte Koch werden! Ein Beruf, der es ihm ermöglichen würde, überall auf der Welt zu jobben. »Ich träumte davon zu reisen, und da, wo ich gerade sein würde, wollte ich einige Monate arbeiten. Halt immer im Wechsel.«

Das klingt mehr nach Abenteuerlust, als ihm lieb ist. Heute wie früher – er ist und war ein Sicherheitsmensch, brauchte für seine Zukunftspläne im Hinterkopf die Möglichkeit, auch in Deutschland jederzeit einen Job finden zu können. Nie hätte Ruprecht ohne abgeschlossene Berufsausbildung vor sich hin gelebt.

Damals wohnte er in Heidelberg, hatte keine Ahnung, welche Restaurants für eine Lehre infrage kamen, und versuchte sein Glück – ohne falsche Bescheidenheit – bei der Topadresse vor Ort. »Wir sind der schlimmste Ausbildungsbetrieb im gesamten Rhein-Neckar Gebiet«, bekam er von seinem zukünftigen Chef am Telefon zu hören: »Sie müssen wissen, auf was Sie sich einlassen. Ein Zuckerschlecken wird die Lehre nicht. Das sage ich Ihnen gleich.«

Als der Neue, der von der Uni kam, wurde Ruprecht argwöhnisch betrachtet – dem wollte man zeigen, wo es langging! Und so erhielt er am ersten Tag seiner Ausbildung die Aufgabe, lebendige Flusskrebse zu entdarmen. »Die krochen aus dem Becken und hingen mir an der Hose. Ich hätte am liebsten laut aufgeschrien, so eklig fand ich das. Mir war klar, wenn ich diese Feuertaufe nicht bestehe, kann ich meine Koffer packen, und das war es dann.«

Die einzige Möglichkeit, das Scheitern zu vermeiden: Augen zu und durch! Er blieb und musste in seiner ersten Lehrwoche Fasane und Rebhühner rupfen, Rotbarben entschuppen und Lachs filetieren – und blieb dennoch. Zwölfstundentage waren keine Seltenheit, freie Tage hingegen schon. »Das war ein totaler Schickimicki-Laden. Mein Chef wollte sich unbedingt einen Stern erkochen. Angesagt war Nouvelle Cuisine: viele Kleinigkeiten auf dem Teller, aufwendig dekoriert und sehr übersichtlich drapiert.«

Bei aller Arbeit wusste Ruprecht nie, ob es den Gästen überhaupt schmeckte. Er hatte keinen Kontakt zu ihnen. »In diesem Restaurant wurde großer Wert darauf gelegt, dass sich niemand aus der Küche zeigte. Eigentlich war man gar nicht präsent.«

Wenn wichtige Leute kamen – der Bürgermeister oder ein Lokalpolitiker aus der Nachbargemeinde –, kam stets die Anweisung: »Für den müsst Ihr euch besonders ins Zeug legen!« Eine Aufforderung, die Ruprecht bereits als Lehrling unangenehm fand. Er wollte sich nicht mehr anstrengen als sonst, nur weil jemand mit Macht und Einfluss im Restaurant saß. Im Umkehrschluss hätte das nämlich bedeutet, sich bei normalen Gästen weniger Mühe zu geben.

Ruprechts Bewegungen sind schnell, aber nicht hektisch. Der Koch wirkt keineswegs gestresst, im Gegenteil. Er ist in seinem Element, wenn er durch die Hospizküche wirbelt, kreuz und quer läuft. Von den Kräutern auf der Fensterbank zum begehbaren Kühlschrank, schnell ein Griff ins Regal, und zurück zum Herd. Auf dem stehen mittlerweile fünf Töpfe. Jetzt fängt der Spaß erst richtig an. Ruprecht widmet sich einer raffinierten Salatsoße und rührt trotzdem im entscheidenden Moment im richtigen Topf. Er mag zügige und ergebnisorientierte Arbeit – nicht lange herumfackeln, machen!

Das Tagesmenü ist inzwischen fast fertig, ebenso die Tomatensuppe für eine Bewohnerin, die nur flüssige Nahrung zu sich nehmen kann. Das Steckrübengemüse muss noch eine Weile dünsten.

Am liebsten schweigt Ruprecht Schmidt bei der Arbeit, tüftelt vor sich hin, schneidet hier, würzt dort. Dabei lässt er den Gedanken freien Lauf und führt seinen inneren Dialog, wie er ihn nennt. Als er noch im Restaurant arbeitete, beschränkte der sich meist auf wenige Fragen: Schaffe ich das? Wie schaffe ich das? Bekomme ich die zehn Steaks, drei *medium*, vier *well done* und die übrigen *medium rare* zeitgleich hin, auf den Punkt genau aus der Pfanne?

Die einzige Antwort, die er damals für sich parat hatte, war, komplett abzuschalten: »Ich habe funktioniert wie ein kleiner Automat. Links kamen die Bestellbons rein und rechts die Filets Mignon raus.« So konnte er den Stress am besten aushalten.

Bei seiner Arbeit im Hospiz geht es ihm anders. Er denkt viel über seine Gäste nach, darüber, wie er wem eine Freude machen, mit was er wen überraschen könnte. Abhängig von der Tageszeit überlegt er morgens, welche Alternativen er zusätzlich zum Tagesmenü anbieten sollte. Nachdem er seinen Rundgang durch die Zimmer gemacht hat, beschäftigt ihn der Zustand der einzelnen Bewohner. Wem geht es gesundheitlich schlechter? Wem geht es ganz schlecht? Wer ist gerade in einem schweren emotionalen Tief? Was kann er beisteuern, um diese Stimmung zu heben? Wie kann er helfen, damit die sterbenskranken Menschen es sich nicht ganz so schwer machen?

Geborgenheit und Würde, zwei Worte, die er in diesem Zusammenhang gern erwähnt. Er spricht sie nicht nur aus. Er bemüht sich, ihnen entsprechend zu handeln. »Ich glaube, ich kann als Koch ein Stück Geborgenheit vermitteln, indem ich die Menschen im Rahmen meiner Möglichkeiten verwöhne. Ich liefere die kulinarische Freude und versuche, sie damit im doppelten Sinn zu stärken, körperlich und seelisch. Sie sind nicht wertlos, weil sie im Bett liegen, auch nicht nutzlos, weil sie im Rollstuhl sitzen. Ich möchte ihnen helfen, ihre Würde zu behalten.«

Der Pflaumenquark für Horst Reckling ist an der Reihe. Ruprecht startet einen neuen Versuch: drei Esslöffel Quark, zwei Teelöffel Sahne, ein Schuss Slibowitz, zwei Prisen Zucker. Mit einem winzigen Schneebesen verrührt er die Zutaten in einem Schälchen, legt anschließend die klein geschnittenen Pflaumenstücke obendrauf. Noch konnte er es dem schwerkranken Mann nicht wirklich recht machen. Beim ersten Versuch, in der guten Absicht, es schmecke besser, rührte er die Pflaumenstücke unter den Quark – er konnte nicht wissen, dass dies ein Fehler war. Bei den nächsten Malen war entweder zu viel oder zu wenig Slibowitz drin, oder die Konsistenz stimmte nicht.

Horst Reckling selbst kann ihm keine exakten Angaben zu seinem Lieblingsquark machen, er ist viel zu schwach, kann lediglich signalisieren, ob es ihm schmeckt oder nicht. Und seine Ehefrau ist wegen der gesamten Situation nervlich extrem angespannt und niedergeschlagen. Ihr fällt nicht ein, was früher an dem Quark anders gewesen sein soll. Natürlich möchte der Spitzenkoch nicht an einem simplen Pflaumenquark scheitern.

Der Perfektionist in ihm würde sich gewaltig ärgern. Ihm bleibt also nichts anderes übrig, als es immer wieder aufs Neue zu probieren und dabei die Mengen zu variieren. »Ehrlich, ich habe bis heute nie bereut, einen Sonderwunsch zu erfüllen. Egal, ob kompliziert oder einfach und wie oft ich kritisiert wurde, bis ich es hinbekam. Ich bereue lediglich, wenn ich mir nicht genug Mühe gebe.«

Vor einiger Zeit erlebte er das Schlimmste, was einem Koch widerfahren kann. Eine ältere Frau zog ein. Sie konnte weder riechen noch schmecken. Als er ihr Zimmer betrat, um sich vorzustellen, empfing sie ihn mit den Worten: »Ich habe die Schnauze voll!« Sie schimpfte wie ein Rohrspatz, wollte endlich wieder etwas Gescheites auf den Teller bekommen und nicht einen Tag länger diese Astronautennahrung aus der Klinik sehen. Essen gehöre für sie wie das Atmen zum Leben. Hätte sie vorher gewusst, dass die Chemotherapie ihre Geschmacksnerven zerstören würde, dann …

Sie überlegte kurz und entschied sich um: »Ach, was soll es: Hinterher ist man immer schlauer.«

Ruprecht erinnert sich an jedes Wort der Bewohnerin und ebenso an seine Reaktion. »Als ich aus ihrem Zimmer ging, dachte ich zynisch: ›Super! Essen kochen für Geschmacklose … Das ist ja genau das, was ich als Koch gebrauchen kann und worauf ich gewartet habe.‹ Unmöglich – mir fiel nichts ein, womit ich dieser Frau eine Gaumenfreude bereiten sollte.«

Er erwischte sich bei dem Gedanken daran, dass es letztlich total egal war, was er der Bewohnerin vorsetzen würde. Für die Frau brauchte er sich in der Küche kein Bein auszureißen. Abschmecken – wozu? Sie schmeckte ja nichts! Erschwerend kam hinzu, dass sie nur pürierte Kost vertrug. Der typische Fall für eine Tütensuppe und fertig, aus! Seine pragmatischen Argumente blieben ihm aber wie ein Kloß im Hals stecken; sie erschreckten ihn.

Grübelnd ging er zurück zum Herd und beschloss: Jetzt erst recht! Er zauberte mit frischen Zutaten eine Gemüsesuppe vom Feinsten, schmeckte sie mit Majoran, Liebstöckel und Gewürzen ab, als ob es sich um seine Meisterprüfung handelte. »Die Bewohnerin wurde im Rollstuhl zum Essen heruntergebracht, saß am Tisch, probierte einige Löffel ihrer Suppe und meinte Sellerie herauszuschmecken. Das konnte aber nicht sein. Ich hatte keinen Sellerie verwendet.«

Er überlegte kurz, ob er ihr die Wahrheit sagen sollte.

Er schaute sie an und entschied sich dagegen. Sie hatte einen so stolzen Gesichtsausdruck – er wollte nicht derjenige sein, der ihn zerstörte, wäre sich schäbig vorgekommen, mit ihr zu diskutieren. »Ich hätte ihr sagen müssen: ›Nein, Ihr Zustand ist leider unverändert. Sie bilden sich bloß ein, etwas zu schmecken.‹ Wozu? Ich wollte ihr diesen kleinen Glücksmoment gönnen und habe sie in dem Glauben gelassen und gesagt: ›Genau, in der Suppe ist ein bisschen Sellerie drin.‹«

Euphorisch erklärte die Bewohnerin dem Koch daraufhin, sie komme ihrem Wunschziel näher, für die verbleibenden Wochen ihres Lebens wieder zu schmecken.

Ruprecht überlegte, wie er ihr weiterhin kleine Erfolgserlebnisse bescheren könnte. Seine Entscheidung war spontan und bauchgesteuert. Um der sterbenskranken Frau das »Schmecken« zu erleichtern, servierte er ihr farbenprächtige Suppen, jeden Tag eine andere. Mal war sie durch die Möhren orangegelb, und die Bewohnerin schmeckte Möhren. War sie durch die Rote Bete rot, schmeckte die Bewohnerin Rote Bete. War sie so grün, wie es nur Broccoli sein kann, schmeckte sie Broccoli. Die mittäglichen Fachsimpeleien zwischen den beiden ähnelten einem Spiel, bei dem Ruprecht nicht immer wusste, woran er war: »Sie kommentierte die Suppen sehr überzeugend. Mir kamen manchmal Zweifel. Ich dachte: ›Hoppla, vielleicht schmeckt sie hier und da für einen kurzen Moment tatsächlich, was drin ist.‹« Sie darauf anzusprechen, hätte er jedoch als einen persönlichen Affront verstanden.

Wenn er vormittags an ihrem Bett stand, durfte er nicht gehen, ohne ein kleines Präsent mitzunehmen. Auf ihrem Tisch stand ein Tablett mit Pralinen. Jede einzelne fein säuberlich in ein Papiertaschentuch gehüllt und mit einem Gummiband verschlossen. »Sie sagte immer in einem mütterlichen Tonfall zu mir: ›Ruprecht, so viel, wie Sie durch die Gegend laufen, nehmen Sie sich zwei oder besser drei. Ich kann keine Süßigkeiten mehr essen, aber Sie!‹ Die Pfleger und Schwestern beschenkte sie genauso. Ob wir die Pralinen nun mochten oder nicht, wir wussten, sie verbrachte ihre Nachmittage damit, sie zu verpacken, und empfanden diese Geste als liebevoll und ehrlich gemeint.«

Eines Vormittags, als der Koch wieder einmal zu ihr ins Zimmer ging, war nichts mit Süßigkeiten und Fachsimpeleien. »Ich kam rein, fragte, wie es ihr ging, und sie legte wie aus der Pistole geschossen los. Sie fühle sich beschissen, ihr Dasein sei ätzend, sie habe wahnsinnige Schmerzen und keine Lust mehr zu leben. Nach kurzem Luftholen meinte sie dann: ›Unsinn! Schluss mit dem Vollquatschen! Sie müssen schließlich zurück in die Küche.‹ Ich konnte ihren Frust verstehen, hockte mich vor ihr Bett und ermunterte sie, weiter Dampf abzulassen. Sie guckte mich zunächst wütend, dann verschmitzt an und stellte fest: ›Es reicht!‹ Ihr Anfall habe eine äußerst wohltuende Wirkung gehabt. Jetzt könne sie den Tag entspannter angehen.«

Die Phase der bunten Mittagessen dauerte eine Woche. Danach wollte die Bewohnerin nicht mehr über Schmecken und Geschmack reden. Sie kam nicht mehr zum Essen runter, löffelte ihre Suppe desinteressiert und kommentarlos im Bett – gleichgültig, was der Koch zubereitete.

Ruprecht war die Frau, die nicht schmecken konnte, sympathisch. Er mochte ihre offene, ehrliche Art. Dann passierte, was nicht zu vermeiden war. Er hatte zwei Tage Urlaub, und nach seiner Rückkehr war die Bewohnerin nicht mehr ansprechbar. Er ging in ihr Zimmer, schaute sie an, wie sie regungslos dalag, und verspürte den Wunsch, sie zu berühren – ihre Hand, Wange oder ihren Arm zu streicheln. Da er dies zuvor nie getan hatte, traute er sich allerdings nicht: »Sie konnte mir in ihrem Zustand nicht signalisieren, ob sie die körperliche Nähe gut gefunden hätte, also habe ich es gelassen.«

Wieder einmal musste der Koch von einem Gast Abschied nehmen. Ein trauriger Moment mehr in seinem Berufsalltag.

Beate Reckling möchte den Pflaumenquark für ihren Mann persönlich abholen – die Süßspeise, die ihre Liebe vom ersten gemeinsamen Abend an begleitet hat. Sie steht vor der Küchentür und wirkt sehr niedergeschlagen.

»Hoffentlich habe ich ihn heute richtig hinbekommen.« Ruprecht gibt ihr das kleine Schälchen, und ihr Gesicht heitert sich ein wenig auf.

»Machen Sie sich nichts draus. Ich war zu Hause zwar immer fürs Kochen zuständig, aber der Quark war Männersache. Wir haben ihn oft gegessen, bestimmt alle zwei Wochen. Einmal habe ich mich getraut, ihn zu machen – und das ging gehörig schief. Die Kritik meines Mannes war niederschmetternd, aber er hat mir sofort verziehen.« Die Erinnerung lässt ein Lächeln über ihren Mund huschen.

Mit dem Schälchen in der Hand geht sie langsam und schwerfällig die Treppe hoch. Ob ihr Horst überhaupt noch essen wird? Sie weiß es nicht. »Es steht nicht gut um meinen Mann. Ich glaube, er kapselt sich immer mehr ab, lebt in seiner eigenen Welt. Er spricht kaum, höchstens drei, vier kurze Sätze am Tag, und die schwer verständlich und extrem leise. Ihm fehlt die Kraft, meistens hat er die Augen zu. Ich weiß nicht, ob er schläft oder wach ist. Ich muss ihn mehrmals hintereinander ansprechen, bis er – wenn ich Glück habe – reagiert.«

Nimmt Beate Reckling zärtlich die Hand ihres Mannes in ihre, wartet sie sehnsüchtig auf Antwort – eine kleine Reaktion seiner schwachen Finger. Hier und da meint sie einen Gegendruck zu spüren. Ehrlich zu sich selbst, zweifelt sie an ihrer Wahrnehmung. Es fällt ihr schwer, zwischen Wunsch, Einbildung und Realität zu unterscheiden. Die lieben Worte, die sie ausspricht – wer weiß, ob sie ihren Mann noch erreichen. »Ich sitze an seinem Bett und bedanke mich für seine Liebe, für die wunderschöne Zeit, die ich mit ihm verbringen durfte. Ich glaube schon, er nimmt das wahr. In den ersten Tagen auf jeden Fall. Da hat er sich auch bei mir bedankt für meine Liebe.«

Es war eine Situation zum Losheulen. Ihr stockte der Atem. Sie versuchte vergeblich, ihre Tränen zu unterdrücken. Ihr Mann sagte: »Beate, bitte weine nicht. Mach es uns nicht so schwer!«

Angst, Traurigkeit, Verzweiflung, Hoffnung – Beate Recklings Emotionen wechseln von Stunde zu Stunde, oft von Minute zu Minute. Manchmal hat sie das Gefühl, sich innerlich von ihrem Mann bereits verabschiedet zu haben. In solchen Momenten wünscht sie ihm sehr, dass er von seinem Leiden erlöst wird. Dann wieder hofft sie verzweifelt, der liebe Gott möge ein Einsehen haben, ihm wenigstens ein paar Tage mehr schenken. Ein egoistischer Gedanke, das weiß sie. Auch wenn seine Hand kraftlos ist – sie berühren zu können ist für sie das Schönste der Welt. Sie fühlt seine Wärme, sie hört seinen Atem und möchte am liebsten unendlich lange in diesem Zustand verharren.

Als ihr Mann im Krankenhaus war, habe er hin und her überlegt, was besser für ihn wäre, berichtet sie: »In der Klinik konnte er nicht länger bleiben, so viel stand fest. Er war unsicher, ob er lieber zurück in die Wohnung wollte oder in ein Sterbehaus. Die Entscheidung habe ich komplett ihm überlassen. Ich habe gesagt: ›Egal wohin du möchtest, ich werde dich niemals im Stich lassen und dich rund um die Uhr unterstützen.

Wir haben uns versprochen, immer füreinander da zu sein. Ich bleibe bei dir.‹ Das war nicht dahergeredet, diese Worte drücken meine tiefste innere Überzeugung aus – in guten und in schlechten Zeiten für den anderen da zu sein. Nur den allerletzten Weg muss er allein gehen. Da kann ich nicht mit.«

Auf Wunsch ihres Mannes schaute sich Beate Reckling das Hospiz an. Zurück in der Klinik berichtete sie von ihren Eindrücken, den hellen freundlichen Zimmern, den examinierten Krankenschwestern und Pflegern, den Ärzten, die regelmäßig ins Haus kommen – und der Möglichkeit, ein zweites Bett ins Zimmer stellen zu lassen. Horst schaute sie an und sagte: »Lass uns ins Hospiz umziehen.«

Er erklärte ihr seine Entscheidung. Wenn ihm zu Hause etwas passieren würde, käme der Notarzt, und die ganze Maschinerie ginge von vorn los: Krankenwagen, Blaulicht, Notaufnahme, Intensivstation. Das wollte er sich nicht mehr antun, er wollte nur noch Medikamente gegen die Schmerzen.

Vor einer Woche sind sie im *Leuchtfeuer* eingezogen. Beate Reckling erinnert sich an jede Einzelheit des ersten Morgens. Nachdem ihr Mann die ganze Nacht ruhig und fest geschlafen hatte, öffnete er die Augen, schaute sie an und sagte: »Schön, dass du da bist. Ich weiß, auf dich kann ich mich verlassen!«

Er bat um eiskalte Milch. Nachdem er ein halbes Glas getrunken hatte, half ihm ein Krankenpfleger in den Rollstuhl und schob ihn ins Bad zum Duschen. Das Wasser auf dem Körper genoss er in vollen Zügen, fühlte sich anschließend wie neugeboren, wenn auch extrem erschöpft. Die Erkundungsfahrt durch das Haus, auf die er sich schon freute, verschoben die Eheleute auf den nächsten Tag – in der Hoffnung, er würde sich bis dahin erholt haben. Die Hoffnung erfüllte sich nicht – Horst Reckling erholte sich nicht mehr.

Vorgestern, als er schlief, fuhr Beate Reckling kurz nach Hause, schaute hektisch die Post durch, griff wahllos nach frischen Sachen zum Anziehen. Schnell saß sie wieder im Auto.

Ihr fehlt die innere Ruhe, ihren Mann länger als eine Stunde allein zu lassen. »Er braucht mich in seiner Nähe. Das bilde ich mir nicht ein, das spüre ich, wenn ich an seinem Bett sitze.« Sie seufzt leise. Das Schlimme sei, nichts anderes für ihn tun zu können, außer da zu sein. »Mir sind die Hände gebunden. Ich fühle mich unendlich hilflos.«

Ihr Mann hingegen wirkt auf Beate Reckling entspannter als in den Wochen zuvor. Als ob er innerlich akzeptiert habe, sie, die Familie und seine Freunde verlassen zu müssen.

»Wissen Sie, man kann im Leben nur einmal wirklich lieben!« Die Beziehung zu ihrem Mann empfindet Beate Reckling als großes Geschenk. Für die Sechzigjährige waren es die glücklichsten Jahre – geprägt von gegenseitiger Offenheit und Ehrlichkeit. Sie waren oft fröhlich miteinander, schon morgens beim Frühstück. Sobald im Radio ein Musiktitel lief, der ihnen gefiel, tanzten sie im Pyjama aus der Küche, hinein ins Esszimmer, von dort ins Wohnzimmer. Lachend ließen sie sich aufs Sofa fallen. Horst hielt die Unterarme an den Bauch und rieb die Hände aneinander. Beate liebte diese Geste, sie wusste in dem Moment, dass er rundum zufrieden war. »Diese Bewegung war typisch für ihn. Er machte sie, wenn er etwas besonders genoss. Wir waren mal im Tierpark Hagenbeck im Affenhaus. Mein Mann saß dort auf der Bank, rieb sich die ganze Zeit die Hände und rief: ›Guck dir das an, Beate! Schau mal da!‹ Er freute sich wie ein kleines Kind. Ich amüsierte mich mehr über ihn als über die Affen.«

Wenn sie spazieren gingen, auf dem Jungfernstieg, am Hafen, egal wo, nahm ihr Mann sie häufig wie aus heiterem Himmel fest in die Arme. Selbst wenn sie ihn kokett ermahnte: »Horst, was sollen die Leute denken? Wir sind keine zwanzig mehr«, hielt ihn das keineswegs ab – er küsste sie leidenschaftlich.

Weißes Geschirr, rote Servietten – der Tisch im Esszimmer ist gedeckt, für die Bewohner, die in den Zimmern essen, ist der Rollwagen vorbereitet. Vom Herd aus ist ein leises Fluchen zu hören – diese Steckrübenstücke sind verdammt hartnäckig und widerspenstig! Sie per Hand zu stampfen wird zum reinsten Kraftakt. Einmal mehr fühlt sich der Koch in seinen Vorbehalten gegenüber diesem traditionellen Gemüse bestätigt. Beim Probieren muss er jedoch augenzwinkernd und unumwunden zugeben: »Die Arbeit hat sich gelohnt. Das Mus schmeckt köstlich!« Damit weiß er allerdings noch lange nicht, ob die Bewohnerin, die es bestellt hat, seine Meinung teilen wird. Falls nicht, will er morgen Mittag einen neuen Versuch starten.

Zum Wünscheerfüllen darf Ruprecht Schmidt sich nicht viel Zeit lassen. Der Gesundheitszustand seiner Gäste kann sich von einem auf den anderen Tag, sogar innerhalb von Stunden dramatisch verschlechtern. Es ist ein ständiger Wettlauf gegen die tückische Krankheit, den der Koch manchmal verliert. Neulich ist es ihm mit Labskaus passiert. Eine Urhamburgerin wünschte sich das Gericht so zubereitet, wie sie es von ihrer Schwiegermutter, einer Kapitänsgattin, kannte – Kartoffeln, Rote Bete, Corned Beef, alles durch den Fleischwolf gedreht. Dazu ein Spiegelei, einen Rollmops und Gewürzgurken. Sie fragte den Koch, ob er diese Kombination ebenfalls gern esse. Der gab kleinlaut zu, ob mit oder ohne eingelegten Hering, kein großer Fan der norddeutschen Seemannsspezialität zu sein. Sie stand nicht gerade oben auf seiner kulinarischen Richterskala.

Die Hamburger Deern versuchte ihn eines Besseren zu belehren. Labskaus sei einmalig, eine Delikatesse. Pro und kontra, die beiden spielten sich scherzhaft die Bälle zu und neckten sich. Es war an einem Freitag, der in die persönliche Geschichte des Kochs als ein schwarzer eingehen sollte. Am Wochenende hatte Ruprecht frei. Gleich am Montagmorgen besorgte er auf dem Weg zur Arbeit die Zutaten – kaum angekommen im

Hospiz erfuhr er, dass die Bewohnerin bereits am Samstagabend verstorben war. Er kam zu spät. »Das tat mir wahnsinnig leid. Obwohl ich nichts dafür konnte, habe ich mir Vorwürfe gemacht und mich total geärgert. Wenn es mir nicht gelingt, ein Essen rechtzeitig zu servieren, empfinde ich das als berufliche Niederlage, die mich tagelang beschäftigt. Ich hatte das Bild der älteren Frau vor Augen, wie sie in ihrem Bett lag, in den höchsten Tönen von ihrem Leib- und Magengericht schwärmte. Ich hätte ihr so sehr gegönnt, dieses Labskaus noch einmal zu schmecken. Sich eine Lieblingsspeise auf der Zunge zergehen zu lassen, sie am Gaumen zu spüren und zu schlucken bedeutet Genuss pur! Es kommt in solchen Situationen überhaupt nicht auf die Menge an. Viel hätte sie wahrscheinlich nicht essen können. Vielleicht nur eine Gabel oder einen Löffel voll, egal. Schon ein Bissen kann ausreichend sein für ein schönes Erlebnis.«

An jenem Montagmorgen war der Koch bei seiner Arbeit in der Küche noch schweigsamer als sonst. Das Radio blieb aus, den Schwestern und Pflegern, die ab und zu kamen, um Getränke für die Zimmer zu besorgen, signalisierte er durch kurz angebundene Sätze: »Bitte, Leute, lasst mich heute in Ruhe!«

Ruprecht servierte das Labskaus trotzdem, bot es als zusätzliches Gericht auf der Tageskarte an. Es war im wahrsten Sinne des Wortes ein Leichenschmaus. Das wusste zum Glück außer ihm keiner – seinen Gästen verschwieg er die Vorgeschichte.

Renate Sammer sieht schick aus. Die Steckrübenliebhaberin ist frisch gekämmt, hat einen Hauch neues Rouge aufgetragen und ihre Lippen nachgezogen – dezent rosa, wie am Vormittag. Sie trägt einen roten kurzärmeligen Pullover. Es ist einer von den neuen. Renate Sammer war zwar früher immer adrett gekleidet, hatte sich aber jahrelang nichts zum Anziehen gekauft. Wozu auch? Ob ihre Oberteile, Röcke und Hosen zwei oder zwanzig

Jahre alt waren, wen sollte das interessieren? Außer um zum Supermarkt oder Bäcker zu gehen, verließ sie die Wohnung nicht. Abgesehen von ihren Kindern, kam so gut wie nie Besuch. Der Einzige, der klingelte, war der Postbote – und auch er äußerst selten. Sie hatte sich eingeigelt in den eigenen vier Wänden, mit der Einsamkeit arrangiert. Ihre Eitelkeit war dabei längst irgendwo auf der Strecke geblieben. Sie sah weit und breit keinen Anlass dafür, sich für sich selbst oder andere schön zu machen.

Am dritten Tag im Hospiz änderte Renate Sammer jedoch plötzlich ihre Meinung und erteilte der Tochter einen Auftrag: »Ulrike, ich möchte, dass du mir ein paar neue Pullover kaufst. Was Schönes, Farbiges, keinen Ramsch!«

Da war er wieder, dieser von Härte geprägte Unterton in ihrer Stimme, den Ulrike allzu gut kannte. Sie versuchte darüber hinwegzusehen, indem sie einen neuen Anlauf nahm, das Verhalten ihrer Mutter zu deuten. Wann immer diese früher ihre Macht unter Beweis stellen wollte, hatte sie diesen autoritären Tonfall angeschlagen. Schon als Kind reagierte Ulrike allergisch darauf. »Das ist eine alte Geschichte zwischen ihr und mir. Sie erzog mich sehr früh zur Selbständigkeit. Ich war die Erste im Kindergarten, die ihre Schnürsenkel selbst binden konnte. Mit zehn wusste ich, das Wichtigste für eine Frau ist die berufliche Unabhängigkeit. Aber von meiner Mutter sollte ich abhängig bleiben. Jetzt, durch die Krankheit, dreht sich der Spieß plötzlich um. Sie ist abhängig von mir und verliert die Kontrolle über mich.«

Mit dieser Erklärung fällt es Ulrike Sammer leichter, Verständnis und Nachsicht aufzubringen. Sie sehnt sich nach einem positiven Klima, ihr Wunsch nach Harmonie ist groß. Mit zweiundfünfzig Jahren will sie sich nicht mehr an ihrer Geschichte abarbeiten müssen, die kostbare gemeinsame Zeit mit Mutter-Tochter-Querelen von einst vergeuden. Der Schnee von gestern soll bleiben, wo er ist – weit weg!

Trotz dieses Vorsatzes fallen Ulrike Sammer Begebenheiten ein, die sie über die Jahre längst vergessen zu haben glaubte. Das Erlebnis mit der Gitarre! Sie war sechzehn, wollte ein Instrument spielen und wünschte sich nichts sehnlicher als eine Gitarre. Mit der Begründung, für solche unnötigen Spielereien fehle das Geld, versuchte ihre Mutter, den Wunsch im Keim zu ersticken. »Sie ermahnte mich in ihrer strengen Art, ich solle keine Zeit vergeuden, sondern mich auf das Wesentliche im Leben konzentrieren: Schule und Ausbildung. Nur so käme ich weiter. Mit Musik könne man kein Geld verdienen. Damit war das Thema für meine Mutter beendet, jede weitere Diskussion überflüssig. Dass Musikmachen die Kreativität fördert, dieses Argument konnte ich mir schenken.«

Ulrike löste das Problem im Stillen. Sie suchte sich heimlich einen Job, wollte ihren Wunsch mit selbst verdientem Geld verwirklichen. Nach monatelangem Sparen kaufte sie sich eine gebrauchte Gitarre. Wann immer sie in ihrem Zimmer saß und übte, vergingen keine fünf Minuten, bevor die Mutter hereinkam. »Ihr fiel ständig ein Grund ein, mich vom Spielen abzuhalten. Ich musste unbedingt und sofort in der Küche helfen, den Teppich im Wohnzimmer saugen, den Müll hinunterbringen und und und. Sie wollte mir die Gitarre madig machen.« Neben den Störaktionen hörte Ulrike bei jeder passenden Gelegenheit vorwurfsvoll, sie hätte von dem Geld Sinnvolleres und Gescheiteres kaufen sollen, zum Beispiel neue Strumpfhosen.

Während sie nun auf ihrer Pullover-Einkaufstour durch die Innenstadt lief, zog Ulrike Sammer Parallelen. Wie die Mutter ihr die Freude am Gitarrespielen missgönnte, verwehrte sie auch sich selbst die netten Kleinigkeiten, die das Leben verschönern. »Ich fragte mich den ganzen Weg über, warum ihr das eigene Wohlbefinden gleichgültig war, als es ihr gesundheitlich noch gut ging. Bei ihrer Rente hätte sie sich einiges leisten können. Sie musste nicht jeden Euro umdrehen. Wenn ich zu Besuch kam, schlug ich oft vor: ›Komm, Mutter, lass uns in der Stadt bummeln gehen.‹ Sie lehnte meistens ab. Als ob sie jeglichen Spaß im Vorweg vermeiden wollte. Abends ins Theater gehen – nein, im Dunkeln läuft man draußen nicht herum. Bloß kein Geld rausschmeißen für ein Taxi. Sie fand ständig einen Grund, neue Eindrücke und Erlebnisse zu umgehen. Sich entspannt zurücklehnen und sagen: ›So, darauf habe ich mal Lust‹, fiel ihr schwer.

Ich finde es so schade, wie oft sie sich selbst im Weg stand. Als junge Frau, Anfang der Fünfzigerjahre, arbeitete sie in Südschweden. Als Kind habe ich sie mal schwedisch sprechen gehört, das konnte sie perfekt. Es muss eine tolle Zeit gewesen sein. Manchmal erzählte sie ein bisschen davon. Zu ihrem siebzigsten Geburtstag schenkte ich ihr eine Reise dorthin. Ich wollte Urlaub nehmen und mit ihr von Hamburg aus gemütlich in Richtung Skandinavien fahren, in die Gegend, die sie von früher kannte. Meine Mutter freute sich für ihre Verhältnisse sehr und meinte: ›Eine gute Idee!‹ Doch je näher der Termin rückte, desto größer wurden ihre Einwände. Die lange Fahrt, zu viel Verkehr, schlechtes Wetter. Am Ende sagte sie ab.«

Ob ein CD-Player, ein neuer Weltatlas, weil sie sich für Geografie interessierte, oder Pralinen – jedes Geschenk, das die Tochter für ihre Mutter bislang aussuchte, stieß auf zumindest indirekte Ablehnung. Umso ernster nahm Ulrike Sammer den Auftrag ihrer Mutter, Pullover zu kaufen. Sie begriff ihn als ihre Chance. Endlich konnte sie der Mutter einen Wunsch erfüllen. Sie stöberte durch die Geschäfte und entschied sich für feinste Angoraware – einen Pullover in Rot, einen in Türkis und eine Jacke in einem warmen Orange.

Zurück im Hospiz packte sie die Schätze mit gemischten Gefühlen aus. Doch ihre Skepsis war unnötig, die Mutter reagierte überraschend begeistert. Die Freude stand ihr ins Gesicht geschrieben. »Die sind wunderschön!«, stellte sie anerkennend fest und strich mit ihren Händen über die hochwertige, weiche Wolle. Ulrike war in dem Moment mindestens ebenso euphorisch wie ihre Mutter. Gleichzeitig überkam sie beim Gedanken an die wenige Zeit, die ihnen blieb, eine tiefe Traurigkeit.

Für das bevorstehende Mittagessen hat sich Renate Sammer für die Angora-Premiere in Rot entschieden. Sie hört, wie der Essenswagen auf dem Flur näher rollt. Damit sie gerade sitzen kann, stellt sie per Knopfdruck das Kopfteil des Bettes hoch und schaut erwartungsvoll auf die Tür. Gleich wird jemand reinkommen und für sie auftischen. Seitdem sie schwer krank ist, kann sie diesen Service ohne inneren Widerstand zulassen, sogar Gefallen daran finden. Das erstaunt sie. Früher wollte sie sich nie bedienen lassen, ging aus diesem Grund auch ungern zu anderen Leuten. Sie blieb lieber zu Hause, um keinem zur Last zu fallen, und vermutete hinter jeder netten Geste die Erwartung einer Gegenleistung.

Tobias, ein junger Pfleger, serviert das Wunschgericht. Er schlägt Renate Sammer vor, ihr Gesellschaft zu leisten, damit Ulrike in Ruhe zum Essen runtergehen kann. Mutter Sammer akzeptiert das Angebot sofort und entlässt ihre Tochter wohlwollend. Behutsam nimmt sie die Abdeckung vom Teller und riskiert einen ersten Blick auf ihr Steckrübenmus. Es ist wie eine Blüte angerichtet – das blasse Orange farblich aufgepeppt mit frisch gehackter Petersilie.

»Der hat keine Show gemacht, das war wirklich sein Ernst«, bemerkt sie staunend und meint damit den Koch. Renate Sammer schnuppert ausgiebig, greift dann ohne Eile zum Besteck. Bedächtig führt sie die erste Gabel zum Mund, kaut langsam, schluckt vorsichtig und kostet erneut. Mit einem überzeugenden »Klasse!« kommentiert sie die ersten Bissen: »Ganz große Klasse! Besser hätte ich das Mus auch nicht hingekriegt. Es schmeckt genau, wie es schmecken soll.«

Genussvoll verspeist sie die ganze Portion und plaudert dabei angeregt mit dem Pfleger, der ihr Enkel sein könnte. Tobias verrät ihr, dass der Koch aus weiser Voraussicht eine größere Portion zubereitet hat. Das mache er grundsätzlich für den Fall, dass ein Nachschlag gewünscht wird. Falls sie am Abend oder nächsten Tag Lust auf mehr verspürt, brauche sie also nur Bescheid zu geben.

Renate Sammer ist völlig aus dem Häuschen. Heute nicht, aber morgen will sie auf jeden Fall noch einmal etwas von den Steckrüben. Erneut aufgewärmt wird das Mus mit Sicherheit noch an Geschmack gewinnen – eine altbekannte Eintopfweisheit. Hoffentlich spielt ihr Appetit mit.

Die Mahlzeiten sind für sie eine willkommene Abwechslung. »Wie soll ich mich den langen Tag über beschäftigen? In meinem jetzigen Zustand kann ich nicht einmal allein auf der Bettkante sitzen, geschweige denn aufstehen. Beim Fernsehen erkenne ich kaum etwas, meine Augen sind furchtbar schlecht. Lesen geht schon gar nicht. Radio hören ist das Einzige – und nachdenken. Ich denke viel nach, zu viel. Ich mag ungern, wenn ich dabei deprimiert werde. Ich darf mich nicht vollkommen gehen lassen. Dann kann ich mich ja gleich aufhängen oder in die Elbe springen. Natürlich fallen mir verschiedene Dinge ein, die ich noch erledigen wollte. Das Leben geht auch ohne sie zu Ende. Man überlegt ständig, ob man dieses und jenes richtig entschieden hat oder anders hätte angehen sollen. Ich rede nicht gerne darüber. Wer macht schon alles richtig im Leben? Wohl keiner! Also stellt man fest, es sind Fehler passiert. Ich glaube, am Ende muss jeder Mensch diese Einsicht gewinnen.«

Anstatt im Grübeln zu versinken, sucht sich Renate Sammer lieber Highlights, Situationen in ihrem Leben, die besonders schön waren. »Meine Kinder! Beide haben Abitur gemacht und mit einem guten Abschluss studiert. Sie sind die Einzigen aus der gesamten Verwandtschaft, die zur Uni gegangen sind. Da bin ich stolz drauf, das ist mein Highlight.«

»Herr Weber, es ist herrlich draußen. Wollen wir heute Nachmittag ein bisschen an die frische Luft? Sie im Rollstuhl, ich dahinter?« Das Angebot der jungen Krankenschwester, die das Essen ins Zimmer bringt, stößt auf wenig Zustimmung.

Thomas Weber schaut von seiner Zeitung hoch, rückt die Lesebrille etwas tiefer und winkt ab: »Nee, nee, junge Frau. Ohne mich! Ich hab mir heute schon im Bett die Sonnenstrahlen auf den Bauch scheinen lassen.«

Die Schwester gibt sich mit der Antwort nicht zufrieden: »Es ist der erste schöne Frühlingstag. Wir könnten eine Runde um den Block drehen. Unterwegs ein Eis essen. Oder, wenn sie Lust haben, fahre ich sie über die Reeperbahn. Wollen Sie denn gar nicht mal raus?«

»Ich raus? Soll ich mir eine Lungenentzündung holen auf meine letzten Tage? Damit es noch schneller geht? Ich bin erst dreiundsechzig, ein bisschen mehr Zeit wäre schön.« Thomas Weber lacht, ein ironisches Lachen, das ihm, kaum geschehen, wieder vergeht. »Nein, heute möchte ich auf keinen Fall raus. Vielleicht morgen oder übermorgen.«

Die Schwester verabschiedet sich mit der Drohung, bei nächster Gelegenheit ihre Überzeugungsarbeit fortzusetzen.

Der Coq au Vin riecht hervorragend. Thomas Weber ist hungrig. Er hat immer Appetit und isst reichlich. Das sei zwar was wert, findet er, aber leider nehme er kein Gramm zu. Ungläubig schaut er auf seine dünnen schlaffen Arme und bezeichnet sie als Kinderärmchen.

Den gesamten Vormittag hat Thomas Weber vergebens versucht, sich auf seine Tageszeitung zu konzentrieren. Er las ein und denselben Artikel dreimal hintereinander und wusste trotzdem nicht, was in ihm stand. Sein Kopf ist voller Fragen, die ihm keine Ruhe lassen. Wie in einer Umlaufbahn kreisen sie um ein zentrales Thema: seine Behandlung in der Klinik. War sie erfolgreich oder nicht? In der nächsten Woche will er zu seinem Onkologen fahren, das Ergebnis mit ihm genau analysieren und es hinterfragen. Er spürt noch nichts von Besserung, wahrscheinlich – so meint er selbst – ist er zu ungeduldig. »Ich hoffe, der Eingriff zeigt Wirkung. Ich möchte bald wieder hier ausziehen. Während ich hoffe, frage ich mich gleichermaßen: Und was ist, wenn nicht?«

Er schreitet in Gedanken sein Haus ab, sieht die Antiquitäten und Sammlerstücke vor sich – seine Leidenschaft seit Jahrzehnten. Intensiv überlegt er, was aus den vielen lieb gewonnenen, persönlichen Schätzen wird, falls ... Bekannte, mit denen er über das Thema sprach, fanden seine Sorge überflüssig.

»Es gibt Leute, die schnöde sagen: Wenn ich weg bin, bin ich weg. Was interessiert mich da noch mein altes Klavier oder mein Art-déco-Schrank im Wohnzimmer? Ich bin anders. Ich sammle Ölschiefer- und Marmor-Kaminuhren. Insgesamt besitze ich zwölf wunderschöne Exemplare. Die Dinger sind wertvoll und schwer. Wenn man eine dieser Uhren hochhebt, liegen einem mindestens fünf Kilo in den Händen. Die jungen Leute haben für diesen altmodischen Kram keinen Sinn. Vielleicht stellt meine Tochter zwei oder drei bei sich auf. Und was passiert mit den übrigen? Ich vermute, sie werden verkauft. Was soll meine Tochter sonst damit anstellen? Ich weiß, es ist total blöd, mir darüber den Kopf zu zerbrechen. Aber ich kann nicht anders.«

Bornholm, Usedom, Kärnten – mit den Kaminuhren verbindet Thomas Weber Erinnerungen an Reisen und Ausflüge mit seiner verstorbenen Ehefrau. Zu jedem Liebhaberstück fällt ihm eine Episode seines Lebens ein. Sich ein oder zwei ins Hospiz bringen zu lassen, auf die Idee käme er dennoch nicht. »Die stehen, wo sie hingehören: daheim! Wie die Orgelpfeifen auf dem Kaminsims. Ich schaue sie mir erst wieder an, wenn ich nach Hause fahre.«

Er müsse nicht alles Mögliche mit sich rumschleppen, ob ins Krankenhaus, Hospiz oder sonst wohin, sagt er. Er hat sein Handy, das Notizbuch, die Lesebrille und ein Bild seiner Frau mitgenommen. In dem ansonsten kargen Zimmer ist Letzteres das einzig Persönliche, was ins Auge fällt – der silberne Rahmen mit dem Porträtfoto steht mitten auf dem runden Tisch. Es zeigt seine Bettina mit ihren langen Haaren, den freundlichen Augen, einem Lächeln um den Mund. Thomas Weber möchte sie vom Bett aus anschauen können. Seine Frau ist vor zwei Jahren an Krebs gestorben. »Ich vermisse sie. Das Leben ist nicht gerecht.«

Er fing nach seiner Diagnose gerade mit der Chemotherapie an, als sie schlagartig ebenfalls erkrankte. Er war schwach, sie noch viel schwächer.

Thomas Weber pflegte seine Frau drei Monate lang. Sie starb, kurz nachdem er seine erste Therapie abgeschlossen hatte.

»Ihr Grießbrei mit ein bisschen Rhabarberkompott.« Der Koch serviert ihn persönlich am Tisch.

Abgesehen von einem knappen »Danke« reagiert der Neue im Hospiz betont abweisend und kühl. Seine Blicke verraten ihn jedoch – Rolf Führing ist neidisch. Demonstrativ schaut der pensionierte Oberfinanzbeamte zwischen den Tellern der anderen und dem Buffet, auf dem das Essen in Schüsseln warm gehalten wird, hin und her. Wie soll er dem Koch seinen Sinneswandel beibringen? Er winkt ihn verschämt herbei, deutet hinter vorgehaltener Hand an, ein ernstes Wort reden zu wollen – diskret, deshalb flüstert er: »Ihr Essen sieht lecker aus! Ruprecht, meinen Sie, ich könnte erst von dem Coq au Vin nehmen und mir den Grießbrei als Nachtisch aufbewahren?«

Was für eine Frage! Die übrigen Gäste am Tisch fangen an zu lachen – das Vieraugengespräch ist ihnen nicht entgangen. Bewohner, deren Freunde und Familienangehörige und Mitarbeiter des Hospizes sitzen gemeinsam am Tisch. Eine bunte Mischung von Menschen, die sich außerhalb des Hospizes kaum begegnen würden: Junge und Alte, Spießer und Intellektuelle, Flippige und Seriöse.

Auch Beate Reckling ist runtergekommen. Ihr Horst hat die kleine Portion seines geliebten Pflaumenquarks zur Hälfte gegessen – wenigstens das. Jetzt schläft er.

In ein Restaurant, auch wenn es an der nächsten Straßenecke läge, würde Beate Reckling nie gehen. Jede Entfernung wäre ihr zu weit. Im Hospiz jedoch empfindet sie die Sicherheit, die sie braucht. Während sie kurz isst, wird ihrem Mann nichts passieren. Und gäbe es die kleinste Andeutung, könnte sie sofort bei ihm sein. Seit dem ersten Tag weiß sie die gemeinsamen Mahlzeiten im Esszimmer neben der Küche zu schätzen. »Obwohl man sich vorher nie gesehen hat, geht einer mit dem anderen freundschaftlich und einfühlsam um, als ob man sich lange kennen würde.«

Vor niemandem am Tisch muss sie ihre Ängste und ihre Traurigkeit verstecken, sie muss nicht die Starke spielen – im Gegenteil. Jeder teilt das Schicksal des anderen. Die familiäre Atmosphäre bestärkt sie in dem Gefühl, auch schwach sein zu dürfen. »Die Schwestern und Pfleger merken sofort, wenn man einen besonders dunklen Tag erwischt hat und vor lauter Trübsal nicht weiß wohin. Die lassen einen nicht im Stich.«

Die junge Frau neben ihr am Tisch ist für Beate Reckling der beste Beweis dafür. »Yvonne passt seit heute früh rührend auf mich auf.« Woher die Schwestern die Ausdauer und Energie nehmen, neben den Todkranken auch deren Partner so liebevoll zu betreuen, ist ihr unbegreiflich.

Bei Tisch wird über vieles geredet, am wenigsten über das Sterben. Manchmal macht einer einen Scherz, und alle lachen – laut und fröhlich. Von dieser momentanen Leichtigkeit lässt auch Beate Reckling sich mitreißen. Kurz danach weiß sie nicht mehr, worüber sie gelacht hat und wie es ihr gelingen konnte. Zwei Stockwerke höher liegt ihr todkranker Mann, und sie verdrängt diese Tatsache für Minuten. »Das mag sich komisch anhören, aber ich genieße das spontane Rausgerissenwerden. Es bedeutet Erholung für mich, egal ob wir übers Wetter reden, die Tagespolitik oder uns Anekdoten erzählen. Ich sammle dabei Energie für die Aufgabe, die mich oben wieder erwartet.«

Meint sie, vor lauter Sorge würde ihr jeder Bissen im Halse stecken bleiben, reden ihr die anderen gut zu: »Beate, eine kleine Portion schaffst du!« Oder: »Frau Reckling, damit tun Sie Ihrem Mann keinen Gefallen.«

Richtig, denkt sie dann und greift zu. Gerade in der für sie schwersten Phase ihres Lebens hat sie auch große Verantwortung für sich selbst. »Nähme ich keinen oder kaum einen Happen zu mir, könnte ich diese emotionale Strapaze niemals bewältigen. Ich würde mir und meinem Mann damit schaden. Das kann weder in meinem noch in seinem Sinne sein. Wir haben beide immer gerne gegessen, die gemeinsamen Mahlzeiten gepflegt.«

»Soll ich Ihnen Nachtisch mitbringen?«, fragt Yvonne, die Pflegerin.

Zitronenparfait mit karamellisierten Bananen! Da kann Beate Reckling nicht Nein sagen. Die Schuld dafür schiebt sie auf den Koch. Dass sie statt nichts zu viel isst, habe er zu verantworten. Ob Frühstück, Mittagessen, der Kuchen am Nachmittag oder das Abendbrot – es schmeckt einfach zu gut. Sie zeigt mit dem Finger auf ein kleines Schild neben der Küchentür, auf dem steht: »Kalorien sind die Tierchen, die nachts im Schlaf kommen und die Hosen und Röcke enger nähen.«

Beate Reckling lässt einen kurzen Anflug von Heiterkeit zu: »Bei mir waren die auch schon uneingeladen zu Besuch.«

Seit sie mit ihrem Mann ins Hospiz gezogen ist, hat sie zwei Kilo zugenommen. Das ist ihr die Ablenkung wert und bestimmt nicht der Zeitpunkt, über Figurprobleme nachzudenken. Allerdings würde sie die kleinen Fettpolster zu gerne ihrem Mann gönnen. Er ist furchtbar abgemagert.

Zum ersten Mal in der mittäglichen Runde dabei, zeigt sich Rolf Führing interessiert: »Was für einen Krebs hat Ihr Mann?«

»Bauchspeicheldrüse.«

»Ach, genau wie ich. Wie lange ist er schon hier?«

»Seit einer Woche.«

»Und wie geht es ihm?«

Beate Reckling bringt es nicht übers Herz, dem neuen Bewohner die volle Wahrheit zu sagen. Sie antwortet ausweichend: »Heute nicht ganz so gut.«

3

Die Fenster in der Küche sind weit geöffnet, die Tür zum Garten ebenfalls. Der Koch geht seiner »Lieblingsbeschäftigung« nach: Putzen. Ohne dieses lästige Saubermachen würde ihm das Arbeiten weitaus mehr Spaß machen. Ein utopischer Gedanke – er schrubbt weiter, erst den Herd, dann die Arbeitsflächen. Anschließend scheuert er den Fußboden, das muss sein nach der Kocherei. Wenn am späten Nachmittag seine ehrenamtliche Kollegin ihren Dienst antritt, soll sie eine blitzblanke Küche vorfinden.

Das Abendessen hat er so weit vorbereitet. Die Tortilla-Wraps mit Rindfleisch-Gemüse-Füllung, der Eiersalat und die Quiche Lorraine stehen abgedeckt im Kühlschrank. Dazu werden Brotvariationen, eine Käseplatte, luftgetrockneter Schinken, Radieschen, Gurken und Oliven serviert. An freiwilligen Helferinnen und Helfern mangelt es dem Hospizkoch nicht. »Wenn ich Feierabend habe, kommt einer von ihnen, deckt den Tisch, kocht Tee und leistet den Gästen beim Abendbrot Gesellschaft. Das funktioniert ausgezeichnet.«

Auch die Wochenenden, an denen er frei hat, sind perfekt durchorganisiert. Die besten Hobbyköche unter den Ehrenamtlern übernehmen die Mittagsschicht, die anderen teilen sich die übrigen Mahlzeiten auf.

Die liebevolle Versorgung nennt Ruprecht Schmidt sein »Rundumpaket«. Von morgens bis abends will er den kulinarischen Wohlfühlfaktor garantieren – für die, die bald sterben müssen, und für die, die einen geliebten Menschen verlieren werden. Essen ist nicht nur Energiequelle, Essen ist auch Balsam für die Seele, und je zufriedener der Gesunde vom Tisch aufsteht, desto intensiver profitiert auch der Kranke. Diese Erfahrung macht Ruprecht seit Langem. »In den meisten Fällen entsteht dadurch eine größere Gelassenheit auf beiden Seiten. Die Atmosphäre wird entspannter.«

Besucher, die schnell für eine halbe Stunde vorbeischauen wollten, verbringen plötzlich mehr Zeit am Krankenbett, kommen früher, bleiben länger. Anstatt mit knurrendem Magen nach Hause zu eilen, nehmen sie an der Hospiztafel Platz, anfangs durchaus mit Beklemmungen. Duster, dunkel, desolat – ein Ort wie das Hospiz weckt Vorurteile, die aber nicht bestätigt werden. Stattdessen erleben die Menschen einen alltäglichen Rahmen, der Parallelen aufweist zu ihrem normalen Tagesablauf daheim. Der Besuch verliert an Schrecken. Sogar in einem Sterbehaus kann man nett miteinander plaudern, muss nicht mit gedämpfter Stimme sprechen, und die Suppe schmeckt keineswegs nach Tod.

Wer als Besucher am Mittagessen teilnehmen möchte, trägt sich morgens in eine Liste ein. Nachzügler und Kurzentschlossene kalkuliert der Koch wohlweislich mit ein. Bislang brauchte so niemand hungrig vom Tisch aufzustehen.

Ob es Kaffee aus den großen Warmhaltekannen ist, Tee, Saft oder Mineralwasser: Jeder darf sich bedienen – und muss lediglich den Unkostenbeitrag beisteuern. Neben dem Regal, in dem Geschirr, Besteck und Gläser stehen, hängt die Preisliste für Speisen und Getränke, darunter ein kleiner Holzkasten mit Schloss und Schlitz zum Bezahlen. Alle paar Tage leert der Koch das »Sparschwein«. Ihm kam noch nie der Verdacht, betrogen worden zu sein. Im Gegenteil: Das Vertrauen, das er seinen Gästen schenkt, wird erwidert, hier und da sogar mit einer Extraspende honoriert. Die kann er gut gebrauchen, denn sein Budget ist knapp. Für Essen und Trinken stehen ihm am Tag offiziell sieben Euro pro Bewohner zur Verfügung – kein Vermögen bei seinen Qualitätsansprüchen und dem gehobenen Standard, den er sich zum Ziel gesetzt hat. Er muss die Kunst des Jonglierens beherrschen, darf sich mehr als einen kostspieligen Ausreißer pro Woche nicht erlauben.

Dass es im *Leuchtfeuer* überhaupt eine eigene Küche und einen professionellen Koch gibt, ist einzig und allein großzügigen Spendern zu verdanken. Das weiß Ruprecht sehr wohl zu schätzen. »Vom ersten Tag an wird meine Stelle über Mäzene gesponsert. Ohne die müsste ich gehen.« Denn von den Tagessätzen, die die Krankenkassen pro Bewohner zahlen, kann sich kein Hospiz diesen Luxus, der in seinen Augen eine Selbstverständlichkeit sein sollte, erlauben. »Deshalb wird in anderen Sterbehäusern häufig nur Essen aus Großküchen angeboten. Die würden ihr Konzept sicherlich auch gerne individueller gestalten, mehr auf die Wünsche des Einzelnen eingehen. Aber wie sollen sie das machen, wenn das nötige Geld fehlt?«

Yvonne, die Krankenschwester, kommt in die Küche. Rolf Führing hat sie geschickt. Sie soll dem Koch ausrichten, der Coq au Vin und der Grießbrei hätten vorzüglich geschmeckt. Und er freue sich schon aufs Kaffeetrinken.

Von null auf hundert – woher hat der Mann auf einmal diesen Appetit und schafft es mit einer Leichtigkeit, solche Mengen zu vertilgen? Ruprechts Erklärung ist einfach, fast banal: »Essen heißt: Ich lebe noch! Solange ich Nahrung zu mir nehme, atme ich und spüre mich. Essen ist ein elementarer Baustein unserer Existenz und zeigt hier auf schnelle und wundersame Weise seine Wirkung.«

Ein Aufbäumen gegen das Unvermeidliche. Dem Tod noch einmal ein Schnippchen schlagen. Wie die Wiederbelebung des Appetits genau vonstattengeht, was im Inneren eines Menschen abläuft, weiß der Koch nicht. Das Phänomen ist ihm allerdings hinreichend bekannt und begegnet ihm in abgewandelter Form häufig. »Jemand zieht ein bei uns. Ich stelle mich vor, frage nach Unverträglichkeiten, nach Lieblingsgerichten und Essgewohnheiten. Sobald ich den ersten Vorschlag mache, höre ich: ›Sie verschwenden Ihre Zeit bei mir. Ich esse nichts.‹

Einer erklärt, er habe schon seit zwei Wochen außer Getränken nichts zu sich genommen, bei einem anderen sind es zehn Tage.«

Überreden ist nicht sein Ding, nicht seine Absicht. Wenn ein Sterbenskranker keine Nahrung zu sich nehmen möchte, muss Ruprecht diese Entscheidung akzeptieren. Trotzdem verlässt er nicht gleich das Zimmer, sondern bleibt – um sein Gegenüber im Gespräch kennenzulernen, dem Neuen und sich die Chance zu geben, sich aneinander zu gewöhnen. Vor dem Rausgehen sagt er: »Falls Sie es sich anders überlegen, geben Sie bitte sofort Bescheid.«

Auch ohne von dem Bewohner gehört zu haben, betritt er am nächsten Tag erneut das Zimmer, sensibilisiert für die feinen Zwischentöne. »Ich möchte nichts mehr essen.« An der Art, wie jemand dies verkündet, merkt er, wer diese folgenschwere Aussage definitiv und mit allen Konsequenzen ernst meint und wer die Hand gereicht bekommen möchte. »Ich starte vorsichtig kleine Testballons, schlage eine Gemüsebrühe oder Grießsuppe vor. Meistens einigen wir uns auf eine winzig kleine Portion. Der Anfang ist damit geschafft. Drei, vier Tage später kann es passieren, dass dieselbe Person im Bett sitzt und Nachschlag fordert. Lasagne, Bratkartoffeln, gefüllte Paprikaschoten, was das Herz begehrt.«

Was folgt, kennt Ruprecht zur Genüge: Sobald ein Bewohner das erste Kilo zugenommen hat, ist er begeistert, und das Essen schmeckt noch besser. Das zweite Kilo lässt Zuversicht aufkeimen – wer dicker wird, kann nicht so krank sein, wie um ihn herum alle denken. Vielleicht ist der Krebs doch zu stoppen, das Hospiz keine Endstation. Die eigenen vier Wände rücken gedanklich wieder in greifbare Nähe. Träume und Hoffnungen, die allzu oft unrealistisch sind, die letzten Meter des Lebens jedoch um ein Vielfaches erträglicher machen.

»Vor einigen Jahren«, entsinnt sich der Koch, »lebte ein Mann hier, der im Hospiz acht Kilo zugenommen hat. Man konnte zuschauen, wie dieser hagere Mensch von Tag zu Tag dicker wurde. Für mich war diese Entwicklung unfassbar und gleichzeitig wunderschön mitzuerleben. Er schaufelte fröhlich die leckersten Sachen in sich hinein und freute sich auf jede Mahlzeit. Dieser Mann schwelgte die letzten Wochen seines Lebens im Genuss.«

Von – bis. Wenn er in die Zimmer geht, weiß Ruprecht nie, welche Stimmung ihn gerade erwartet. Er betritt Neuland. Aus einer Begegnung kann er keine Rückschlüsse für weitere ziehen. Was er mit einem Bewohner erlebt, ist nicht eins zu eins übertragbar auf den nächsten. Im Umgang mit den Todkranken ist Fingerspitzengefühl und Geduld erforderlich. Ruprecht Schmidt muss Graubereiche wahrnehmen, intuitiv handeln. Nicht das Kochen, sondern das sensible Agieren und Reagieren machten seine Arbeit anstrengend. Die Bandbreite der unterschiedlichsten Verhaltensweisen, die er in den Jahren erlebt hat, macht ihn durchaus souverän, schützt jedoch nicht vor heiklen Überraschungen.

»Eine ältere Frau begrüßte mich mal mit den Worten: ›Ich will endlich sterben, helfen Sie mir dabei?!‹ Sie bat mich, ihr etwas ins Essen zu mischen, damit es schneller geht, das unerträgliche Kapitel des Leidens ein Ende nimmt.«

In diesem beklemmenden Moment hatte er keine Lösung parat, kein Patentrezept, das er aus dem Ärmel zaubern konnte. Der Tochter, die mit im Raum war, kullerten die Tränen über die Wangen, die Mutter sah ihn bittend und zugleich fordernd an. Er stand da und holte erst mal tief Luft. »Ich versuchte, die Tochter zu beruhigen und erklärte der Mutter, dass ich ihr diesen Wunsch niemals erfüllen kann. Ich denke, sie hatte mit der Antwort gerechnet.«

Er überlegte, welche Wirkung die Frau mit ihrer Äußerung beabsichtigte. Wollte sie wirklich vergiftet werden, lieber jetzt als gleich sterben – oder war es ein Hilferuf nach Aufmerksamkeit, Mitleid und Ablenkung?

Der Koch tastete sich vorsichtig an die Schwerkranke heran – mit der Raffinesse, die ihm sein Beruf bietet. Er zählte der Bewohnerin diverse kleine Köstlichkeiten auf, fragte, mit welcher süßen oder herzhaften Spezialität er ihr eine Freude machen könne – keine Chance! Er pries das Tagesgericht mit diversen Abwandlungen an – keine Chance! Sein Kopf ratterte und durchwühlte die Vorratskammer. Eine Überraschung, die Wunder wirkte, irgendetwas musste er finden, um sie zumindest kurzfristig aus ihrer Niedergeschlagenheit zu locken. Beiläufig fiel ihm ein, dass eine andere Bewohnerin sich Apfelpfannkuchen gewünscht hatte. Als er dies genauso beiläufig erwähnte, schlug die Stimmung um, die Situation war gerettet. Die ältere Frau bestellte einen halben Pfannkuchen mit Zimtzucker und aß davon die Hälfte. Einige Tage später bot der Koch ihr ein halbes Cordon bleu an, und sie fragte: »Wieso ein halbes? Ich möchte ein ganzes.«

Die mittägliche Auszeit ist vorbei. Beate Reckling verabschiedet sich von ihrer Tischgemeinschaft, will zurück zu ihrem Mann. Vielleicht mag er, wenn er wach wird, noch ein oder zwei Löffel von seinem Quark. Mehr schleichend als gehend bewegt sie sich über den Flur. Ihre Langsamkeit ist keine Auswirkung der psychischen Erschöpfung – sie kann nicht schneller. Vor vier Jahren, als ihr Mann noch gesund war oder sich zumindest so fühlte, erkrankte sie an Krebs. Seit der schweren Operation streikt ihr linkes Bein und läuft dem rechten hinterher.

Kein Mensch glaubte damals, dass sie überleben würde. Ihr Mann, seine und ihre Kinder aus erster Ehe lebten in ständiger Angst. Freunde standen betreten an Beate Recklings Bett, die Blicke verrieten ihre Gedanken – na, ob die Beate wohl noch mal die Kurve kriegt … Sie selbst dachte in dieser Zeit nie an den Tod. »Ich frage mich bis heute, wieso nicht? Ich habe die Möglichkeit, sterben zu müssen, komplett verdrängt, obwohl es mir miserabel ging.«

Die Chemotherapie machte ihr schwer zu schaffen. Sie konnte weder gehen noch sitzen, lag wie ein unbeweglicher Stein im Bett. Sobald sie mit großem Widerwillen einen Teelöffel voll aß, kamen gefühlt zehn wieder hoch. Ihr Mann musste mitunter mehrmals täglich das Bett frisch beziehen. »Horst kümmerte sich rührend um mich, ja um alles. Er war von morgens bis abends in ständiger Bereitschaft. Ich schlief fast nur. Er beobachtete mich dabei, hatte Panik, ich würde nicht mehr leben. Öffnete ich hin und wieder die Augen, sah ich ihn hilflos im Türrahmen stehen. Er sprach mir Mut zu, sagte oft: ›Beate, du musst kämpfen! Du darfst nicht sterben, ich brauche dich!‹ Obwohl ich an mein Leben glaubte, grübelte ich viel darüber nach, wie schlecht er ohne mich zurechtkommen würde.«

Ein halbes Jahr später packte ihr Mann sie kurz entschlossen ins Auto, fuhr mit ihr nach Föhr. Im besten Fall zehn Schritte konnte sie zu diesem Zeitpunkt ohne fremde Hilfe laufen. Meistens saß sie im Rollstuhl. An normales Essen war noch nicht zu denken. Peu à peu machte sie auf der Insel Fortschritte – kleine Erfolgserlebnisse, die sich summierten und sie motivierten.

Dem Genesungsurlaub auf Föhr sollten viele andere Urlaube folgen. Finanziell ging es den Eheleuten gut, und an Zeit mangelte es den beiden endlich auch nicht mehr. Ihr Mann war damals bereits Rentner, und sie ließ sich aufgrund ihrer Erkrankung frühpensionieren. »Als wir beide noch arbeiteten, blieben uns für Unternehmungen nur die Wochenenden, und da waren wir oft dermaßen kaputt, dass wir uns zu nichts aufrafften. Wir haben immer gesagt, wenn wir nicht mehr berufstätig sind, reisen wir. Die Nord- und Ostfriesischen Inseln, eine nach der anderen, wollten wir für uns entdecken. So sah unsere Zukunftsplanung aus.«

Kaum hatte Beate Reckling sich gesundheitlich wieder erholt, erkrankte ihr Mann. »Das ging Knall auf Fall. Eines Sonntagmorgens saßen wir beim Frühstück. Mein Mann sah irgendwie komisch aus. Zunächst vermutete ich, der Lichteinfall würde die Farbe seiner Haut merkwürdig erscheinen lassen, aber denkste! Er war gelb im Gesicht – und wie! Er glaubte mir nicht, ging zum Spiegel, schaute sich an und meinte, ich hätte mich geirrt.«

Im Lauf des Tages nahm die Verfärbung kontinuierlich zu. Ihr Mann rannte auf ihre Bitte hin zigmal zum Spiegel und musste sich schließlich eingestehen, dass er tatsächlich immer gelber wurde. Am Montagmorgen gingen sie gemeinsam zu ihrem Hausarzt. Ein Blick genügte – zwei Stunden später lag Horst Reckling im Krankenhaus.

Der Befund war niederschmetternd: Bauchspeicheldrüsenkrebs, Metastasen auf der Leber, unheilbar! Als ob ihr jemand mit der Keule auf den Kopf geschlagen hätte. Beate Reckling weigerte sich, die Realität zu begreifen, sie anzunehmen. »Ich hab gesagt: Nein, das stimmt nicht, das kann nicht sein. Das ist ein Irrtum.«

Die Ärzte stellten, ohne dies garantieren zu können, in Aussicht, eine Chemotherapie würde möglicherweise die Lebenserwartung erhöhen. Beate Reckling griff nach jedem Strohhalm. »Man liest, die längste Lebenserwartung kann sieben Jahre sein, und denkt, ach, sieben Jahre. Wenn wir die noch gemeinsam verbringen dürfen, das ist ja eine halbe Ewigkeit.«

Sie gingen zu demselben Onkologen, bei dem sie sich ein Jahr zuvor hatte behandeln lassen. »Der war total fertig, uns zu sehen. Mich hatte er gerade wieder halbwegs hergestellt, und nun kam mein Mann …«

Damals drückte die Bedrohung des nahenden Todes immer stärker auf die Gemüter der Eheleute. Saßen sie in der Küche oder im Wohnzimmer beisammen, unterhielten sie sich weniger als sonst. Stattdessen führte jeder seine Zwiegespräche – sie als Christin mit dem lieben Gott, er, weniger gläubig, mit dem Schöpfer. Weder der eine noch der andere lieferte ihnen jedoch die Antwort auf die Frage, die sie umtrieb: Wieso lässt der Allmächtige sie erst schöne Jahre miteinander verbringen und ändert dann abrupt, von einem Tag auf den anderen, seine Meinung?

Trotz des brutalen Schlags wunderte sich Beate Reckling über ihr Verhalten und das ihres Mannes. »Wir grämten uns wenig. Wir waren der Meinung, es gibt einen Sinn, der uns allerdings verschlossen bleibt.« Das Buch des Lebens sei fertig geschrieben, sobald der Mensch zur Welt kommt, ist ihre Überzeugung. Jeder besitze sein eigenes, persönliches Exemplar, ob er wolle oder nicht. Dem Himmel sei Dank wisse keiner vorher, wie viel Mist im Lauf der Jahre über ihm ausgeschüttet werde, durch wie viele Tiefen er sich durchboxen müsse. »Die Frage nach dem Warum bekommt keiner beantwortet, selbst wenn er sie tausend Mal stellt. Der Mensch kann ein waghalsiger Abenteurer sein, das Risiko lieben und ausreizen, oder ein verhuschter Angsthase, der um jede potenzielle Gefahr einen großen Bogen schlägt – es liegt nicht in der Macht des Einzelnen, wann sein Buch des Lebens zuklappt.«

Natürlich hoffte sie auf ein Wunder, hoffte darauf, ihr Horst könne das Ruder herumreißen. Sie erinnerte ihn oft an seine eigenen Worte, mit denen er sie während ihrer Krankheit angespornt hatte: »Du musst kämpfen. Du darfst nicht sterben, ich brauche dich!«

Sie versuchten ihren Humor zu retten, manchmal mit Erfolg, meist ohne.

Beate Reckling ist überzeugt, dass sich kein Mensch, der nicht selbst einmal schwer krank war, in eine vergleichbare Lage versetzen kann.

Es hat nicht sollen sein. Das quälende Gefühl, Chancen verpasst zu haben – hätte man dies doch früher oder jenes eher unternommen –, bleibt ihr, bezogen auf das Zusammenleben mit ihrem Mann, in großen Teilen erspart. Abgesehen vom Traum, gemeinsam zu verreisen. »Da nützt dir kein Geld. Bald werde ich allein sein. Ob ich jemals noch Lust verspüren werde wegzufahren …« Sie stockt, lässt den Satz unvollendet, nimmt die Brille ab und wischt sich mit dem Taschentuch die Tränen aus den Augen.

Über die Zukunft nachzudenken ist ein trostloses Unterfangen, lieber flüchtet sie in die Vergangenheit. Ihr Mann und sie, das könne sich kaum einer vorstellen, haben nie miteinander gestritten. Nur dass sie dies gegenüber Freunden und Bekannten äußerten, führte beinahe zu Streit. Außer ihnen glaubte keiner an eine Beziehung ohne gegenseitige Verletzungen. »Niemand kann unter dem Deckmäntelchen der Liebe jede Kontroverse schlucken«, musste sich Beate Reckling mehrfach anhören, schaute danach ihren Mann ratlos an und fragte: »Horst, was läuft bei uns schief? Sind wir konfliktscheu? Warum gucken uns die Leute komisch an, sobald wir über dieses Thema sprechen?«

»Weil wir ehrlich zueinander sind«, antwortete er. »Wir können miteinander reden, auch über Probleme, ohne dem anderen eins reinwürgen zu wollen.«

Gelassenheit und Toleranz, beides hat Beate Reckling erst so richtig von ihrem Mann gelernt. Wenn ihm anfangs, als sie gerade zusammengezogen waren, ein Missgeschick passierte, ein Teller oder eine Schüssel kaputtging, explodierte Beate Reckling sofort: »Verdammt, pass doch auf!« Am liebsten hätte sie ihm eine Szene gemacht. So weit kam sie aber nicht. Horst nahm ihr den Wind aus den Segeln, schmunzelte völlig entspannt: »Ob du dich aufregst oder nicht. Kaputt ist kaputt.«

Kleinlaut dachte sie: »Genau! Dieser blöde Kleinkram, wer die Zahnpastatube falsch oder die Flasche mit Shampoo nicht zuschraubt, bringt keinen weiter. Wer sich füreinander entscheidet, muss über solchen Lappalien stehen.«

Ihr Mann fand für alles Mögliche plakative Beispiele, auch für sein Selbstverständnis einer Beziehung. Er malte mit beiden Händen einen großen Teller in die Luft. In dessen Mitte sah er uneingeschränkt Ehefrau Beate stehen, seine Lebenspartnerin.

Dieses Zentrum war hermetisch abgeriegelt und geschützt. Kleine Marotten und Macken lagen abgedrängt am Tellerrand – irrelevant, nicht der Rede wert.

An der Tür zum Zimmer ihres Mannes drückt Beate Reckling vorsichtig die Klinke runter, leise betritt sie den Raum. Ihr Horst schläft und schwitzt – wie so oft in den letzten Tagen. Sie geht auf sein Bett zu, benetzt ihm fürsorglich die Lippen mit Wasser und legt liebevoll ein feuchtes Tuch auf seine Stirn.

Zur geistigen Vorbereitung zieht sich der Koch in sein Büro zurück, einen winzigen, höchstens drei Quadratmeter großen Raum mit Blick in den Garten, direkt neben dem begehbaren Kühlschrank. Schreibtisch, Computer, an der Wand zwei Regalbretter – voll mit Kochbüchern. Das ist, was er in seiner kulinarischen Ideenschmiede braucht. »Ich will mit dem Speiseplan für die nächste Woche anfangen.« Seiner Ankündigung folgen Taten, er tippt los.

Montag: Lollo-Rosso-Salat mit Orangenstückchen und Sprossen, Lachsforellenfilet, Apfel-Lauch-Gemüse, Kartoffelpüree, Joghurtterrine mit Heidelbeeren.

Dienstag: Chicoree-Salat mit Birnenscheiben und Walnussraspeln, Tafelspitzrisotto mit Parmesan, Zucchini-Auberginen-Gemüse, Panna Cotta mit Fruchtsauce.

Mittwoch: Pastinakensuppe – vielleicht einmal anders, als er sie sonst zubereitet. Hin und wieder braucht auch ein Profikoch Inspirationen von außen. Ruprecht greift in die Abteilung »Suppen und Eintöpfe« und zieht ein dickes Rezeptbuch aus dem Regal. Nach einigem Suchen wird er fündig: mit Ingwer – das hört sich gut an.

Damit er beim wöchentlichen Großeinkauf nicht die Hälfte vergisst, schreibt er die fehlenden Zutaten sofort auf seine immer länger werdende Einkaufsliste. Im Gefrierschrank sind keine Suppenhühner mehr. Je nach Größe muss er für das Frikassee am nächsten Donnerstag zwei oder drei besorgen.

Mit Hühnerfrikassee liegt der Koch grundsätzlich richtig. Er braucht nur das Wort zu erwähnen, und bei Jung und Alt leuchten die Augen. Dieses und andere Gerichte wie Königsberger Klopse, Matjes, Gulasch, Frikadellen, Rouladen und Ragout nennt er »generationsübergreifende Klassiker«.

Bei den Beilagen scheiden sich hingegen die Geister. »Nudeln sind für viele ältere Menschen kein Essen. Die möchten zu allem Kartoffeln, in verschiedenen Varianten. Ab Jahrgang neunzehnhundertfünfzig abwärts wird's kritisch. Da fängt für mich die Kartoffelgeneration an.« Ruprecht Schmidt grinst verschmitzt. »Mitunter denke ich: ›Hilfe, nein! Nicht schon wieder Kartoffeln.‹ Aber Spaß beiseite, ich koche nicht für mich, sondern für meine Gäste. Ich gehe ohne Murren an den Herd und setze meinetwegen zum fünften Mal in einer Woche Salzkartoffeln auf. Diese Wiederholungen sind nicht der Rede wert. Ich muss und will mich bodenständig orientieren und kann gerne auf überdrehte Höhenflüge verzichten. Jüngere Bewohner, so bis Mitte fünfzig, mögen gerne Pasta. Lasagne zum Beispiel ist sehr beliebt. Einige Ältere kennen überhaupt keine Lasagne. Sie probieren sie kurz vor ihrem Tod zum ersten Mal. Und vielen schmeckt das neu Entdeckte wunderbar. Diese Bereitschaft, Unbekanntes zu testen, begeistert mich und ist für die Bewohner eine Bereicherung auf ihrem letzten Lebensabschnitt.«

Aus diesem Grund bietet er häufig zu Altbekanntem Ungewohntes an. Den Spargel nicht gekocht und mit Schinken, sondern gebraten und dazu Meeresfrüchte. Warum zum Ratatouille nicht Couscous statt Reis? Zur Hähnchenbrust schmeckt auch Limonensoße köstlich. Manchmal erweitert er die Speisekarte um Exotisches. Mal ein asiatisches Gericht, thailändisch mit Kokosmilch und Zitronengras. Die rote Linsensuppe mit Kreuzkümmel. Als er sie das erste Mal servierte, rümpften alle Bewohner die Nase. Mittlerweile gehört sie zum ständigen und beliebten Repertoire. Er darf nur nicht übertreiben. »Ich überlege abhängig von der Altersstruktur im Haus, wie weit ich mit meinen Angeboten gehen kann, was realistisch ist.«

Viele seiner sterbenskranken Gäste haben Chemotherapien hinter sich. Ihre Mundschleimhäute sind gereizt, die Geschmacksnerven verändert. Scharf Gewürztes und extrem Saures bietet er daher nicht an, es sei denn, es wird explizit gewünscht.

Ruprecht schaut auf den Computermonitor. Auf seinem Essensplan für die nächste Woche gähnt der Freitag vor Leere. Legt der Frühling weiterhin dieses rasante Tempo vor, gibt es bis dahin bestimmt den ersten einheimischen Spargel auf dem Markt. Wird schon klappen. Er trägt ein: Grüner Spargel mit Scampis – und ist begeistert. »Besonders der grüne Spargel schmeckt am besten, wenn man ihn in gutem Olivenöl anbrät. Dadurch entwickelt er seinen nussigen Geschmack. Anschließend karamellisiere ich ihn mit Zucker und lösche mit Weißwein ab. Dazu Pasta, meinetwegen auch Kartoffeln. Ein herrliches Gericht!«

Er bedauert nur, das Rezept nicht selbst erfunden zu haben. Es stammt aus einem der zahlreichen Bücher. Einige davon schenkten ihm seine Gäste zum Abschied. Das grüne, er zeigt auf das obere Regalbrett, ist ein Buch rund um die Olive. Bei seiner täglichen Arbeit ist es zwar wenig hilfreich, aber der Bewohner sah es beim Hospizkoch in guten Händen. »Das Olivenbuch war quasi sein Lebensmotto. Er liebte die italienische Küche abgöttisch. Zum Mittagessen wünschte er sich nie was Besonderes. Manchmal aß er ein wenig von dem, was ich anbot, oft wollte er gar nichts. Seine Zeit kam abends. Ein paar Oliven, dazu einige Stückchen Käse, ein bisschen Ciabattabrot und Wein – das war seine Welt. Er legte großen Wert auf einen guten trockenen Rotwein. Da ich auch gerne Rotwein trinke und Käse esse, fand er in mir den richtigen Kompagnon. Ich ging los – entweder zu einem Delikatessenstand auf den Markt oder in ein italienisches Feinkostgeschäft – und kaufte superguten Käse. Er mochte die Sorten, die ein bisschen in Richtung Parmigiano gingen, herzhaft und würzig. Und seine grünen Oliven – die waren das Größte für ihn. Ich besorgte jedes Mal andere, damit er genug Abwechslung hatte und mit mir über den Geschmack diskutieren konnte. Beim Wein ließ er mir viel Freiraum; Hauptsache war, er schmeckte lecker. Ich brachte ihm einen Bardolino mit, einen Sangiovese, was ich gerade so fand. Abends lag er dann bei Wein, Käse und Oliven in seinem Bett, hörte Musik und las seelenruhig ein Buch. Der Mann war um die fünfzig. Ich bewunderte ihn, wie er wenige Tage vor seinem Tod so viel Lebensqualität empfand.«

Ruprecht schaut auf die Uhr. Schon kurz vor drei. Es wird Zeit, die Sahne für den Kuchen zu schlagen. Mit schmeckt er einfach besser.

Zwei Stockwerke höher ist Gudrun Fischer bereits aufgestanden. Ihren Kaffeeklatsch im Sitzen will sie sich auch heute nicht nehmen lassen. Damit gleich zumindest ein kleines Stückchen Kuchen in ihren Magen passt, musste sie ihren großen Tumor wieder einmal austricksen. Vom Dessert nach dem Mittagessen probierte sie nur zwei winzige Löffel voll, sparte sich den freien Platz lieber auf.

Zusammen mit ihrem Mann setzt sich die Grundschullehrerin an den kleinen Tisch am Fenster. Ihr dickes, durch die Thrombose angeschwollenes Bein legt sie auf ein besticktes rotes Sitzkissen, das sie sich vor vielen Jahren von einer Spanienreise mitgebracht hat. Jetzt endlich, so meint sie, erfüllt es einen guten Zweck.

Ihr Mann Karl sitzt ihr gegenüber. Er ist ihr Filter, erledigt alle Telefonate und Besuchsanfragen für sie. »Ich mag keine Menschen um mich haben, die nur kommen, weil sie Abschied von mir nehmen wollen. Damit habe ich Probleme. Diese psychische Belastung ist mir zu groß. Genauso würde es mir beim Telefonieren ergehen. Außer meinem Mann hat keiner die direkte Nummer von meinem Zimmer«, berichtet sie.

Nie würde Karl Fischer diese ohne das Einverständnis seiner Frau herausgeben. »Wenn ich abends zu Hause bin, rufe ich die Leute an. Meine Frau möchte nur die Familie und wenige enge Freunde sehen, und die auch nicht jeden Tag. Ich akzeptiere ihre Entscheidung und bringe sie unseren Bekannten schonend bei. Natürlich wollen alle wissen, wie es ihr geht. Wenn keiner fragen würde, wäre das auch sehr komisch. Sie mögen Gudrun ja. Die Anteilnahme an sich tut gut. Ich bin nur so unterschiedlich drauf bei diesen Telefonaten. Mal kann ich sachlich berichten, wie es um meine Frau steht. Und mal wirft mich bereits der Gedanke, darüber reden zu müssen, aus der Bahn.«

Mit zwei Fingern ordnet Gudrun Fischer kurz die Haare ihres Ponys und sieht dann ihren Mann sehr eindringlich an. »Ich denke, für Karl ist dieses ständige Hin- und Hergondeln zwischen Wohnung, Arbeit und Hospiz extrem anstrengend. Und die Sorgen, die er sich jeden Tag um mich macht. Auch für meine Schwester und meine besten Freundinnen sind diese Tage viel stressiger und schwieriger als für mich. Ich persönlich bin völlig abgeklärt, ruhig und klar.«

Karl Fischer bewundert seine Frau – wo sie die Stärke hernimmt, ihrem bevorstehenden Tod mit einer solchen Ruhe und Entspanntheit entgegenzublicken. »Ich bin froh, dass Gudrun relativ gelassen mit ihrer ausweglosen Situation umgehen kann. Bei mir schwankt das viel mehr. Ich erlebe Phasen, in denen ich durchaus auch abgeklärt bin. Und dann wieder Phasen, in denen mich meine Gedanken über die Zukunft schlimm runterziehen.« Gestern, erzählt er, habe seine Frau in Bezug auf ihre Krankheit etwas sehr Richtiges festgestellt. »Gudrun, bitte wiederhole das. Ich fand schön, wie du das sagtest. Es half mir.«

Gudrun Fischer weiß sofort, was ihr Mann meint. Thema des Gesprächs war die Frage nach dem Warum. »Ich selbst«, sagt sie, »stelle mir diese Frage andersherum. ›Warum ich?‹ – das ist die falsche Herangehensweise. Das meine ich ehrlich, aus meinem tiefsten Inneren heraus. Die richtige Frage ist: ›Warum ich *nicht?*‹ Ich hadere selten mit meinem Schicksal, warum es mich getroffen hat. Es kann jeden treffen. Ich bin zum Glück lange Zeit verschont geblieben. Es hätte auch gerne noch ein paar Jahre so weitergehen können. Aber ... nein, kein Aber!«

Vor drei Tagen bekam sie Besuch von ihrer Schwester. Im Lauf des gemeinsamen Nachmittags sprachen sie unter anderem auch über ihren Onkel. »Der wird in diesem Jahr neunzig. Seinen Geburtstag im November werde ich definitiv nicht mehr erleben. Meine Schwester meinte, das sei ungerecht: er mit fast neunzig kerngesund und ich mit fünfundfünfzig dem Ende nah. Klar ist das ungerecht. Aber was ist Gerechtigkeit? Warum soll ich verschont bleiben? Bin ich etwas Besseres als andere, die es erwischt?«

Mittlerweile hat das Ehepaar Fischer Kaffee und Kuchen vor sich stehen. Er mit Sahne, sie ohne. Die beiden amüsieren sich über ihre neue Leidenschaft. Verstehen es nach wie vor kaum, wie schnell sie zu Fans der Kaffeekränzchenkultur wurden. »Da sitzen Karl und ich hier jeden Nachmittag mit der Kuchengabel in der Hand und reden über Gott und die Welt, manchmal auch über meinen bevorstehenden Tod.«

Es sei eben leichter, sich in einer netten, angenehmen Atmosphäre mit einem schwierigen Thema zu beschäftigen, erwidert ihr Mann.

Wie nah Genuss und Sterben beieinanderliegen können – diese Erkenntnis wäre den Eheleuten vor einem halben Jahr noch nicht in den Sinn gekommen.

Karl Fischer hat in diesen Tagen mehr denn je Bilder aus seiner Kindheit vor Augen. »Meine Großeltern besaßen einen Bauernhof, mitten auf dem platten Land. Als Junge war ich oft dort, und ich erinnere mich gut daran, wie selbstverständlich ich hinnahm, wenn eine Kuh oder ein Schwein starb. Klar, bei Tieren ist das einfacher zu akzeptieren. Doch auch die Menschen untereinander versteckten den Tod früher weniger als heute. Das ging schon aus rein praktischen Gründen nicht. Damals wohnten häufig zwei oder gar drei Generationen unter einem Dach. Da entging keinem, wie die gebrechliche Oma von Tag zu Tag abbaute, kränkelte und eines Morgens die Augen zuließ – aber nicht sofort eine Stunde später abtransportiert wurde. Im Gegenteil: Nachbarn, Geschwister, Nichten und Neffen kamen und nahmen am Totenbett Abschied. Geburt, Leben und Sterben sind eine Einheit, ein eigentlich natürlicher Prozess. Wir wollen mittlerweile alle das Sterben ausgrenzen. Für mich ist das ein gesellschaftliches Problem. Der Tod findet hinter verschlossenen Türen statt. Er passt nicht in unsere Leistungs- und Jugendwahngesellschaft. Manchmal versuche ich mir vorzustellen, wie es wäre, wenn kein Mensch mehr sterben würde, das Leben endlos wäre. Ich glaube, wir würden alle in eine tiefe Lethargie verfallen, hätten überhaupt keinen Antrieb. Könnten uns zu nichts mehr aufraffen.«

Heftig mit dem Kopf nickend, stimmt Gudrun Fischer ihrem Mann zu: »Wenn wir nicht die tickende Uhr im Nacken hätten, von der wir wissen, dass sie eines Tages stehen bleibt, wäre das Leben die Hölle. Wir könnten keine Fähigkeiten entwickeln, Genuss und Glück zu empfinden. Ich genieße, weil ich weiß, ich muss auch entbehren. Und zwar spätestens mit dem Tod.«

Gudrun Fischer kommt aus einem katholischen Elternhaus. Als junge Frau trat sie aus der Kirche aus, weil sie ihr zu frauenfeindlich erschien. Sie scheut jedoch davor zurück, sich als Atheistin zu bezeichnen. Sie habe ihren eigenen Glauben, sagt sie: »In meiner Vorstellung herrscht nach dem Tod absoluter Frieden mit der Welt, mit allem. Ich glaube nicht an ein Leben danach. Das ist für mich totaler Blödsinn. Ich stelle mir einen schwebenden Zustand vor.«

Ihr Mann gibt lächelnd das Stichwort: »Wolke sieben?«

»Genau! Wolke sieben. Karl freut sich immer, wenn ich damit anfange. Ich stelle mir das so vor: Man fährt an einem

Herbstmorgen auf einer kleinen Landstraße durch einen dichten Wald. Das Wetter ist grau in grau, diesig und trüb. Zunächst meint man, dieser Wald würde nie enden. Schließlich entdeckt man in der Ferne einen kleinen Hoffnungsschimmer, ein Stückchen Horizont. Man lässt den Wald hinter sich. Links und rechts sind jetzt Wiesen, auf denen Nebelwolken liegen. Ich bin eine dieser Wolken. Langsam bahnt sich die Sonne ihren Weg, bricht durch. Es wird mollig warm. Und ich schwebe weich und wohlig. Das ist meine bildliche Vorstellung vom Frieden nach dem Tod.«

»Was? So wenig Schlagsahne?« Nach seinem ersten überraschend üppigen Frühstück und Mittagessen sitzt Rolf Führing auch zum Kaffeetrinken am großen Tisch im Esszimmer und verspürt Appetit. Er mustert enttäuscht sein Stück Rhabarberstreuselkuchen und den Klecks Sahne daneben.

»Es ist keine mehr da, hier!« Sein Sohn Christoph, der am Buffet steht, zeigt ihm die leere Schüssel und erntet dafür einen beleidigten Blick.

»Das habe ich jetzt davon«, quengelt der pensionierte Oberfinanzbeamte trotzig wie ein kleiner Junge. »Ich sagte dir extra am Telefon: ›Das Kaffeetrinken beginnt um drei Uhr, und du sollst pünktlich sein.‹« Nach einigen mimosenhaften Schweigesekunden klingt seine Stimme wieder erwachsen: »Christoph, frag doch bitte in der Küche, ob sie mehr haben.«

Kopfschüttelnd und gleichzeitig amüsiert nimmt Christoph die leere Schüssel und geht zur Küche. Vierundvierzig Jahre ist er alt. So lange er denken kann, hat sein Vater keine Sahne angerührt und Kuchen und Torten mit Ignoranz gestraft. »Auch wenn es früher bei uns zu Hause Eis, Kekse oder Schokolade gab, er winkte grundsätzlich ab – egal, ob Kindergeburtstag, Ostern oder Weihnachten war. Er hatte nie was für Süßkram übrig. Andere Leckereien, die er durchaus mochte, verkniff er sich. Fette Soßen, dick die Butter aufs Brot – da war mein Vater zu diszipliniert, achtete streng auf seine Figur. So dünn wie er mittlerweile ist, tut ihm jedes Gramm gut!«

Als Christoph hörte, was beim Mittagessen abgelaufen war, staunte er schon Bauklötze, aber jetzt … »Ich beobachte meinen Vater mit Freude. Er wirkt entspannt, lacht endlich wieder. Offensichtlich fühlt er sich wohl und findet gerade seinen erträglichen letzten Lebensweg.« Sein Vater sei durchaus ein komplizierter Mensch, berichtet Christoph weiter. Umso erstaunlicher sei es daher, wie schnell und bedingungslos er sich mit der Hospizidee und deren Umsetzung in die Praxis vertraut machte und anfreundete: »Er akzeptiert, dass er hier sterben und nie wieder in seinem eigenen Bett liegen wird. Ohne Nörgeln und Stress nimmt er hin, dass der Fernseher ein anderes Format als der zu Hause hat und das Bad keine Wanne, sondern eine Dusche. Ein Prozess innerhalb von vierundzwanzig Stunden. So tolerant und flexibel wäre mein Vater früher nie gewesen.«

Als Christoph eben mit dem Auto über die Reeperbahn fuhr, fielen ihm seine früheren Ausflüge nach St. Pauli ein: Discos, Kneipen, Partys, Lärm – als junger Mann erlebte er den Kiez nur bei Nacht. Diese Bilder sind bis heute in seinem Kopf verankert. »Ich habe nicht damit gerechnet, in diesem Stadtteil auf eine leise, innere Energie zu stoßen.«

Er klingelte an der Hospiztür, eine Mitarbeiterin öffnete und begrüßte ihn. Er, gestresst von der Arbeit und spät dran, betrat das Haus und kam schlagartig zur Ruhe. Diese warmen Farbtöne! Keine Wand ist einfach nur weiß und kalt. Schon am Vortag war ihm das positiv aufgefallen. Er spürte nichts von Tod und Sterben.

»Mein Vater möchte gerne mehr Schlagsahne, ist das möglich?«

Ruprecht, der eigentlich längst Feierabend hat und gerade nach Hause gehen wollte, lässt sich schnell überreden. »Kein Problem, auf die zwei Minuten kommt es nicht an. Ich werde

Ihren Vater nicht verhungern lassen.« Belustigt stellt er seinen Rucksack ab, zieht die Kapuzenjacke wieder aus, greift zum Handrührgerät und führt beim Sahneschlagen mal wieder einen seiner inneren Dialoge.

Die Ankunft eines Bewohners im Hospiz ist vergleichbar mit einem Umzug in eine fremde Stadt, bei dem man meint, alles hinter sich zu lassen – den gesamten Ballast der Vergangenheit. Der Koch lernt die Bewohner als Neuzugezogene kennen, in einer für sie existenziellen Ausnahmesituation. Oft haben sie sich durch ihre Krankheit innerlich und äußerlich verändert. Auf einem zwei Jahre alten Foto würde er viele kaum wiedererkennen. Ruprecht begleitet nur einen kleinen Ausschnitt ihres Lebens – für fast alle ist es der letzte. Von dem, was früher war, weiß er wenig. Seine Erfahrungen beschränken sich darauf, wie sich Frau Schmidt und Herr Meyer heute und jetzt ihm gegenüber verhalten und verhalten wollen. Er erlebt Familienmitglieder, die ihm ein anderes Bild von einem Menschen vermitteln als das, was er als Koch wahrnimmt. »Kinder, Geschwister und Partner leiden zum Teil darunter, dass mein Zugang zu ihrem Angehörigen lockerer und entspannter ist als ihrer. Ich ertappe mich dabei, wie ich manchmal auf die Schnelle denke: ›Warum seid Ihr auch so garstig zu Eurer Mutter? Sie ist doch eine süße Nette, freundlich, reizend und charmant.‹«

Wer weiß, ob die Familie sie vielleicht über Jahrzehnte als kleine Tyrannin, nervig, egomanisch und ungerecht erlebte. Die subjektive Wahrnehmung ist bekanntlich eine sehr einseitige. Was einen an der eigenen Mutter und am eigenen Vater nervt, empfinden Außenstehende durchaus als charmanten Charakterzug.

Ruprecht entsinnt sich gut an eine ältere Bewohnerin. Kaum eingezogen, ernannte sie den Koch zu ihrem Sohnersatz und suchte ständig das Gespräch mit ihm. Er merkte nach kurzer Zeit, dass sie nichts hören wollte, sich lediglich wasserfallartig mitteilen und rühmen wollte, was sie ihren Töchtern in der

Vergangenheit Gutes getan hatte. Sie beklagte mangelnde Dankbarkeit, fühlte sich zu wenig respektiert. Der Koch hörte zu, weiter nichts. Eines Nachmittags stand eine der Töchter bei ihm an der Küchentür, wollte den Mann kennenlernen, von dem ihre Mutter pausenlos sprach. Sie beschwerte sich über die Ungerechtigkeit: Er wurde gelobt, und sie, die sich von morgens bis abends um ihre Mutter bemühte, hörte kein Wort der Anerkennung.

Es war nicht die einzige Situation, in der Ruprecht als Koch in eine innerfamiliäre Schusslinie geriet. »In einigen Fällen sind die Beziehungsstrukturen dermaßen festgefahren und über Jahrzehnte zementiert. Die kann kein Außenstehender knacken. Man muss höllisch aufpassen, nicht zwischen die Stühle zu geraten. Da möchte ich einem neuen Bewohner eine kleine Freude bereiten, frage ihn, was ihm schmeckt, was er mag. Ich spreche ihn dabei direkt an, suche Blickkontakt. Doch bevor er Luft zum Reden holt, hat die Ehefrau, die neben dem Bett sitzt, schon geantwortet, er esse gerne Kotelett mit Bratkartoffeln. Wenn ich ihm das zubereite, freue er sich bestimmt.

Die Ehefrau lebt in dem Moment in der Vergangenheit. Das Kotelett war einmal, ist ein Relikt aus einer anderen Zeit. Sie merkt nicht, wie ihr Mann schon bei dem Gedanken daran widerwillig die Augen verdreht. Seine Bedürfnisse haben sich durch die Krankheit verändert. Er möchte viel lieber einen leicht verdaulichen Möhreneintopf oder ein Omelett, widerspricht aber nicht, weil er seine Frau schonen will.

Die Angst vor Enttäuschung ist auf beiden Seiten gleich groß. Und ich laviere hin und her, versuche auf den Ehemann einzugehen, ohne es mir mit der Ehefrau zu verscherzen. Ich brauche sie indirekt als Verbündete, sonst empfindet sie mich als Eindringling. Ich frage den Bewohner dann sehr vorsichtig, wie er das sieht. Ich schlage ihm vor, man könne das Kotelett auf einen der nächsten Tage verschieben. Ich hätte auch tolle

Suppen und anderes im Angebot. Meistens renkt sich die Situation auf diese Weise ein.«

Zur frisch geschlagenen Sahne gönnt sich Rolf Führing ein zweites Stück Kuchen. Er und sein Sohn sind die einzigen Gäste im Esszimmer. Die beiden Männer haben beschlossen, aus der für sie neuen Situation das Beste rauszuholen. Christoph versichert seinem Vater: »Ich werde herkommen und dich besuchen, sooft ich kann. Lass uns gemeinsam die nächsten Wochen genießen. Genießen? Was rede ich da? Das ist ein unpassender Begriff. Sagen wir lieber: angemessen verbringen.«

Sein Vater fällt ihm ins Wort. »Ich bestehe darauf, dass du mich ohne Samthandschuhe behandelst.« Er lacht: »Das passt sowieso nicht zu dir. So gerne, wie du mit mir streitest.«

Zwischen den beiden herrscht eine bewundernswert lockere Stimmung. »Die ist nicht aufgesetzt«, sagt Christoph. »Mein Ziel ist, Vater bei guter Laune zu halten. Er selbst will auch nicht in der Ecke sitzen und stöhnen. Das Ambiente dieses Hauses erleichtert einem ein positives Grundgefühl. Genau wie im Foyer geschrieben steht, lädt die Atmosphäre ein, den Tagen mehr Leben zu geben.«

Dieser Satz ist viel mehr als eine Aneinanderreihung von Worten. Er ist eine Philosophie, die Rolf Führings Sohn für sich beherzigen will. »Mein Vater und ich sind in der Lage, relativ entspannt miteinander umzugehen, weil nichts über uns schwebt, das wir abarbeiten müssen. Das haben wir in früheren Jahren erledigt. Es gibt keine unausgesprochenen Konflikte aus der Vergangenheit, die wir, jeder missmutig auf den anderen, mit uns herumschleppen. Wenn wir uns jetzt auf den letzten Metern im Endspurt damit beschäftigen müssten, wäre das mühsam. Gefechte am Sterbebett – ein furchtbarer Gedanke!«

Verschiedener als sein Vater und er können Menschen kaum sein. Rolf Führing, ein Finanzbeamter wie er im Buche steht: bürokratisch, korrekt, extrem akkurat und ordentlich.

Und Christoph in allen Punkten schon als Kind chaotisch – und nicht immer ein Sohn, wie sein Vater ihn gern gesehen hätte.

Das fing schon in der Schule an. Anstatt fürs Abitur zu büffeln, verließ Christoph nach der zwölften Klasse das Gymnasium. Der Vater war nicht gerade begeistert, hatte sich gewünscht, sein Sohn möge eine juristische Laufbahn einschlagen, wie er in den Staatsdienst eintreten. Statt für eine Karriere als Beamter entschied sich der Sohn für eine Ausbildung zum Klavierbauer. Es kriselte zwischen den beiden. Manchmal fiel es Christoph schwer, sich gegen seinen Vater durchzusetzen. »Egal, das ist alles graue Vorzeit und heute, hier und jetzt kein Thema mehr. Trotz der unterschiedlichen Weltanschauungen schafften wir durch Gespräche immer wieder, dass sich keine Aggressionen zwischen uns anstauten und wir den anderen, so wie er war, akzeptierten.«

Sein Vater sei ein sehr akribischer und übergenauer Mensch, sagt der Sohn. Was er mache, mache er hundertfünfzigprozentig. Ob früher bei der Arbeit oder zu Hause in der Freizeit. Eines von Rolf Führings großen Hobbys war die elektrische Eisenbahn. Sie stand schon im Keller, lange bevor Christoph auch damit spielen konnte. »Zum ersten gemeinsamen Weihnachtsfest nach der Hochzeit bekam mein Vater von meiner Mutter eine Lok und ein paar Schienen geschenkt. Im Lauf der Zeit baute er die Anlage aus, sie wurde größer und technisch anspruchsvoller. Mein Vater beschriftete jede Weiche, jedes Lichtsignal. Er dokumentierte alle Stromkreise, gab ihnen Namen und legte Karteikarten an. Das Gleiche machte er mit den Ersatzteilen. Er kennzeichnete sie und führte sie in einer handgeschriebenen Liste auf. Da könnte ich heute jemanden zu uns nach Hause schicken mit der Aufgabe: Ein Stromkreis ist defekt. Finde und repariere ihn! Das würde jeder schaffen, selbst wenn er keinen blassen Schimmer von technischen Dingen hat. Er fände für jedes Problem den entsprechenden Zettel mit der Anleitung, was zu tun ist.«

»Da bin ich ja froh! Wie ich sehe, gibt es noch genug Sahne.« Verschmitzt schaut Ruprecht demonstrativ in die halb volle Schale.

Rolf Führing kontert, auch ihm ist der Spaß anzuhören: »Freuen Sie sich nicht zu früh. Ich glaube, ich werde sie komplett aufessen. Gehen Sie lieber schnell, bevor ich mehr möchte.«

»Okay, ich bin quasi schon weg. Genießen Sie die Zeit mit Ihrem Sohn. Tschüß bis morgen!«

Ruprecht Schmidt setzt sich gemächlich auf sein Fahrrad und radelt los. Reich wird er mit seinem Job nicht. Er muss rechnen. Ein Auto will er sich nicht leisten, auf diesen Luxus verzichtet er. Das Geld, das er dadurch spart, gibt er lieber für Reisen aus. Wenn er sich heute vorstellt, dass sein jugendliches Fernweh ein wesentlicher Grund für seine Kochlehre war, kommt ihm ein bekanntes Sprichwort in den Sinn: »Erstens kommt es anders, zweitens als man denkt.«

Nachdem er damals seine Lehre abgeschlossen hatte, holte ihn sein Chef ins Büro. »Was heißt Büro? Das war eine kleine Abstellkammer mit Telefon und Schreibmaschine. Ich saß auf einem schmalen Hocker, dicht gedrängt an der Wand, und er fragte mich: ›Ruprecht, wie geht es weiter mit dir?‹ Ich erklärte ihm, dass sich an meinen Reiseplänen nichts geändert habe. Er sah mich cool an und meinte herablassend: ›Du willst nicht reisen, du willst gammeln.‹ Er fand meine Idee absolut schwachsinnig. Ungefähr eine Minute lang lieferten wir uns einen Schlagabtausch, der sich auf zwei Sätze beschränkte: ›Ich will nicht gammeln, ich will reisen!‹ und ›Du willst nicht reisen, du willst gammeln!‹«

Der Chef ließ sich zu der Bemerkung herab, es sei wie Perlen vor die Säue zu werfen, wenn er als Koch nicht weitermachen würde. Welch ein Kompliment aus dem Mund seines Vorgesetzten! Eins der wenigen überhaupt in den drei Jahren seiner Ausbildung. Der Meister lag dem Gesellen in den Ohren, er müsse weiter Erfahrungen sammeln. Sein Handwerk perfektionieren. Für zwei, drei Jahre in Europa kochen – Frankreich oder Deutschland. Danach wäre es allemal früh genug, auf Weltreise zu gehen. Ruprecht wolle doch wohl nicht seine gesamte Lehre in die Tonne treten – diese Vorstellung war ein Schlag ins Gesicht für den Chef. Er drückte Ruprecht einen riesigen Restaurantführer von Deutschland in die Hand, ordnete an, er solle eine Cola nehmen, auf die Terrasse gehen und in Ruhe blättern.

»Da saß ich also mit dem dicken Wälzer und einem Glas Cola und musste relativ schnell einsehen, ganz falsch war er nicht, der Dämpfer, den er mir verpasste. Wer lässt sich schon gerne vorwerfen, gammeln zu wollen? In diesem Moment kam ungewollt meine Erziehung hoch, mein Sicherheitsdenken. Jahrelang hatten mir meine Eltern eingetrichtert, Bildung sei das Wichtigste. Ich stellte mir vor, mein Leben womöglich nicht gewuppt zu bekommen. Eines Tages, wenn ich ihn suchte, keinen Job zu finden. Ich blätterte unentschlossen vor mich hin und wusste nur eins: Ich wollte raus aus der ländlichen Idylle, rein in die Großstadt. Meine Cousine lebte damals in Hamburg, also schlug ich unter Hamburg nach.«

Gehobenes Restaurant, sehr gute Küche – die Beschreibung gefiel ihm. Er schickte seine Bewerbung los, nicht wissend, dass es sich bei dem gehobenen um ein Sterne-Restaurant handelte. Erst als er eine Woche später an der Elbchaussee zum Vorstellungsgespräch eintrudelte, merkte er, wohin ihn seine Blätterei geführt hatte.

Ruprecht bekam den Job. Sein Arbeitstag fing morgens um acht Uhr an, vor Mitternacht kam er selten ins Bett. »Ich lebte mit anderen Köchen aus dem Restaurant in einer Wohngemeinschaft«, erinnert er sich: »Mit Glück konnten wir zwischen Mittag- und Abendessen mal schnell nach Hause fahren. Tranken einen Kaffee und mussten danach gleich wieder los.« Sonntags war Ruhetag – Ruprechts einziger freier Tag.

Ein Jahr, nahm er sich vor, wollte er in dem noblen Restaurant an der Elbchaussee durchhalten. In der Zeit knackte er so viele Hummer, dass er bald aufhörte, sie zu zählen.

Als angehender Spitzenkoch lernte er auch Hamburgs Villen kennen, denn er wurde oft für den Außendienst in Privathäusern eingeteilt, über das Restaurant als Koch angemietet. »Das waren sehr betuchte Leute, die Freunde oder Geschäftspartner zum Essen nach Hause einluden. In meiner Fantasie sah ich die Hausherrin am Telefon, wie sie sagte: ›Ach, kommt doch mal zu uns. Bei schönem Wetter setzen wir uns auf die Terrasse, bei schlechtem in den Salon. Ich bereite eine Kleinigkeit vor.‹«

Zu dieser Zeit waren Salat und Hummer *in*, Lamm mit und ohne Kräuterkruste, Steinbeißerfilet, als Dessert Parfait – Halbgefrorenes in verschiedensten Fruchtvariationen. Ruprecht packte die Zutaten ins Auto, fuhr los und ließ sich überraschen, was ihn erwartete. »Ich wusste nie, wie groß ist deren Küche, wie ist der Backofen, haben sie überhaupt einen? In manchen Küchen merkte ich sofort, dort kochte sonst niemand. Da konntest du stundenlang vergeblich nach einem Schneebesen oder Holzlöffel suchen. Und wenn die beispielsweise fünfzehn Leute zu Gast hatten, hieß das für mich, ich musste irgendwo fünfzehn Teller zum Auffüllen abstellen. Den Platz gab es oft gar nicht. Und das in den größten Villen! Ich konnte auch nicht ausweichen, ich musste immer in der Küche bleiben.«

Ruprecht sollte sich auf keinen Fall der Gesellschaft zeigen, selbst wenn die Gastgeber gerne lässig und nebenbei beim Aperitif erwähnten, sich einen Koch leisten zu können. »Das Beste war, wenn die Hausherrin so tun wollte, als ob sie selbst kochte. Das hieß für mich, absolut leise arbeiten, damit bloß keiner mitbekam, wie in der Küche jemand rumorte. Die Dame des Hauses kam in regelmäßigen Abständen zu mir reingehuscht, blieb zwei, drei Minuten und verschwand wieder. Beim Rausgehen rief sie dann ihren Gästen zu: ›Oh, diese

Kocherei! Liebe Freunde, Ihr müsst Euch noch einen kleinen Moment gedulden, nehmt so lange ein zweites Gläschen Champagner!‹«

In solchen Situation lachte sich Ruprecht innerlich schlapp. Der Humor verging ihm allerdings, wenn er einmal wieder in einer fremden Küche stand und seinen Bunsenbrenner nicht anbekam. »Als ob es nichts anderes auf der Welt gäbe, bestellten die meisten Limonenparfait mit karamellisiertem Zucker. Das war total hip. Um den Zucker zu karamellisieren, brauchte ich diesen Bunsenbrenner. Ich probierte und probierte und probierte, das Ding sprang einfach nicht an. Währenddessen weichte das Parfait immer mehr auf, und ich sah es schon albtraummäßig als flüssigen Brei vor mir. Ich servierte es schließlich ohne den Zucker.«

Er gewöhnte sich daran, oftmals als zweitklassig behandelt und von oben herab abgefertigt zu werden. Wenn er kam und ging, musste er in den Häusern der High Society meist den Hintereingang benutzen – er betrachtete es als eine Übung der Gelassenheit.

Bei einem Kunden, einer großen Firma, war er mehr oder weniger Stammkoch. Der Chef lud regelmäßig einmal die Woche zu einem großen Geschäftsessen ein. Ruprecht sollte nicht nur kochen, sondern ausnahmsweise auch bedienen. Sein Arbeitsplatz war wie immer die Teeküche. Dort standen ein Zweiflammenherd und eine Mikrowelle. Egal wie, am Ende musste er ein perfektes Essen zustande bringen, das er, ebenso perfekt auf Tellern angerichtet, locker und fröhlich servierte. »Man braucht nicht glauben, dass die Leute ›Danke‹ sagten, wenn ich ihnen die Teller hinstellte. Einmal ließ sich jemand hinreißen und sprach mit mir: ›Oh, sieht der Teller schön aus. Sie sind ja wie ein kleiner Künstler.‹ Die Krönung im Außendienst erlebte ich aber bei einer Frau, die einen Koch und drei Kellnerinnen bestellt hatte. Sie gab für ihre Freunde und sich an einem Abend etliche Tausend Mark für ein Drei-Gänge-

Menü und Weine aus. Das Essen an sich spielte dabei eine untergeordnete Rolle. Ich meine, es war exzellent, was serviert wurde. Kann man bei dem Preis wohl auch erwarten. Ich bin fast verrückt geworden, nicht beim Kochen, sondern beim Abwasch. Die Kundin besaß feinstes Geschirr mit Goldrand, Kristallgläser und Silberbesteck. Nichts davon durften wir in die Geschirrspülmaschine packen. Bis in die Nacht standen wir in der Küche und haben jedes Teil mit größter Vorsicht per Hand abgewaschen, getrocknet und poliert.«

Ruprecht wusste nicht, was er lieber machte: Außen- oder Innendienst. So oder so lief seine Tätigkeit auf eine Erkenntnis hinaus, die ihm missfiel: Der Preis bestimmte den Genuss. In einem Zwei-Sterne-Restaurant zu speisen war in gewissen Kreisen angesagt, fast schon ein Pflichtprogramm, um auf die Brust klopfend von sich behaupten zu können: »Wow, ich kann mir was leisten. Ich gehöre dazu!«

Da ging es weniger ums Austernschlürfen als ums Sehen und Gesehenwerden. Ruprecht stellte frustriert fest: »Essen bedeutete nichts anderes als Prestige. Bestimmte Leute kamen regelmäßig einmal die Woche und blätterten salopp, ohne eine Miene zu verziehen, tausend Mark hin.«

Ob er erfuhr, wie es den Gästen schmeckte, lag in der Macht der Kellner. Je nach Laune waren sie bereit, ihm eine Rückmeldung zu übermitteln oder auch nicht. Lob kam selten in der Küche an – Tadel öfter, stets gefiltert durch das Servicepersonal. Ein direktes Feedback vom Gast bekam Ruprecht nie. Er kannte das bereits aus seiner Lehrzeit. Auch in dem noblen Hamburger Etablissement hatte er keinen Kontakt zu den Gästen, abgesehen vom großen Schaulaufen. »Wenn viele Gäste an einem Tisch saßen, mussten wir aus der Küche mit raus zum Servieren. Die sollten ja alle ihre Essen gleichzeitig bekommen. Wir also im Gänsemarsch zum Tisch, Teller hinstellen, auf Kommando Silberglosche hoch nehmen, den Namen des Gerichts verkünden. Und anschließend marschierst du mit deiner

Silberglosche zurück in die Küche und kannst zusehen, wie du die Zeit, die der Auftritt gedauert hat, wieder aufholst.«

Hin und wieder kamen jedoch auch Gäste, für die das Betreten eines Sternerestaurants außergewöhnlich und aufregend war. Die sich zu einem speziellen Anlass eine Extravaganz leisteten, dafür gespart hatten. Ihren Hochzeitstag oder ihr Frischverliebtsein bei einem unvergesslichen Essen in einem besonderen Ambiente genießen wollten. Diese Gäste zogen meist sang- und klanglos an Ruprecht vorbei. »Ich hörte nur von ihnen, weil der Kellner ab und zu genervt in die Küche kam und sagte: ›Schon wieder welche, die wenig Kohle haben, nicht einmal Wein bestellen. Die wollen nur hier sitzen, glotzen und so tun, als ob.‹ Er ärgerte sich, weil er keinen Wein verkaufte, und ich freute mich. Für diese Menschen zu kochen, fand ich große Klasse. Es machte mir doppelt so viel Spaß.«

Im Job und privat bekam Ruprecht Schmidt in früheren Jahren oft zu spüren, dass er »nur« Koch war. Das traf ihn mitten in die Wunde, die er als Akademikerkind sowieso hatte. »Ich litt jahrelang darunter, dass mir Leute unterstellten, nicht bis drei zählen zu können. Wenn mich jemand fragte, was ich arbeite, erwähnte ich meinen Beruf möglichst beiläufig und leise.«

Die Reaktionen bestätigten meist seinen Frust. Überspielt mit einer oberflächlichen Faszination ließ sein Gegenüber ihn das Niveaugefälle spüren – Koch, was ist das schon? Karriere machen sieht anders aus. Es sei denn, man wird ein Starkoch.

4

Wenn in der Eingangshalle des Hospizes die Kerze brennt, ist jemand gestorben. In der Nacht traf es Monika, eine Bewohnerin aus dem ersten Stock. Ihr Vorname ist in eine Wachstafel geritzt. Sie steht auf einem hellen Holzbord. Daneben liegt aufgeschlagen das rote Kondolenzbuch. Jeder, der möchte, kann einen Abschiedsgruß hineinschreiben. Ein großer Blumenstrauß schmückt den ansonsten schlichten Trauerplatz.

Der Fahrstuhl öffnet sich. Rolf Führing ist auf dem Weg zum Frühstück. Erleichtert stellt er fest, dass ihn auch nach der zweiten Nacht im Hospiz sein Appetit nicht im Stich lässt. Umso mehr freut er sich auf ein Brötchen mit Quittengelee. Der Oberfinanzbeamte a.D. sitzt nicht wie am Vortag im Rollstuhl, sondern schiebt ihn langsam vor sich her. Wie in Zeitlupe setzt er einen Fuß vor den anderen. Die Geschwindigkeit ist für ihn unbedeutend. Selbst wenn er eine halbe Stunde bräuchte, bis er das Esszimmer erreicht – endlich bewegt er sich wieder eigenständig. Zuvor lag er wochenlang regungslos im Bett, mit allen Unannehmlichkeiten, die das mit sich zog. Zwar lebte er, aber wie? Ein lebenswertes Leben bedeutet für ihn Mobilität. Und nicht vierundzwanzig Stunden täglich von fremden Menschen abhängig zu sein.

Vor der brennenden Kerze hält der Neunundsechzigjährige inne, schaut sich die Wachstafel an, blättert neugierig im roten Buch. Er wirkt unerschrocken. »Ich habe mit Sicherheit besonders zu Anfang meiner Krankheit einiges verdrängt. Seitdem ich in diesem Haus bin, erkenne ich, die Schwelle ist endgültig überschritten. Ich werde nie wieder auch nur eine Stunde lang ein anscheinend normales Leben führen. Es gibt kein Zurück mehr, keinen anderen Weg. So wie letzte Nacht in dieser Gemeinschaft ein Mensch verstarb, werde eines Tages ich das sein. Diesen Gedanken verkrafte ich.«

Nach einem langen, bedeutungsvollen Blick auf die brennende Kerze geht er langsam weiter und setzt sich an den Frühstückstisch. »Haben Sie und Ihr Mann gut geschlafen?«, möchte er von Beate Reckling wissen.

Was soll sie darauf antworten? Sie sagt Ja und lügt dabei. Das Gegenteil war der Fall. Die ganze Nacht wälzte ihr Horst sich unruhig hin und her. Die Nachtschwester kam häufig ins Zimmer, versuchte, ihn zu beruhigen. Am frühen Morgen deutete er mit einer kleinen Handbewegung etwas an. Beate Reckling verstand sofort, was damit gemeint war. Ihr Mann wollte eiskalte Milch. Neben seinem Pflaumenquark das Einzige, was er seit Tagen zu sich genommen hat. Sie streifte sich den Morgenmantel über das Nachthemd, ging so schnell sie konnte über den Gang zu der kleinen Teeküche und besorgte welche aus dem Kühlschrank.

Horst trank einen halben Becher, sehr langsam, sie half ihm dabei. Danach schlief er wieder ein. Sie setzte sich in den Sessel ans Fenster, schaute hinaus in die Morgendämmerung. Die Straße, auf die sie entfernt blickte, wirkte noch verschlafen. Nur ein paar Frühaufsteher waren schon unterwegs zur Arbeit, die letzten bierseligen Pistengänger auf dem Weg ins Bett. Beate Reckling ließ ihre Gedanken treiben. »Ich fragte mich plötzlich: ›Was mache ich hier eigentlich? Ich sitze bei meinem Mann am Bett und warte förmlich darauf, dass er stirbt.‹ Das ist doch abartig – darauf zu warten, dass der Mensch, den man nicht verlieren will, die Augen zumacht. Dieses Sitzen, dieses tatenlose Zusehen, diese Machtlosigkeit!«

Sie fand ihre Gedanken ziemlich heftig und brutal, versuchte krampfhaft, sie in eine andere Richtung zu leiten. Es gab doch die vielen Momente des Glücks, die sie mit ihrem Mann erlebt hatte. Und den Alltag, der von Vertrauen und Respekt,

Wärme und Humor geprägt war. Beate Reckling hätte in ihre riesige Erinnerungskiste greifen und sich das Passende heraussuchen können. Unmöglich. Es funktionierte nicht. Sie war von Kopf bis Fuß in der Gewalt eines Gefühls: Angst.

Ständig geisterte ihr dieser eine Satz im Kopf herum: »Ich will leben! Ich will leben!« Sie sah dabei die Bilder aus dem Krankenhaus: Der Oberarzt kommt ohne vorheriges Klopfen ins Zimmer, bleibt am Fußende des Bettes stehen, fragt ihren Mann direkt und schonungslos, was er lieber wolle – zurück nach Hause oder in ein Hospiz. Ihr Mann antwortete: »Ich will leben!«

Eine Woche war er da schon im Krankenhaus. Die Ärzte hatten ihn längst aufgegeben, und Beate Reckling zweifelte, ob er einen Transport überhaupt noch überstehen würde.

Als sie eben zum Frühstücken hinunterging, sah sie sofort die brennende Kerze. Schon die dritte seit ihrer Ankunft. Sie hielt inne, schaute auf die Wachstafel, dann wieder hoch zur Kerze. Sie wusste, dass eine der nächsten für ihren Mann brennen wird.

Ruprecht Schmidt steht am Herd und rührt in einem großen Topf. »Ich mach Apfelgelee«, sagt er wortkarg.

Wie jeden Tag seit elf Jahren galt auch an diesem Morgen, nachdem er die Tür aufgeschlossen hatte, sein erster Blick der Kerze: Brennt sie, oder brennt sie nicht? Vor drei Tagen hatte er der fünfzigjährigen Frau, die in der Nacht verstarb, Pangasiusfisch zubereitet. Den mochte sie so gerne. Gut, dass er die Zubereitung nicht länger hinausgezögert hatte – es war die letzte Mahlzeit, die sie zu sich nahm.

Ruprecht ist angespannt. »Wenn eine Bewohnerin oder ein Bewohner stirbt, lasse ich immer die Begegnungen und kleinen Erlebnisse mit diesem Menschen Revue passieren.«

Zu manchen pflegte er intensiveren Kontakt, zu anderen weniger. Einige wählten ihn als Vertrauensperson. Warum gerade ihn? Er steht doch die meiste Zeit in der Küche, kennt die Bewohner eigentlich am allerwenigsten. Er ist nicht derjenige, der sie vierundzwanzig Stunden am Tag pflegt und ihre Wunden versorgt.

»Vielleicht«, überlegt er, »ist das genau die Antwort. Manchmal ist es einfacher, sich einem Außenstehenden anzuvertrauen als einem Menschen, mit dem man einen intimen Kontakt hat.«

Je enger seine Beziehung zu dem oder der Verstorbenen war, desto weniger geben seine Gedanken Ruhe. Er gerät ins Grübeln und merkt wie so oft, dass das Sterben der Bewohner nicht spurlos an ihm vorbeigeht. Es passiert selten, aber umso enttäuschender ist der Anblick der brennenden Kerze für ihn, wenn er nicht weiß, wem sie gewidmet ist. Wenn der Mensch ihm unbekannt blieb, weil er zum Zeitpunkt des Einzugs weder ansprechbar war noch Nahrung zu sich nehmen konnte. »Das sind die wenigen Bewohner, zu denen ich keinerlei Kontakt habe. Die bedauerlicherweise nur ein, zwei Tage bei uns sind und sterben. Die kaum eine Chance bekommen, in diesem Haus noch zu leben.«

Ruprecht Schmidt sieht sich selbst als einen Menschen, der über wesentliche Schritte, die er plant und in die Tat umsetzen will, viel reflektiert, das Für und Wider abwägt und analysiert. Den Job im Hospiz nahm er damals – für ihn untypisch – geradezu blauäugig an, fast naiv. Er verschwendete kaum einen Gedanken an die Tragweite dessen, was ihn erwarten würde. »Ich habe mir nicht vor Augen geführt, mit welcher emotionalen Heftigkeit ich in der Realität konfrontiert werde. Diese Herangehensweise war, rückblickend betrachtet, mein Schutzengel. Er ersparte mir unnötige Komplikationen im Vorweg. Mit dem Abwägen von ›Gewöhnst du dich daran?‹ bis ›Hältst du das aus?‹ wäre ich weitaus weniger euphorisch gestartet. So dachte ich: ›Prima, du hast dich auf diese Arbeit gefreut, bist jetzt hier und kochst von nun an für todkranke Menschen.‹ Theoretisch war mir natürlich klar, diese Menschen werden sterben. Praktisch habe ich die Tatsache verdrängt, wie etliche Bewohner sie auch verdrängen. Als das erste Mal die Kerze brannte, war das für mich so unwirklich, fast surreal. Ich betrat das Zimmer des Verstorbenen und wollte mich von ihm verabschieden. Ich stand am Bett und sah diesen toten Menschen daliegen, mit dem ich einen Tag vorher noch gesprochen hatte. Und das sollte plötzlich vorbei sein? Damit konnte ich mich nicht abfinden. Zwei, drei Tage später fand hier im Haus die Trauerfeier statt. Ich ging hin. Anschließend habe ich, zusammen mit Kollegen, den Sarg hinausgetragen.«

Die zweite Kerze brannte, die dritte, die vierte. Nach und nach wurde ihm unmissverständlich klar, wo er arbeitete und was es bedeutete, ständig Abschied nehmen zu müssen. »Es ist ein wiederkehrender Zyklus der Kurzlebigkeit, im wahrsten Sinne des Wortes. Kaum sind die Menschen bei uns, verlassen sie das Hospiz wieder.«

Zusammen leben, zusammen Abschied nehmen – das war anfangs die Philosophie des Hauses. Wie die anderen Mitarbeiter auch verabschiedete sich der Koch von jedem Verstorbenen, nahm an jeder Trauerfeier teil. »Das war der familiäre Gedanke, den wir alle transportieren wollten. Wir merkten aber sehr bald, dass wir das auf Dauer nicht durchhalten. Du kannst nicht ständig zu Trauerfeiern gehen, du darfst das Sterben nicht zu dicht an dich ranlassen, sonst drehst du durch. Und das würde auf Kosten der Bewohner gehen, die noch leben.«

Jede brennende Kerze ist für den Koch ein Warnsignal für das eigene Leben, eine Ermahnung an die Endlichkeit. Trotzdem ertappt er sich manchmal dabei, wie er scheinbar unbeteiligt darüber hinweggeht, seine Vorsätze in gewissen Abständen ignoriert, vergisst oder gar verdrängt. »Ich sage durchaus auch locker vor mich hin: ›Das hat noch Zeit. Das verschiebe ich auf morgen. Die und die Reise kann ich in zwei oder drei Jahren machen. Den und den Wunsch mir später erfüllen.‹ Ich bin jeden Tag mit dem Sterben konfrontiert, ich müsste es doch besser wissen und mein Leben ernster nehmen.«

Vor der Arroganz der Lebenden – so nennt er das schnöde Zurseiteschieben der Endlichkeit – ist auch er nicht gefeit. Was soll ihm schon mit Mitte vierzig passieren? Er fühlt sich gesund, aktiv, relativ jung, schmiedet Zukunftspläne. »Bist du überheblich!«, kritisiert er sich dann selbst und ist erschrocken. »Natürlich kann mir genauso etwas passieren. Heute, morgen, übermorgen. Ich könnte einen Herzinfarkt bekommen, eine unheilbare Krankheit oder einen Verkehrsunfall haben.«

Ruprecht füllt das frisch gekochte, noch dampfende Apfelgelee in Gläser. Zwei Zentner Cox Orange bekam er im letzten Herbst geschenkt, machte Saft daraus und fror ihn ein. Je nach Bedarf muss er nun nur in den Gefrierschrank greifen.

Seinem Entschluss, den Gästen ausschließlich selbst gemachten Kuchen anzubieten, folgte wenige Tage später die Entscheidung, auch die Marmelade selbst zu kochen. Allein der Duft, der sich während des Einkochens langsam im Haus breitmacht! Es gibt eben auch unausgesprochene Sonderwünsche. Keiner würde sagen: »Ruprecht, machen Sie mir doch bitte ein Glas Kirschmarmelade.« Aber sie morgens aufs Brötchen schmieren zu können kitzelt den Gaumen und weckt Erinnerungen – auch beim Koch. »Ich bin mit selbst gemachter Marmelade aufgewachsen. Wir mussten als Kinder im Spätsommer durch die Wälder ziehen und Beeren sammeln, Himbeeren, Brombeeren, Blaubeeren – stundenlang. Das fand ich furchtbar mühselig, ständig diese Stacheln in den Fingern. Kam ich dann mit meiner Beute nach Hause, war ich stolz und merkte im Nachhinein, die Quälerei hatte auch Spaß gemacht.«

Er kannte als kleines Kind überhaupt keine gekaufte Marmelade, wusste nicht einmal, dass es sie gab. Er kannte die prallen Pflaumenbäume im elterlichen Garten, die sich im Spätsommer vor Früchten bogen. Die Folge war allerdings, dass es wochenlang jeden Morgen nur Pflaumenmarmelade zum Frühstück gab. Dieses Trauma, meint er schmunzelnd, habe er bis heute nicht verdaut.

Im Hospiz sorgt Ruprecht für Abwechslung, versucht, für jeden Geschmack etwas parat zu haben. Sein persönlicher Favorit ist Quittengelee. Diese Vorliebe teilten in der Vergangenheit nur wenige mit ihm. Jahrelang entsaftete er die herrlich gelben Früchte, kochte sie ein und blieb anschließend drauf sitzen.

Okay, dachte er im letzten Herbst, das passiert dir nicht noch einmal. Er reduzierte die Produktion um die Hälfte. Kaum geschehen, entwickelte sich die Quittenmarmelade prompt zum Shootingstar der Saison. Jetzt ist das letzte Glas fast leer und die nächste Ernte noch Monate hin. So lange müssen die Geleeliebhaber unter seinen Gästen notgedrungen mit Apfel vorliebnehmen. Der Renner schlechthin ist aber Erdbeere. Damit kann er nichts falsch machen. Mindestens fünfzig Kilo Früchte verarbeitet der Koch pro Jahr zu Marmelade.

Im Zimmer von Gudrun Fischer wird gehämmert. Ihr Mann Karl hängt Bilder an die Wand, und sie gibt im Liegen Anweisungen: »Schatz, häng das rechte bitte ein bisschen tiefer.«

Ja, genau so findet sie es gut. Sie habe dringend eine kleine innenarchitektonische Veränderung gebraucht, sagt sie: »Sehen sie nicht toll aus?«

Ihre Frage ist eher eine Feststellung. Die Wand, auf die sie vom Bett aus immer schaut, war ihr zu trist. Sie hatte den Eindruck, in ein tiefes Loch zu sehen. »Mein Mann und ich, wir überlegten tagelang, welche Bilder von zu Hause am besten hierher passen.«

Die Grundschullehrerin entschied sich schließlich für zwei Drucke auf Leinwand von Mark Rothko – großflächige Kompositionen aus jeweils drei leuchtenden Farben. Das eine in Grün, Orange und Gelb, das andere dominiert von Rot und Blau.

Der Künstler habe in seinen Werken grundlegende menschliche Gefühle transportieren wollen, meint Gudrun Fischer. Diese Assoziation funktioniere bei ihr perfekt: »Ich kann in diese Bilder viel hineinsehen. Sie haben eine unendliche Tiefe. Und die Farben, wenn man sich alleine dieses Rot anschaut, strahlen Wärme aus. Ich lasse mich so richtig in sie hineinfallen. Das beruhigt mich.«

Auf ihren Wunsch hin schaltet Karl, obwohl draußen die Sonne scheint, die indirekte Deckenbeleuchtung ein.

»Toll«, sagt sie zu ihrem Mann, »dass die solche Lampen hier haben.«

Die Bilder kommen dadurch noch besser zur Geltung. Auch an anderen Stellen hat sich das Zimmer verändert, ist heimeliger und behaglicher geworden. Neben dem Fernseher auf der Kommode steht eine kleine Lampe mit gelbem Schirm. Auf dem Beistelltisch daneben eine große blassrosa Orchidee. Die ist zwar nicht echt, dafür blüht sie immer.

Schräg hinter dem Bett von Gudrun Fischer hängt ein weiteres Bild, auch dieses stammt aus ihrer Wohnung. »Das ist ein geologischer Abstrich, präpariert durch Lackschichten«, erklärt sie. Ein Querschnitt durch die Erde. Aus der Nähe betrachtet, kann sie jedes einzelne Sandkorn sehen. »Das war bei mir schon immer so. Ich brauche Bilder, keine Fotos. Erinnerungen habe ich im Kopf. Ich wollte nie die kostbare Zeit, die ich während der Schulferien in Italien, Spanien, Frankreich oder sonst wo verbrachte, mit Fotografieren und Filmen vergeuden. Mich hat schon genervt, all den anderen dabei zuzuschauen. Da steht man vor der Sixtinischen Kapelle in Rom oder der Sagrada Familia in Barcelona, möchte die Atmosphäre der alten Meister schnuppern, und um einen herum klicken pausenlos die Kameras. Was bringt einem das? Nur um zu Hause sagen zu können: ›Schaut her Leute, so schön habe ich es im Urlaub gehabt! Hier, mein Hotel, der Pool, das Restaurant, die Kirche.‹ So ein Quatsch!«

Sie nimmt die Hände an den Kopf und berührt mit den Fingern ihre Schläfen. »Die Eindrücke erlebe ich doch hier in mir. Ich sauge sie auf, kann sie jederzeit abrufen. Dafür brauche ich nicht zu knipsen.«

Gudrun Fischer fällt auf, dass sie immer weniger Bilder aus ihrem Kopf abruft. Oft liegt sie im Bett und denkt an nichts, anstatt ihr Leben Revue passieren zu lassen. Das müsste sie doch eigentlich in ihrer Situation. Sie schaut aus dem halb geöffneten Fenster. »Endlich haben wir wirklich Frühling. Der erste Tag, an dem es wärmer ist. Wenn man jetzt spazieren ginge, könnte man zuschauen, wie die Natur aus dem Winterschlaf erwacht. Herrlich, bald blühen die Magnolien!«

Sie streift die Bettdecke von den Füßen weg, beugt sich vor, als wolle sie eine Gymnastikübung machen, und zieht ihre dicken plüschigen Frotteesocken aus. »Schatz, kannst du die bitte in die Schublade legen?«

Ihr Mann Karl ist ein ruhiger Mensch. Er spricht wenig, hört stattdessen aufmerksam zu und lässt seine Gudrun reden. »Heute auf den Tag sind mein Mann und ich sechsunddreißig Jahre zusammen«, sagt sie: »Das weiß ich so genau, weil ich meinen neunzehnten Geburtstag noch allein gefeiert habe. Und genau eine Woche später sind wir uns das erste Mal begegnet. Sechsunddreißig Jahre, das ist ganz schön lang.«

Gudrun Fischer denkt nach, stellt dann erstaunt fest, dass sie plötzlich ja doch ihre Lebensgeschichte passieren lässt. Nie und nimmer hätte sie mit einem anderen Mann zusammenleben wollen. »Eine Beziehung wächst über die Jahre, ist etwas sehr Kostbares. Wir kennen uns so gut.« Sie schaut ihren Mann lächelnd an. »Wir wissen genau, was der andere fühlt.«

In der letzten Woche wurde sie fünfundfünfzig – an ihrem Geburtstag kam sie ins Hospiz. Ein schöneres Geschenk hätte ihr in dieser Situation keiner machen können. Sie weiß, dass das zynisch klingt. »Es musste erst ein Mensch sterben, damit ich einen Platz bekam. Das ist makaber, aber damit muss man lernen umzugehen. Bei mir wird es hinterher genauso sein. Ich schaffe auch Platz für einen anderen.«

Sie glaubt nicht an Zufälle. Kaum hatte sie ihr Zimmer bezogen, erfuhr sie von einem Konzert, das am Nachmittag stattfinden sollte. Auf ihrem Stockwerk, gleich nebenan im Wintergarten. »Das hatten die hier Wochen im Voraus geplant, das war mir klar. Ich fühlte mich jedoch, als ob es mein spezielles Geburtstagsständchen werden würde. Dieser Wintergarten mit dem Glasdach und den Pflanzen ist ein traumhafter Raum.«

Das Klavier – normalerweise steht es unten im großen Saal – wurde hereingeschoben. Kurz darauf kamen die beiden Musiker. Der junge Mann setzte sich ans Klavier, die junge Frau packte ihre Mandoline aus. Sie spielten leichte Stücke, nichts Tragendes, Schweres. Und sie fragten ihr Publikum nach Musikwünschen. Gudrun Fischer hatte einen – das Menuett von Luigi Boccherini. »Ich hörte früher viel Schulfunk im Radio, da spielten sie die Melodie häufig.« Sie hebt ihre Hand zum Dirigieren hoch und fängt an zu summen: »Düdüdüdüdü dum dü dü dü dü dum.«

Die Musikerin mit der Mandoline war eine sehr aparte Person. Sie strahlte beim Spielen, lächelte Gudrun Fischer an, stand direkt vor ihr. »Da kamen mir die Tränen, das war so rührend und ergreifend.«

Abgesehen von diesem einen Mal hat sie in der ganzen Woche, die sie im *Leuchtfeuer* ist, nicht geweint.

Es klopft an der Tür. Das könne nur der Koch sein, sagt sie, und ruft laut und fröhlich: »Herein!«

Ruprecht fällt die Veränderung im Zimmer sofort auf. »Ihre Bilder sind ja ein absoluter Blickfang, wenn man reinkommt. Toll!« Als kleine Zwischenmahlzeit serviert er heute ein Getränk aus Banane, Kiwi und Joghurt, aufgefüllt mit Milch.

Gudrun Fischer nimmt ein Glas »Da habe ich ja mit einem Schluck fast alle Vitamine, die ich brauche. Und womit überraschen Sie mich heute Mittag?« Mit großen Augen wartet sie auf eine Antwort.

»Als Tagesmenü biete ich einen Gemüseauflauf mit einer frischen Kräutersoße an, dazu verschiedene grüne Salate. Das ist die vegetarische Version. Für Fleischliebhaber reiche ich Putenmedaillons dazu. Als Nachtisch gibt es Erdbeer-Rhabarber-Kompott mit Eis. Ich habe gestern die ersten frischen Erdbeeren gekauft und Vanilleeis gemacht. Trifft das Ihren Geschmack?«

»Das klingt wunderbar. Welche Kräuter geben Sie in die Soße?«

»Estragon, Petersilie, Schnittlauch und ein bisschen Knoblauch. Sehe ich da einen leichten Zweifel in Ihrem Gesicht? Wenn Ihnen nach was anderem ist, sagen Sie es mir bitte!«

»Nein, um Himmels willen, das meinte ich nicht damit. Ich wüsste gar nicht, was ich mir wünschen sollte. Bis jetzt schmeckte alles fantastisch. Ich sah nur gerade unseren Balkon vor Augen. Dort habe ich im Frühling immer Kräutertöpfe hingestellt: Thymian, Rosmarin, Majoran. Wenn man da drüberstreichelt und anschließend an der Hand schnuppert, mmhh! Basilikum ist auch was Feines.«

»Ich habe noch von dem selbst gemachten Pesto, das Ihnen neulich so gut geschmeckt hat. Soll ich Ihnen statt dem Salat ein bisschen Tomate mit Pesto machen?«

»Wenn Sie mich so fragen. Ich liebe Pesto.«

»Dann notier ich mir das.«

»Aber Ruprecht, Sie wissen …«

Er weiß und setzt den Satz fort: »… nur ganz wenig.«

»Genau, sonst fehlt mir der Platz für die anderen leckeren Sachen.«

Der Koch verabschiedet sich und verrät im Hinausgehen, am Nachmittag gebe es Himbeer-Frischkäse-Torte.

Besonders bei Frauen fragt Ruprecht lieber einmal mehr nach. Die trauen sich oft nicht, direkt zu sagen, was sie mögen und möchten. »Frauen haben mehr Hemmungen, Wünsche zu äußern, eine gewisse Scham. Sie argumentieren mit den anderen Bewohnern, für die ich doch auch kochen muss, wollen mir ›unnötige‹ Arbeit ersparen. Sobald ich nachhake und leicht bohre, ist der Bann meistens gebrochen, und es heißt: ›Ja, wenn es Ihnen wirklich nicht zu viel Mühe macht … Ich hätte schon gerne mal … Aber wenn Sie es heute nicht schaffen … Wann immer Sie Zeit haben.‹«

Er lacht. Männer sind da anders. »Bei denen heißt es eher klipp und klar: ›Bratkartoffeln mit Spiegeleiern, bekommen Sie das hin?‹ Oder: ›Ich brauche ein saftiges Steak, machen Sie mir das?‹«

Besonders bei Männern gelten Steaks nach wie vor als die Nummer eins bei der kraftspendenden Nahrung. Die Hoffnung, es geht nach dem Verzehr gesundheitlich wieder bergauf, ist in der Tradition tief verankert – auch wenn ein Stück Fleisch, ob durchgebraten oder halb roh, schwer verdaulich ist. Wer schon in einer extrem schlechten körperlichen Verfassung ist, schafft höchstens einen oder zwei Bissen. Wenn überhaupt.

Ruprecht erinnert sich gut an einen Gast, dessen Heißhunger auf ein T-Bone-Steak ins Unermessliche gestiegen war. Das Fatale daran: Der Mann konnte kein Fleisch mehr essen. Er war nicht imstande zu schlucken. Ein Tumor drückte auf seine Speiseröhre. »Ihm war peinlich, mit mir über das, was er sich wünschte, zu sprechen. Ein, zwei Tage brauchte er, bis er sich traute. Er bat mich, ihm trotzdem ein Steak zu braten. Er wollte das Fleisch im Mund spüren und schmecken, es am Gaumen hin und her schieben, kauen und dann wieder ausspucken.«

Ruprecht besorgte das T-Bone-Steak und bereitete es zu. Er ließ dabei die Bratpfanne keine Sekunde aus den Augen, um bloß nicht den richtigen Zeitpunkt zu verpassen – medium, weder roher noch durchgebratener. Als er mit dem Teller das

Zimmer betrat, kam Festtagsstimmung auf. »Das kann man sich unter normalen Umständen schwer vorstellen, wie groß die Freude über eine Portion Fleisch sein kann, obwohl man weiß, dass man es nicht mehr essen kann. Ich schnitt dem Bewohner ein Stück ab, ihm selbst fehlte die Kraft dazu. Er nahm das Stück vorsichtig zwischen die Zähne, kaute langsam und genüsslich darauf rum, behielt es einige Zeit im Mund und legte es dann durchgekaut wieder auf den Teller. Ein zweites wollte er nicht. Er bedankte sich bei mir und sagte: ›Jetzt bin ich zufrieden.‹ Am übernächsten Tag starb er.«

Ähnliches erlebte Ruprecht bei einer Frau. Der Koch war zufällig gerade bei ihr im Zimmer, als sie verkündete: »So, ich rauche jetzt meine letzte Zigarette.« Sie steckte sie an, zog daran, rauchte einige Züge und drückte sie halb abgebrannt im Aschenbecher aus. Es war tatsächlich ihre letzte Zigarette. Wenige Stunden später hätte sie nicht mehr rauchen können; ihr ging es viel zu schlecht. In der folgenden Nacht starb sie.

Noch eine eigenständige Entscheidung treffen – womöglich braucht ein sterbenskranker Mensch bewusst oder unbewusst genau dieses Erlebnis für sein Selbstwertgefühl. Essen ist für die meisten die letzte Oase, in der sie selbstbestimmt agieren können, nicht auf den guten Willen anderer angewiesen sind. Ein genussvoller Moment, den nicht andere für einen, sondern man selbst für sich bestimmt, kann eine Tür sein, die sich öffnet und dem Menschen hilft, entspannen und loslassen zu können. »Ich glaube«, sagt Ruprecht, »Essen kann diese Rolle übernehmen, als ein Baustein von vielen.«

Zwischen dem Sterbenwollen und dem Sterbenkönnen liegt mitunter eine qualvolle Zeit. Der Mann mit dem Steak und die Frau mit der Zigarette gehörten für den Hospizkoch zu den wenigen Gästen, die mit überzeugter Stimme bekundeten, bereit zu sein, und tatsächlich innerhalb kürzester Zeit starben. Als ob sie es gesteuert hätten. Umgekehrt erlebte der Koch schon viele Menschen, die ihren letzten Wunsch zwar ankündigten, sich aber noch wochen- oder monatelang quälten. Erst dann war es so weit – sie konnten loslassen.

Was es genau mit diesem Loslassenkönnen auf sich hat, darüber sinniert Ruprecht Schmidt häufiger. Sicherlich spielen die vielen kleinen Baustellen im Leben eines Einzelnen eine gravierende Rolle. Wenn man nicht aufpasst, entwickeln sie sich zu einer Riesenbaustelle oder werden durch einen Baustopp stillgelegt – im schlimmsten Fall geht es keinen Millimeter mehr vor oder zurück. Feindschaften werden gepflegt, keiner will der Erste sein, der den kleinen Finger reicht: die berühmten Leichen im Keller. Erst mit der Angst, bald sterben zu müssen, geht das Grübeln los. Ach, hätte man doch damals nicht aus falschem Stolz den Kontakt zum besten Freund abgebrochen! Wieso konnte man sich beim Vater für den Fehltritt nie entschuldigen? Warum hatte man jahrelang nicht den Mut, der Ehefrau seine dunkle Seite zu beichten? Den Kindern zu verzeihen? Warum, warum … Man hätte so vieles anders machen sollen.

Wie soll ein Sterbenskranker, der mit seiner persönlichen Geschichte hadert, den die Vergangenheit plagt, zur Ruhe kommen? Ruprecht hört im Hospiz immer wieder, dass der Mensch besser loslassen könne, wenn er keine inneren Konflikte habe. »Ich stelle mir natürlich vor, wo meine eigenen Baustellen liegen und wie heftig rot sie blinken«, sagt er.

Wäre er weiterhin im Restaurant tätig, wäre sein Leben vermutlich unbekümmerter, aber auch unbedeutender. Seitdem er im Hospiz arbeitet, ist er ernster und nachdenklicher geworden. Klar sorgt sich Ruprecht Schmidt, ebenfalls zu viele »Leichen« im Keller anzusammeln, die ihm später den inneren Frieden rauben könnten. Um das zu verhindern, lehnt er sich von Zeit zu Zeit zurück und versucht, über seine Mitmenschen und sich nachzudenken. Seine Schwächen gesteht er schmunzelnd ein: »Es wäre schön, wenn mir das immer gelingen würde. Mein Ziel im Umgang mit Menschen ist, Dinge schneller auszusprechen, die mich stören. Nicht auf Krawall gebürstet, aber ich will nicht mehr so viel schlucken wie früher. Da staut sich sonst heftig was an, und ich ecke durch meine Unzufriedenheit leichter an. Wenn ich über das Ziel hinausschieße, denke ich: ›Mann, dem oder der gegenüber hättest du dich wahrlich charmanter aufführen können.‹ Wenn mein Verhalten andere verletzt hat, muss ich möglichst schnell Schadensbehebung betreiben und brech mir dabei keinen Zacken aus der Krone. Ich müsste lügen, wenn ich behauptete, mir gelingt das immer. Ich gebe mir auch nicht bei allen Menschen in meinem Umfeld die gleiche Mühe. Natürlich kommt es darauf an, wie nah einem die Person steht. Manchmal brauche ich auch meine kleinen Reibereien, trage sie mit mir herum und nähre sie.«

Außer den inneren Konflikten beschäftigt ihn ein anderes Thema – die Kontrolle. »Über nichts mehr Kontrolle zu haben – diese Vorstellung kann Menschen auch am Frieden hindern. Ich zum Beispiel habe Schwierigkeiten mit der Vorstellung, dass ich eines Tages tot umfalle oder eines Morgens nicht mehr aufwache und um mich herum nimmt alles seinen gewohnten Lauf. Die Menschen gehen zur Arbeit. Der Bäcker öffnet weiterhin morgens früh seinen Laden, der Zeitungsverkäufer seinen Kiosk. Auf dem Markt werden die Obst- und Gemüsestände aufgebaut. Nur ich wäre der Einzige, der keinen Anteil mehr daran nehmen könnte. Und dann frage ich mich, wie würde das Leben für meine Freunde und Bekannten ohne mich weitergehen? Sie verabreden sich weiterhin im Café, Kino, Theater, Restaurant. Sie treffen sich zu Hause, kochen, quatschen über alles Mögliche, verreisen, machen neue Erfahrungen. Und dann stelle ich mir vor, was ich alles verpassen würde. Ich weiß, das ist absurd.«

Von wo, ob und wie er das Treiben der Lebenden auf Erden beobachten würde, darauf hat er keine Antwort. Auch gut so. Eine Antwort zu finden würde ja bedeuten, es geht nach dem Tod irgendwie weiter – für ihn ein schrecklicher Gedanke: »Wiedergeburt? Ein Grauen! Mir reicht mein eines Leben. Ich möchte nicht wiedergeboren werden. Und falls es unbedingt sein muss, möchte ich zumindest nichts davon wissen. Wenn ich nur dran denke, an diese Déjà-vu-Erlebnisse …! Da fährst du nach Neuseeland oder auf eine Südseeinsel, freust dich auf frische, neue Eindrücke. Und kaum bist du da, meinst du irgendein Haus, einen Hügel oder einen Baum wiederzuerkennen. Gott sei Dank glaube ich nicht an dieses vermeintliche Gefühl: Hier war ich schon mal, in welcher Gestalt auch immer. Das hat für mich mit anderen Phänomenen zu tun. Aber nicht mit Wiedergeburt.«

Thomas Weber war wieder einmal in seine Tageszeitung versunken. Er schaut hoch, sein Blick schweift über den Tisch, auf dem das Bild seiner verstorbenen Frau steht. Erst jetzt erwidert er Ruprechts freundliches »Hallo, guten Morgen« und lässt sich das Tagesmenü vorstellen.

»Kann ich Sie für einen Gemüseauflauf mit Kräutersoße begeistern? Dazu vielleicht ein Putenmedaillon? Oder zwei?«

Thomas Webers ernstes Gesicht lockert sich für einen kurzen Moment auf. Seine Augen wirken wacher. »Woher wissen Sie so gut Bescheid, dass ich gerne Fleisch esse?«

Ruprecht grinst: »Das habe ich in der Zeit, seit Sie hier sind, schon mitbekommen.«

»Zu viel Fleisch soll ja nicht gesund sein. Das liest man immer wieder.« Der Dreiundsechzigjährige nimmt die Lesebrille von der Nase und legt sie zusammen mit der Tageszeitung auf den Nachttisch. Er spricht langsam. »Ich esse gerne Fleisch, das stimmt. In allen Variationen. Als ich noch gearbeitet habe, war meine Zeit oft knapp. Kundenbesuche, ständig woanders Termine. Mittags ging ich manchmal zur Imbissbude, um schnell etwas zu essen: Currywurst, Schaschlik, all solche Sachen. Blöd, ne? War bestimmt nicht besonders gut.« Thomas Weber holt tief Luft, dann bittet er den Koch: »Machen Sie mir nur ein Putenmedaillon, das reicht.«

»Und dazu? Nehmen Sie den Gemüseauflauf, oder möchten Sie etwas anderes?«

»Ich probiere den Auflauf. Der schmeckt mir bestimmt.« Er denkt kurz nach, spricht dann weiter: »Das Hähnchenfleisch gestern. Wie haben Sie das gewürzt? Das war gut, sehr gut!«

»Hat es Ihnen geschmeckt? Das freut mich. Ich hatte es vorher eingelegt in Rotwein, ein paar Tage lang. Dadurch bekam es diesen besonderen Geschmack.«

So weit, meint Thomas Weber, sei er mit seinen Kochkünsten nicht gekommen. Seine ersten Versuche fanden unter äußerst widrigen Umständen statt. »Ich machte meine Chemotherapie, mit allem, was dazu gehörte: Haarausfall, Schleimhäute kaputt, Fingernägel sowieso. Wenigstens war ich halbwegs mobil. Meine Frau lag ja nur im Bett. Das war so gemein: ich Leberkrebs, sie Lungenkrebs. Bei Leberkrebs heißt es immer, den bekommen Leute, die viel Alkohol trinken. Blödsinn! Ich habe nie viel getrunken. Und meine Frau hat Lungenkrebs, obwohl sie in ihrem ganzen Leben nicht eine einzige Zigarette geraucht hat. Sie baute rasend schnell ab. Obwohl es mir selbst auch bescheiden ging, habe ich sie gepflegt und bekocht. Was heißt bekocht? Ich versuchte, es zu lernen.«

Mit kleinen, einfachen Gerichten fing er an. Seine Frau erklärte ihm vom Krankenbett aus, wie ein Gemüseeintopf entsteht und was reingehört. Wie Möhren und all die anderen Zutaten geschnippelt werden. Wann der Reis dazukommt und wie die kleinen Hackklößchen so köstlich werden, als wären es ihre. Viel konnte seine Ehefrau ihm nicht mehr beibringen. Sie starb sehr plötzlich.

»Heute auf den Tag ist es zwei Jahre her«, sagt Thomas Weber. »Meine Tochter rief eben an. Sie wollte wissen, welche Rosen sie kaufen soll. Bei mir zu Hause im Wohnzimmer stehen auf der Vitrine ein Bild meiner Frau und eine Vase, in die ich seit ihrem Sterbetag immer frische Rosen stelle. Sie mochte gelbe und lachsfarbene. Ich hab zu meiner Tochter gesagt:

›Mädchen, du weißt doch, welche Rosen deine Mama mochte. Such die schönsten aus.‹«

Er betrachtet das Foto seiner Frau auf dem Tisch. Nein, im Hospiz möchte er keine Blumen danebenstellen – die gehören nur nach Hause, in die private Umgebung. Er zieht die Nachttischschublade auf, nimmt seine Armbanduhr raus, schaut darauf und legt sie zurück. »Jetzt ist meine Tochter auf dem Friedhof und buddelt da rum. Sie will einen Busch umpflanzen. Im Frühling kann man alles umpflanzen, da geht nichts ein.«

Thomas Weber atmet schwer und stiert dabei an die Decke. Vierzig Jahre lang waren er und seine Frau verheiratet. Sie besaßen eine Firma für Energieberatung und ein Geschäft für Raumausstattung. Seine Frau arbeitete mit, erledigte, was im Büro anfiel. Nebenbei schmiss sie den Haushalt und kümmerte sich ums Kind. Die Firma hatte Priorität. Er war von morgens bis abends im Geschäft oder bei Kunden. Wenn er endlich nach Hause kam, setzte er sich an den Schreibtisch und arbeitete weiter, schrieb Angebote und Rechnungen. »Wir waren nichts anderes gewohnt. Wir rödelten rund um die Uhr. Wenn man selbständig ist, gibt es immer dringende Sachen, die erledigt werden müssen. Als ob meiner Frau Firma, Haushalt und Kind nicht gereicht hätten. Sie engagierte sich auch noch ehrenamtlich in der Kirche. Manchmal habe ich zu ihr gesagt: ›Margrit, du bist verrückt, du hast genug Arbeit. Ruh dich lieber aus!‹ Aber so war sie. Sie brauchte jede Menge Beschäftigung um die Ohren.«

In der wenigen Freizeit, die ihm blieb, organisierte er Fahrradtouren. Sie machten Wochendausflüge mit befreundeten Familien. Picknick im Wald, Grillen am Fluss, Übernachten in der Jugendherberge – Thomas Weber ließ sich immer etwas Neues einfallen, woran seine Tochter und die anderen Kinder Spaß fanden. »Wir mit den Rädern unterwegs, das waren tolle Wochenenden!«

Ihr Bekanntenkreis war relativ groß. Sie empfingen Besuch, gingen aus, feierten Feste – und früh morgens wieder raus zur

Arbeit. Doch den Urlaub ließen sie sich trotz Geschäft und Firma nicht nehmen. Thomas Weber und seine Frau waren Österreichfans, liebten die Berge in Kärnten. Im Sommer zum Wandern und Bergsteigen, so richtig mit Seil und Spanneisen. Im Winter zum Skifahren. Er und die Tochter rasten die Pisten hinunter. Seine Frau mochte diesen Nervenkitzel nicht und vergnügte sich stattdessen mit Langlauf.

Nach ihrem Tod warnten ihn Freunde, er dürfe sich nicht hängen lassen, sich nicht verkriechen. Er brauche Kraft, um seinen kranken Körper zu stärken. Doch das größte Problem war für Thomas Weber zunächst die Zeit. Ohne seine Frau nahm und nahm ein Tag kein Ende. Er fing an, für sich allein zu kochen, und merkte, wie viele Stunden er damit überbrücken konnte. Am Morgen ging er einkaufen. Ab halb zwölf stellte er sich in die Küche. Wofür andere eine Stunde brauchten, benötigte er mindestens zwei, dazu jede Menge Ratschläge von der Tochter, von Nachbarn und Bekannten. Wie macht man Reibekuchen so, dass sie nicht auseinanderfallen? Wie lange braucht ein Braten im Backofen, bis er zwar durch ist, aber noch nicht trocken?

Nach dem Essen räumte Thomas Weber die Küche auf. Danach war es mindestens schon fünfzehn Uhr. Er setzte sich in seinen Sessel mit Blick in den Garten, nahm die Tageszeitung und las. Am späten Nachmittag fuhr er manchmal zu Freunden oder besuchte seine Tochter. Er wollte keine trüben Gedanken aufkommen lassen, und tatsächlich gelang es ihm recht gut, sich abzulenken und zu beschäftigen. Zusammen mit seinem besten Freund unternahm er die erste kleine Reise als Witwer – danach eine zweite, eine dritte.

»Die Seite fünf, die gibt es nicht mehr.« Thomas Weber hält die Tageszeitung hoch und lässt sie danach zurück auf den Nachttisch fallen. »Ich habe sie heute Morgen rausgerissen, zusammengeknüllt und vom Bett aus in den Papierkorb geworfen. Und sogar getroffen.« Für einen kurzen Moment kommt sein trockener Humor zum Vorschein: »Bei etwa zwei Metern Entfernung ist das doch eine Leistung, oder?«

Die Seite fünf war die Seite mit den Reiseannoncen, die er gerne intensiv las, um Pläne zu schmieden. »Ich dachte: Weg damit! Was soll ich da noch drauf gucken? Ich weiß genau, da komm ich nicht mehr hin, dort komm ich nicht mehr hin. Ich komme nirgends mehr hin. Ich hatte gerade einen Flug nach Gran Canaria gebucht. Da wollte ich in diesen Tagen mit einem befreundeten Ehepaar sein. Spazieren gehen, schwimmen, aufs Meer schauen. Die Sonne genießen. Stattdessen bin ich in einem Hospiz gelandet.«

Er zieht das Kissen zurecht, das ihm zu tief in den Rücken gerutscht ist. Er kann es nicht fassen, kann seine Situation noch nicht begreifen. »Ich liege hier wie blöde im Bett und kann nichts machen. Ich bin so richtig an die Matratze gefesselt, verurteilt, ruhig zu liegen oder meinetwegen auch unruhig. Ich krieche mit Mühe und Not zum Klo, und das war's. Meine Beine sind dicker als die von Uwe Seeler in seinen besten Zeiten. Der Unterschied ist: Bei ihm waren es Muskeln, bei mir ist es Wasser. Mein Körper gehorcht mir kaum noch. Ich kann nicht spontan beschließen: So, jetzt dreh ich mal 'ne Runde. Man hat es mir hier schon mehrfach angeboten, mich im Rollstuhl zu fahren. Das ist aber nicht das, was ich meine. Mir fehlt meine Eigenständigkeit, mein freier Wille, meine Perspektive. Ich liege und liege und denke ständig über die letzte Operation in der Klinik nach. Der Eingriff, von dem ich mir so viel versprach. Reine Illusion. Ich spüre, da wird nichts draus, es hat nichts gebracht. Mein Körper signalisiert mir, bald ist Schluss.

In der letzten Nacht starb die Frau im Raum nebenan. Ich brauche keinen zu fragen, ob das stimmt. Ich weiß es. Ich war nicht aus meinem Zimmer raus und kann trotzdem schwören, unten im Foyer brennt eine Kerze. Ich hab's mitbekommen; es passierte nach Mitternacht. Ich bin wach geworden, habe Stimmen gehört und die Tür, wie sie mehrmals auf- und zugemacht wurde. Leute gingen rein und raus. Gestern Nachmittag stand eine Zeit lang meine Zimmertür offen, da habe ich die Dame von nebenan noch gesehen. Sie fuhr in ihrem Rollstuhl auf und ab. Und heute Nacht klapperte die Kiste.«

Mit dem mittlerweile nur noch halb vollen Tablett in der Hand klopft der Koch leise an die Zimmertür von Horst Reckling. Er hört ein zaghaftes »Ja bitte«, betritt den Raum und stellt das Tablett auf dem Tisch ab. Horst Reckling hat die Augen geschlossen und zeigt keine Reaktion. Seine Frau massiert ihm gerade sanft die Füße.

Ruprecht flüstert: »Guten Morgen. Schläft Ihr Mann oder ist er wach?«

»Ich glaube, er ist wach.«

Genau wie am Vortag beugt Ruprecht sich leicht über das Bett und spricht mit ruhiger, leiser Stimme: »Hallo Herr Reckling. Ich bin's, der Koch. Mögen Sie ein bisschen Milch mit Joghurt und Früchten?«

Der Siebzigjährige reagiert nicht. Ehefrau Beate versucht, die gedrückte Atmosphäre zu normalisieren. »Heute früh hat er wie immer seine kalte Milch getrunken. Aber nur einen halben Becher«, ergänzt sie kleinlaut.

»Herr Reckling, soll ich Ihnen wieder eine kleine Portion von Ihrem Pflaumenquark machen?« Ruprecht schaut den sterbenskranken Mann lange an.

Dessen Augen bleiben geschlossen, er gibt keinen Laut von sich, bewegt jedoch schwach seine rechte Hand und winkt ab.

»Ihr Mann möchte nichts. Keinen Quark, kein Getränk. Aber Sie nehmen ein Glas, oder?!« Ruprecht nimmt das Tablett vom Tisch, bietet ihr an.

Beate Reckling bedient sich und ringt nach einer lockeren Bemerkung. »Wir sehen uns ja nachher unten beim Mittagessen.«

»Genau, bis später.« So leise wie er kam, verlässt der Koch

das Zimmer, schließt die Tür und atmet auf dem Gang tief durch. In Momenten wie diesem hilft auch nach elf Jahren keine Routine. »Es sieht so aus, als ob er bald stirbt. Also auf jeden Fall keine Nahrung mehr zu sich nehmen wird.«

Wohl keinen Pflaumenquark mehr für Horst Reckling. Wieder wird der Koch sich von einem Gast trennen müssen. »Auf ihn bezogen ist mein Job wohl beendet. Ich habe meine Arbeit getan, keinen Anlass mehr, das Zimmer zu betreten. Bis jemand anderes einzieht. Innerlich schluckt man jedes Mal – ob man will oder nicht. Ich bin zwar nur ein Außenstehender, der Koch. Aber auch Mensch«, sagt Ruprecht Schmidt und ergänzt: »Wenn sich über Wochen ein Draht zwischen einem Bewohner und mir entwickelt hat, fände ich es schäbig, den Menschen nicht weiterhin zu besuchen. Ich merke ja, ob die Person sich darüber freut oder nicht, wenn ich vorbeikomme und wir ein Weilchen reden. Solange das eben möglich ist. Das Thema Essen wird dabei ausgeklammert. Ich bekam durchaus schon zu hören: ›Ich möchte Sie nicht mehr sehen. Sie sollen mich so, wie ich heute bin, in Erinnerung behalten.‹ Das respektiere ich selbstverständlich.«

Spätestens sobald ein Bewohner nicht mehr ansprechbar ist, ist für Ruprecht der Moment zum Rückzug und Abschied gekommen. »Ich bin der Meinung, dann sollten nur noch die engsten Angehörigen und Freunde in der Nähe sein. Es wäre respektlos von mir, in dieser Phase aufzutauchen. Außerdem hieße es womöglich noch: ›Was will der denn hier? Hat er nicht mitbekommen, dass mein Mann im Sterben liegt?‹«

Der Koch will weiter – mit den Getränken und seinen Gedanken. Er kann unmöglich mit einer Trauermiene das nächste Zimmer betreten. Also umswitchen! Den kleinen Gute-Laune-Schalter im Kopf drücken – diese Fähigkeit musste er sich zwangsläufig im Hospiz aneignen.

Zwei Minuten später steht ein gut gelaunter Koch vor dem Bett von Renate Sammer. »Wie haben Ihnen die Steckrüben gestern geschmeckt? Sagen Sie mir die Wahrheit, ich vertrage Kritik.«

»Jungchen!« Renate Sammer stellt das Kopfteil ihres Bettes etwas höher, zwinkert dem Koch zu und ist voll des Lobes: »Sie waren ganz toll.«

»Das klingt gut. Können Sie es bitte wiederholen?«

Nachdem sich beide gegenseitig angelacht haben, tut die alte Frau ihm den Gefallen: »Wirklich, das Mus hat so lecker geschmeckt.«

»Danke schön. Ich war auch zufrieden, aber das soll nichts heißen. Beim Kochen ist mir klar geworden, wie Sie das mit dem Speck meinten. Erst separat anbraten und vor dem Servieren untermischen. Da habe ich was dazugelernt.«

»Ja, man lernt nie aus. Und wenn Sie achtzig werden, lernen Sie trotzdem immer noch was Neues.«

»Ein paar Jährchen hab ich noch bis dahin.«

»Ein paar Jährchen? Sie junger Spund!« Renate Sammers Gesichtszüge wirken weich und entspannt.

Ruprecht reicht ihr den Becher mit dem Vitamingetränk.

»Da freue ich mich jeden Vormittag drauf«, sagt sie und trinkt einige Schlucke.

Der Koch wundert sich, um diese Uhrzeit ihre Tochter nicht anzutreffen.

Sie sei gerade unterwegs, hole ein Bild ab, erklärt Renate Sammer.

Zwei lange Tage hat das Einrahmen gedauert und sie auf eine Geduldsprobe gestellt. Seit heute früh überlegt sie, wo ihr Kunstwerk hängen soll – vielleicht an der kahlen Wand rechts neben ihrem Bett.

Es mag am Frühling liegen, an den Sonnenstrahlen, die auch das Zimmer der Fünfundsiebzigjährigen mit Licht durchfluten und den Wunsch nach Veränderung wecken. Wäre sie gesund und zu Hause, würde sie an einem Tag wie diesem die Wohnung auf Hochglanz bringen, den Mief des Winters wegwischen.

»Bei Ihnen ist es etwas kühl«, stellt Ruprecht fest. »Soll ich die Balkontür schließen?«

Nein, auf keinen Fall. Renate Sammer ist nicht kalt, sondern viel zu warm. Der leichte Windhauch, der durch die offene Tür ins Zimmer weht, erleichtert ihr außerdem das Atmen. »Sie wissen doch, meine Lunge!«

Der Koch wechselt das Thema, geht über zu seiner täglichen Standardfrage: »Was wollen Sie heute essen? Oder andersrum: Ich stelle das Tagesmenü vor und möchte von Ihnen hören, ob es Ihren Vorstellungen entspricht, sonst überlegen wir weiter.«

Die Aufmerksamkeit, die der Küchenchef ihr widmet, kostet Renate Sammer von Begegnung zu Begegnung mehr aus. Forsch und mit keckem Blick fragt sie: »Was bieten Sie denn an?«

»Einen Gemüseauflauf mit frischer Kräutersoße, verschiedene grüne Salate mit Joghurtdressing, als Nachtisch Erdbeer-Rhabarber-Kompott und selbst gemachtes Vanilleeis.«

Renate Sammer zäumt das Pferd von hinten auf – eine kleine Portion Erdbeer-Rhabarber-Kompott will sie auf jeden Fall und Salat, der ist gesund. Aber ansonsten … »Sagen Sie mal! Tobias, der Pfleger, meinte gestern, es gäbe noch einen Rest Steckrübenmus, stimmt das?«

»Klar, natürlich! Ich hab es in der Küche extra für Sie versteckt, damit kein anderer rangeht. Wie wär's heute mit einer Abwechslung und morgen erst wieder Steckrüben?«

Ein schlechter Vorschlag. Wenn schon, denn schon. Aber nur eine halbe Suppentasse voll. Renate Sammer verspürt leider nicht den Appetit, wie sie ihn sich wünscht.

5

Den Fahrstuhl lässt der Koch wie immer links liegen, er nimmt lieber die Treppen. Läuft sie von der zweiten Etage runter, als ob es sich um ein kurzes Aufwärmtraining vor dem Endspurt in der Küche handele. Er huscht an dem schmiedeeisernen Treppengeländer vorbei, ohne es zu berühren. Das leere Tablett hat er unter den Arm geklemmt – und eigentlich keinen Grund zur Eile. Nicht einen einzigen Sonderwunsch, bei dem er experimentieren, sich austoben oder abarbeiten kann. Für einen Koch gebe es aufregendere Tage als diesen, stellt Ruprecht fest, als er in die Küche abbiegt.

Bevor er sich dem Mittagessen widmet, will er den Vorrat an Schokoladenkuchen auffüllen. Der wird gerne genommen zum Kaffee, Frühstück oder einfach zwischendurch.

Ruprecht gibt Eier, Butter und Zucker in eine Schüssel und schaltet das Handrührgerät ein. Früher, in seinen Restaurantzeiten, bekam er eine mittelschwere Krise, sobald ein Teller halb voll zurück in die Küche kam. Das Ergebnis war eindeutig – dem Gast hatte es nicht geschmeckt. Und warum nicht? Die Schuldfrage war schnell geklärt: Weil er schlecht gearbeitet hatte! Grundsätzlich schien ihm das die wahrscheinlichste und am nächsten liegende Antwort zu sein. Woran lag es, was war falsch gelaufen? Erst wenn er alle möglichen Fehlerquellen in der Zubereitung innerlich abgehakt hatte und dabei zu keinem Resultat gekommen war, stellte er die wage Vermutung in den Raum: Vielleicht fehlte dem Gast schlicht und ergreifend der Appetit. »Diese Gespaltenheit ist Köchen in die Wiege gelegt und schwer auszutreiben«, sagt er: »Wir neigen auch latent zu einem Großmutter- und Tantenverhalten: ›Greift zu! Nehmt mehr! Oder schmeckt es euch etwa nicht?‹«

Dies ist in seinem Beruf der leichteste Weg, sich Anerkennung zu verschaffen. Im Hospiz wäre es der falsche. Ruprecht Schmidt definiert sich als Koch schon lange nicht mehr über die Mengen, die vertilgt werden. Sondern darüber, ob er die Sterbenskranken mit seinem Essen erreicht, sie zufrieden und glücklich mit der Bewirtung sind.

»Bitte, Ruprecht, nur eine kleine Portion!« – An diesen Satz musste er sich, wenn auch schweren Herzens, gewöhnen. Wer zwei Kartoffeln bestellt, bekommt zwei Kartoffeln. Welche Größe damit gemeint ist, weiß er aus der Praxis: keine Riesendinger, sondern kleine. Wer um einen Löffel Gemüse bittet, erhält exakt diesen einen Löffel voll und nicht noch einen halben dazu. Selbst wenn es ihm in den Fingern juckt – er hält sich sklavisch an die Mengenvorgaben. »Es gibt nichts Schlimmeres als den zu vollen Teller. Und der Bewohner ist schon satt, wenn er ihn sieht. Ein Zuviel kann ganz schnell ein Schritt zurück sein.«

Er ärgert sich maßlos, wenn er diese Regel aus Versehen missachtet. Gedankenverloren oder gestresst einen Teller anrichtet, und am Ende ist die Portion doch einen Tick zu groß geraten. Grund genug, sie unangerührt zu lassen. »Einige Bewohner essen lieber gar nichts, als etwas auf dem Teller liegen zu lassen. Es wäre für sie ein zu großes Frusterlebnis und der erneute Beweis, wie aussichtslos ihr Wunsch nach Gewichtszunahme, nach Stärkung und Verbesserung ihres gesundheitlichen Zustands ist. Andere, meist ältere Bewohner plagt häufig das schlechte Gewissen. Sie entschuldigen sich, dass der Rest weggeschmissen werden muss. Wie schade, für die paar Bissen lohne sich die Mühe nicht, die ich mir mache. Ich soll es lassen, würde mit ihnen nur meine Zeit vergeuden. Die so reagieren, fühlen sich durch ihre Krankheit wertlos, bauen Schuldgefühle auf und bilden sich ein, ich würde vor lauter Enttäuschung nicht mehr für sie kochen. Aus Angst, dergleichen von mir zu hören, nehmen sie die Entscheidung vorweg. So erkläre ich mir das Verhalten. Ich liefere keinen Anlass, trotzdem belasten mich Situationen dieser Art.«

Sie sind schwierig und zeitintensiv. Die Bewohner vom Gegenteil zu überzeugen, ist kein einfaches Unterfangen. Da kann der Koch noch so sehr beteuern und hoch und heilig versichern, nicht enttäuscht zu sein. Die Zubereitung alles Erdenklichen verkünden. Jedes Wort, bevor er es ausspricht, auf die Goldwaage legen. Freundlich wiederkehrend seine Gäste auffordern, auch in Zukunft Essensgelüste jeglicher Art zu äußern. Spätestens wenn Angehörige vor der Küche stehen, sich stellvertretend im Namen eines Bewohners erneut entschuldigen, weiß er, dass das Thema noch lange nicht beendet ist.

Die gesamte Komplexität, die vielschichtige Bedeutung, die Essen im Hospiz einnimmt, wurde dem Koch erst langsam, nach und nach bewusst. Da kann eine kleine Portion Rührei zum Inbegriff von Lebenshoffnung oder zum Auslöser von Sterbensangst werden – je nachdem, in welcher emotionalen Verfassung sich der Gast befindet. Ruprecht Schmidt zog für sich Konsequenzen, um seinen Arbeitsalltag im Hospiz möglichst positiv zu gestalten. »Ich nehme mich selbst mittlerweile weniger als Koch wahr, sondern als einen Menschen, der eine Kochlehre gemacht hat.«

Das hilft ihm über schwierige Momente hinweg. Wenn er wieder einmal durch das Haus läuft und vergebens an die Türen klopft. Sich den Mund fusselig reden könnte und trotzdem keine Abnehmer für seine Speisen findet. Die Gäste ihm nicht den Gefallen tun und Lust auf mehr verspüren. Kartoffelbrei oder Milchsuppe das Einzige sind, das er an den Mann oder die Frau bringt. An solchen appetitlosen Tagen retten nur die Mitarbeiter und Angehörigen, die am Tisch Platz nehmen, den Profikoch.

Die Arbeit in der Hospizküche, verglichen mit der im Restaurant, könnte schnell in Frust ausarten. Zwangsläufig änderte Ruprecht seinen Blickwinkel. Schluss mit höher, schneller, weiter. Er verlagerte die Schwerpunkte. »In der Vergangenheit bekam ich intern viel Anerkennung für meine Kochleistungen. Im Rahmen dessen, was in der Branche üblich war: gute Zeugnisse, Weiterempfehlungen und dergleichen. Hier erlebe ich eine andere Form der Anerkennung, die zwar auch mit Kochen zu tun hat, aber nicht ausschließlich darauf beruht. Jeder möchte mit seiner Arbeit eine gewisse Bestätigung erzielen, die ihn motiviert. Mit Kochen allein könnte ich die in diesem Haus nicht erreichen.

Es gibt Tiefpunkte, da würde ich mich gerne in mein kleines Reich zurückziehen. Tür zu und selbstvergessen vor mich hin köcheln und brutzeln. Das wäre aber nicht nur arrogant, sondern auch ignorant. Bevor ich so reagiere, sollte ich meinen Rucksack packen und gehen. Jeder neue Bewohner, der einzieht, verdient auf seinem letzten Lebensabschnitt eine Exklusivität – und keinen nach Selbstverwirklichung heischenden Koch. Ich muss alles dransetzen, dass der Mensch mich akzeptiert, ich im Umgang mit ihm herausfinde, wo seine Bedürfnisse liegen, was er von mir erwartet und sich wünscht.«

Mal angenommen, die Weichen seines beruflichen Werdegangs hätten sich viel früher umgestellt – bei diesem Gedankenspiel muss Ruprecht nicht groß spekulieren. Er kennt die Antwort: Direkt nach der Ausbildung wäre er mit einem Job im Hospiz nicht klargekommen, vermutlich sogar gescheitert – aus menschlicher Über- und fachlicher Unterforderung. »Erst nachdem ich viele Jahre als Koch tätig war und den Beruf im normalen Alltag erlebt hatte, war ich in der Lage, eine Stelle wie diese anzunehmen. Mein Ehrgeiz ist derselbe geblieben. Ich will mir nach wie vor mit meinem Job was beweisen. Und das muss und kann ich hier ständig. Nur nicht unbedingt in diesen klassischen Küchenkategorien. Da bin ich gelassener geworden, hatte in den vielen Restaurantjahren genug Gelegenheit, mich abzukochen.«

Hummerknacken bis zum Abwinken, Lammrücken ohne Ende, Silbergloschenauftritte mehr als genug. Wie geplant, hielt Ruprecht Schmidt ein Jahr in dem noblen Hamburger Restaurant an der Elbchaussee durch. Dann teilte er seinem Chef mit, er wolle gehen – ohne zu wissen, wohin. »Ich bekam ein Zeugnis und dachte: ›Hoppla, kann ja wohl nicht wahr sein.‹ Das war so extrem gut, dass ich zunächst vermutete: ›Der will dich verarschen.‹ Ich wusste wirklich nicht, ob er meine Leistung honorierte oder mir Steine in den Weg legen wollte. Mit dieser überaus guten Beurteilung war es eine Leichtigkeit, woanders kläglich an den hohen Erwartungen zu scheitern. Ich habe mich damals nicht getraut, meinen Chef daraufhin anzusprechen. Also werde ich mein Leben lang rätseln.«

Vielleicht hing die wohlwollende Kritik auch mit seiner Person zusammen. Ruprecht war anders – kein ellenbogengeschulter Einzelkämpfer. Er bot Kollegen aus anderen Bereichen Hilfe an, sobald er Luft hatte und sie im Stress waren. Dadurch erntete er nicht allzu viele Lorbeeren; sein Wunsch nach Teamgeist machte ihn eher zum Außenseiter. »Das Zeugnis könnte eine Art Entschädigung gewesen sein«, vermutet Ruprecht daher: »Ausschließlich für meine Kochleistungen hatte ich es nicht verdient, dazu war ich weder innovativ noch abgebrüht genug. Es hieß immer: ›Wenn du was nicht magst, kann dir die Zubereitung nicht optimal gelingen.‹ Theoretisch sollst du als Profikoch alles mögen, zumindest probieren. Damit du weißt, wie was schmeckt und sich am Gaumen anfühlt. Diese Faustregel wurde mir zwar oft genug eingebläut, trotzdem konnte ich nicht über meinen eigenen Schatten springen. Es gab einige Produkte, die ich schon vom Aussehen her äußerst unangenehm fand und nur mit großem Widerwillen verarbeitete.

Kutteln, wenn ich bloß dran denke … Die mussten stundenlang bei niedriger Temperatur im Ofen schmoren. Sobald sich der Geruch von Kuhmagen in der Küche breitmachte, rannte ich zum Fenster und riss es auf. Es kostete mich einiges an Überwindung, diese für einige Restaurantbesucher einzigartige Spezialität am Ende abzuschmecken. Ich weigere mich bis heute konstant, bestimmte Delikatessen zu probieren. Austern! Von denen habe ich zwar in meinem Leben reichlich geöffnet und mir die Finger dabei aufgerissen, aber keine einzige geschlürft. Geht gar nicht. Wenn ich diese glibberige Masse nur sehe … Außerdem ist es für mich keine schöne Vorstellung, dass man beim Öffnen einen Muskel durchtrennen muss und dass das der Moment ist, in dem sie stirbt. Muscheln sind auch nicht mein Ding. Ich kann sie zubereiten, aber nicht essen.«

Nachdem Ruprecht das Kapitel Elbchaussee beendet hatte, riet ein Freund ihm, seine Vita um ein Nobelhotel zu erweitern. Danach könne er drei verschiedene Kochstationen der gehobenen Gastronomie vorweisen, und seiner beruflichen Karriere stünden alle Türen offen.

Bei seinem hervorragenden Zeugnis dauerte es keine Woche, und Ruprecht Schmidt fand sich im Feinsten vom Feinen wieder, einer Luxusherberge in der Bankenmetropole am Main. Zur Einführung in seinen Job zeigte man ihm einen Videofilm. Darin hieß es, die Zusammenarbeit im Team sei Philosophie des Hauses, der einzelne Mitarbeiter Teil einer großen Familie.

Hoch motiviert begann Ruprecht seinen ersten Arbeitstag. Der Küchenchef drückte ihm ein Rezept in die Hand und verschwand mit den Worten, Ruprecht solle sich beeilen, länger als eine halbe Stunde dürfe die Ausführung einer solch einfachen Aufgabe nicht dauern. Zum Mittagessen müsse sie fertig sein, die Seeigelterrine. »Ich hatte bis dahin noch nie in meinem Leben von essbaren Seeigeln gehört. Um eine Wissenslücke ärmer und eine Erkenntnis reicher stand ich in der Fischabteilung des Hotels, und vor mir lagen achtzig Seeigel. Ich hatte keinen blassen Schimmer, was man von einem Seeigel verwerten kann und was nicht. Außerdem fehlte mir die leiseste Ahnung, wie ich die Dinger aufschneiden sollte.«

Was schiefgehen konnte, ging schief. Nach etlichen Fehlversuchen begriff er zwar, wie sich die Meerestierchen am besten öffnen ließen. Damit hatte er aber noch lange keine fertige Terrine. Als er die nach viel Schwitzen und Nervosität servierbereit wähnte, war sie geronnen und ungenießbar. Das teure Horsd'œuvre landete in der Mülltonne.

Ganz nebenbei erfuhr Ruprecht am nächsten Tag, dass der Küchenchef ihn hatte auflaufen lassen, dass er die Seeigelterrine selbst nie zubereitet hatte. Sie stand das erste Mal auf der Karte, und er, der Neue, war als Versuchskaninchen ausgewählt worden. »Während meiner Frankfurter Zeit erlebte ich öfter, wie Kollegen sich untereinander austricksten. Im Hotelrestaurant wurde mittags und abends Essen à la carte angeboten. Die Mittagsschicht hatte in der Regel weniger zu tun und sollte deshalb einige Vorbereitungsarbeiten für den Abend übernehmen. Wenn die einen nicht mochten, kamst du da um drei Uhr nachmittags an, und nichts, aber auch gar nichts war erledigt. Die Uhr im Nacken, konnte man bei Adam und Eva anfangen. Kartoffeln und Zwiebeln schälen, Gemüse putzen, Salate waschen.«

Müsste er seine Hotelzeit in einem Wort zusammenfassen, fiele ihm ohne Alternative nur ein einziges ein: Horror.

Auf die Reaktionen der Gäste verzichten zu müssen war er bereits gewohnt. Sich nicht einmal mit den Kollegen über die gemeinsame Arbeit auszutauschen allerdings noch eine Steigerung. »Auf ein Feedback am Herd konnte man vergebens warten. Da kam keiner und sagte: ›Hey, das schmeckt ja interessant, wie hast du das hinbekommen?‹ Da hätte dir auch keiner den Tipp gegeben: ›Du, der Soße fehlt der Pfiff. Versuchs mal mit einem Spritzer Cognac.‹ Nein, das lief anders ab. Man probierte bei dem anderen, guckte den Kollegen an, probierte erneut und schaute den Kollegen wieder an, verzog keine Miene und ging schweigend weg. Ich meine, man muss nicht gleich in euphorischen Jubel verfallen, aber ich kann doch dem anderen seine gelungene Soße oder Suppe gönnen.«

Ein matschiger Kloß wurde hämisch begrinst, eine geronnene Velouté innerlich bejubelt. Ruprecht verstand nicht, warum Schadenfreude die größte Genugtuung war. Warum man so schäbig miteinander umging in der Küche – an dem Ort, an dem jeder die meiste Zeit des Tages verbrachte. Mit Kollegen, die man ständig um sich hatte, häufiger und intensiver erlebte als private Freunde. Stundenlang machte er sich Gedanken über die Atmosphäre – warum nicht Hand in Hand, sondern gegeneinander gearbeitet wurde. Warum die Kollegialität kurzerhand in Seeigelterrinen ertränkt oder unter Austernschalen erstickt wurde. Warum sich stattdessen feindliche Attacken breitmachten.

Offenbar bestand die persönliche Befriedigung einiger Kollegen darin, andere anzuschreien und anzuraunzen. Als ob dies das Kriterium für einen gelungenen Tag wäre, der sich so richtig gelohnt hatte. »Ich grübelte in meinen Frankfurter Monaten viel zu viel, anstatt mein Gehirn auszuschalten und die Dinge laufen zu lassen.«

Unter diesen Arbeitsbedingungen jemals eine gehobene Position zu erlangen, fand Ruprecht nicht erstrebenswert, eher eine schreckliche Vorstellung. Er wollte nicht autoritär handeln müssen, weil die Strukturen es vorgaben und Freundlichkeit und respektvoller Umgang kaum verstanden würden.

Was ihn an der Elbchaussee bereits ins Wanken brachte, erlebte er plötzlich noch deutlich verstärkt. »Prestige, Prestige, Prestige. Die Atmosphäre war völlig überdreht. Dem Küchenchef ging es nicht mehr um exquisites, exzellent schmeckendes Essen, sondern darum, die teuersten Gerichte aufzufahren und sie mit möglichst ausschweifenden, schwer verständlichen Namen auf der Speisekarte anzupreisen. Jeder Gast, der das Restaurant betrat, wurde als der wichtigste von allen begrüßt und hofiert. In meinen Augen wirkte dieses Gehabe sehr aufgesetzt; den Besuchern schien es zu gefallen. Mir war nach einigen Monaten definitiv klar, das war nicht der Job, den ich bis zur Rente ausüben wollte.«

Nach seinen enttäuschenden Erfahrungen im Frankfurter Nobelhotel war Ruprecht Schmidt drauf und dran, die Kochmütze an den Nagel zu hängen. Er wollte einen zweiten Anlauf nehmen – studieren, was auch immer. Sein Reisewunsch, der in ihm schlummerte, kam wieder stärker ans Tageslicht. Obwohl es einst sein größter Traum war zu reisen, hielt er jedoch die Sehnsucht nach fernen Ländern auf Sparflamme und disziplinierte sich. »Das mag spröde klingen, aber ich hatte das Gefühl, mir das Reisen noch nicht verdient zu haben.«

Er wollte sich als Profikoch eine letzte Chance geben. Mit einem interessanten Angebot in der Tasche fuhr er zurück nach Hamburg, schaute sich die Lokalität an und sagte zu. Diese Rückkehr aus der Main- in die Elbmetropole bereute er keinen Tag. Hierher zu ziehen war für ihn wie aus der Hölle in den Himmel kommen. Das Hamburger Szenerestaurant, in dem er als Koch anfing und später Küchenchef wurde, legte nicht nur den Gästen gegenüber größten Wert auf angenehme Atmosphäre, sondern auch intern.

Ruprecht Schmidt fand Arbeitsbedingungen vor, von denen er beruflich jahrelang geträumt hatte. Hier konnte er sich plötzlich vorstellen, bis zur Rente zu bleiben. »Ich erlebte eine Küche, in der sich die Kollegen gegenseitig respektierten, in der das Miteinander großgeschrieben wurde. Man durfte kreativ sein, sich austoben, und gleichzeitig akzeptierte man mit einer lässigen Selbstverständlichkeit Kritik und Verbesserungsvorschläge. Dadurch haben sich die Gerichte weiterentwickelt und verfeinert. Jeder fühlte sich angespornt, seinen Teil beizutragen. Es gab nicht diese Hierarchie, wie ich sie sonst kannte. Im Gegenteil: Das Klima war fast ein bisschen anarchistisch. Wir waren nicht nur ein Kollektiv, wir fühlten uns auch so. Wer unter Stress stand, bekam Unterstützung von den anderen, wir halfen uns gegenseitig. Wenn der Saucier gerade nichts zu tun hatte, ging er zu den Vorspeisen und verzierte die Salate. Ohne Murren genau so, wie derjenige es vorgab, der auf dem Posten die Mütze aufhatte. Sich in solchen Momenten unterzuordnen leuchtete jedem ein. Wenn du innerhalb von ein paar Minuten fünfzehn Salate fertig bekommen musst, kannst du nicht diskutieren, ob die halbe Cocktailtomate besser links vom Scampi liegen sollte oder rechts und was von beidem hübscher aussieht. Da wirst du nie fertig, und die Gäste verhungern.«

Er lernte viel in diesem Restaurant, entdeckte seine Liebe zu Soßen und Suppen. Die Hausmannskost, mit der er latent auf Kriegsfuß stand, konnte, wenn auch in kleinen Schritten, sein Herz erobern – nach einem anfänglichen Desaster. Ruprecht Schmidt sollte damals das erste Mal in seinem Leben Labskaus kochen. Schon den Namen des Gerichtes fand er schrecklich, die Vorstellung von der Zubereitung noch schrecklicher. Er meinte nämlich, ganze Matjes mit Kopf und allem durch den Fleischwolf drehen zu müssen. Das Rezept, das er in die Hände bekam, holte ihn auf den Boden der Tatsachen zurück – nichts mit Fischköpfen. Matjesfilets sollten serviert werden, und zwar separat. Also alles halb so schlimm.

Was Generationen von norddeutschen Hausfrauen schafften, sollte ihm wohl auch gelingen – dachte er. »Die Rote Bete wurde mir zum Verhängnis. Ich meinte es zu gut und nahm viel zu viel. Das Ergebnis war eine grelle pinkfarbene Masse und sah dermaßen künstlich aus, als ob Farbstoff drin gewesen wäre. Kein Labskaus, das man Gästen hätte servieren können. Es wurde an dem Tag unser Personalessen und schmeckte allen gut. Nur diese Farbe, die werde ich nie vergessen.«

Die ins Wasser gefallene Premiere hatte außer heftigem Gelächter für ihn keine weiteren Konsequenzen. Die Kollegen schätzten Ruprecht, weil er in der Küche Tricks und Raffinessen aus seinem reichhaltigen Erfahrungsschatz einfließen ließ. Umgekehrt schaute er den anderen in die Töpfe, um deren kleine Geheimnisse zu lüften. Teamgeist war kein abgedroschener Begriff – hier zogen sie an einem Strang, ohne Neider und Querulanten. Und das kollegiale Hand-in-Hand-Arbeiten wirkte sich positiv auf das Essen und die Zufriedenheit der Gäste aus.

Sechs Jahre lang erlebte Ruprecht Schmidt eine inspirierende Kochfreiheit, die ihn endlich in seiner Berufswahl bestätigte. Was ihm als Koch mit auf den Weg gegeben wurde, setzte er als Küchenchef fort. Entscheidend am Herd war nicht der Weg, sondern ausschließlich das Ziel. Wie es erreicht wurde, blieb jedem selbst überlassen – die Qualität der Arbeit wurde am Ergebnis gemessen.

Mit derselben Herangehensweise versucht der Hospizkoch heute, seine ehrenamtlichen Helfer zu motivieren. »Sie wissen, was ich möchte und was das Haus sich wünscht. Ansonsten gibt es keine Vorgaben. Wenn sie samstags oder sonntags die Mittagsschicht übernehmen, können sie ihre Ideen einbringen und vor sich hin kochen. Das genau macht ihnen Spaß.«

Alle paar Monate bedankt er sich bei seinen hauptsächlich weiblichen Helferinnen und bietet einen kleinen Kochkurs an – zur Weiterbildung. Ob aufwendige Süßspeisen, exotische Fleisch- oder extravagante Gemüsegerichte, das Tagesprogramm bestimmen die Damen und wenigen Herren. »Beim letzten Mal wollten sie lernen, wie man Fisch filetiert. Ich besorgte frische Lachsforellen und Seezungen und zeigte ihnen, wie sie enthäutet, ausgenommen und zerteilt werden. Und dann standen alle mit Filetiermessern da und haben es selbst ausprobiert. Über die Pannen dabei haben wir viel gelacht. Das darf man nicht so eng sehen. Diese glitschigen Fische wollen nicht immer so, wie man es gerne hätte. Sie flutschen einem weg. Davon kann ich aus meiner Lehrzeit ein Lied singen. Oder man setzt das Messer falsch an, und die Stücke bekommen sehr eigenwillige Formen und Kurven. Die besten Filets haben wir aussortiert und für die Bewohner zubereitet. Seezunge mal eben so am Samstagabend. Für die Fischfans war das eine echte Überraschung. Jeder weiß ja, die Dinger sind nicht ganz billig.«

Seine Liebe zum Fisch gehört zu den Entdeckungen, die Ruprecht Schmidt während seiner Zeit als Koch des Hamburger Szenerestaurants machte. Als Küchenchef sorgte er für viele Fleischalternativen auf der Karte, und diese mussten nicht nur aus der Oberliga stammen. Ob Zander, Kabeljau, Rotbarsch oder Dorsch – er kannte wunderbare Rezepte, diese scheinbar simplen Fischsorten zur Königsklasse aufzuwerten. Manchmal baten Restaurantbesucher ihn an den Tisch, erkundigten sich, wie eine bestimmte Soße oder Beilage kreiert wurde.

Sie mussten nicht lange bitten, er lüftete das ein oder andere Geheimnis freiwillig. Endlich erlebte er die kleinen Plaudereien, die er jahrelang vermisst hatte. Er erfuhr die geschmacklichen Vorlieben der Gäste, erfuhr, was besser und was weniger gut ankam. War das Servicepersonal überlastet, kamen seine Kollegen und er aus der Küche und servierten selbst, zwanglos und locker. Das kam bei den Gästen gut an. Der Laden brummte, und der Küchenchef fühlte sich bestätigt. Er hatte einen Job gefunden, der ohne Weiteres ein Arbeitsleben lang auszuhalten war. »Was will man mehr? Ich genoss den Kontakt zu den Menschen, das Kochen machte Spaß, und das Arbeitsklima war perfekt. Und trotzdem breitete sich mehr und mehr eine schleichende Unzufriedenheit in mir aus. Wieso, weshalb? Den Grund konnte ich mir zunächst nicht erklären.«

Er erinnerte sich wortgenau an einen Satz, den ihm sein Chef während der Lehre gesagt hatte: »Ruprecht, du bist kein klassischer Koch. Du brauchst ein spezielles Umfeld, du bist sozial eingestellt. Ich kann mir dich in einem Kinderheim vorstellen. Du wärst der ideale Typ für so was.«

Mag der Chef ihn im Geiste auch dort gesehen haben, Ruprecht selbst erschien die Idee mehr als abwegig. »Ich im Kinderheim? Diese Vorstellung fand ich damals grotesk. Was sollte ich da machen? Den ganzen Tag Schokoladenpudding, Kakao und Hagebuttentee kochen? Abends Leberwurstbrote schmieren? Und dafür in die Lehre gehen? Ich verstand nicht, was mein Chef mit seiner Äußerung meinte.«

Zehn Jahre später hatten die Worte ein anderes Gewicht. Ruprecht musste neidlos anerkennen, dass sein Ausbilder ihn damals ziemlich gut durchschaut und sein Wesen, wenn auch auf eine recht ruppige Art, treffend analysiert hatte. Er selbst tat sich damit schwerer – bis ihm wie Schuppen von den Augen fiel, was ihm in seinem ansonsten zufriedenstellenden Job fehlte: die soziale Komponente, eine zwischenmenschliche Herausforderung, die über das Zubereiten von Speisen hinausging. Auf Dauer würde er nur funktionieren können, wenn beide Hälften in ihm – die berufliche und die soziale – miteinander harmonierten. Der Zeitpunkt für eine Veränderung war überreif. »Ich wollte mit Menschen zu tun haben und dabei eine soziale Verantwortung übernehmen. Wie ich das mit meinem Beruf in Einklang bringen sollte, war mir schleierhaft. Der erste, aber wahrlich nicht beste Gedanke war: Kantine. Da hätte ich nachmittags freigehabt und mich mit anderen Dingen beschäftigen können. Den Zahn zog ich mir schnell. Abgesehen von einem geregelten Arbeitstag fiel mir nicht viel Positives zu dem Thema ein.«

Er gibt zu, diesbezüglich nicht frei von Vorurteilen gewesen zu sein. Die Bilder, die er vor sich sah, trieften vor Fett dick panierter Koteletts und zerflossen im Einheitsbrei von verkochtem Erbsen-, Möhren- und Bohnengemüse. Besser nicht! Es erschien ihm sinnlos, ausgerechnet in einer Betriebsküche seine Sinnsuche zu starten.

Er schwenkte um und träumte kurzzeitig von der großen Freiheit im Leben – der eigenverantwortlichen Arbeit. »Meine Idee war, ein supertolles, gemütliches Cafe mit besonderem Flair zu eröffnen. Ich wollte die geilsten Kuchen und Torten backen und natürlich nur die nettesten Gäste empfangen, die sich auf Anhieb wohlfühlten. Für die Eventualität, jemand könnte herumzicken, weil ihm der Kaffee zu stark oder die

Torte zu weich war, gab es keinen Platz in meiner Vision. Mir war klar, ich hätte für mein Caféprojekt gearbeitet bis zum Umfallen, niemals Stopp gesagt und vermutlich über kurz oder lang einen Herzinfarkt bekommen.«

Neben seinen Träumereien brauchte er dringend geistige Nahrung. Und so drückte Ruprecht Schmidt die Schulbank und absolvierte parallel zu Job und Zukunftsplanung seine Meisterprüfung. Auch der Titel in der Tasche verhalf ihm jedoch nicht zur zündenden Idee. Ruprecht spürte nur, es musste noch viel mehr in seinem Leben passieren. Fünf Tage die Woche kam er nicht vor ein oder zwei Uhr nachts von der Arbeit nach Hause. Seine Freundschaften, die er zwischenzeitlich in Hamburg aufgebaut hatte, konnte er kaum pflegen. Außer ihm lebten alle in einem »geregelten« Tagesablauf. Ihre Freizeit war mit seiner nicht kompatibel – ein Nebenaspekt für ihn. »Klar kann man sich nach besseren Arbeitszeiten und allem Möglichen sehnen, aber deshalb fallen die Wünsche nicht als Geschenk vom Himmel. Ich hielt mir eine Standpauke: ›Suchst du wirklich nach neuen Herausforderungen, einer Veränderung, dann raff dich auf, werde aktiv und komm in die Puschen!‹«

Kurze Zeit später stand er vor seinem Chef und kündigte den Job als Küchenchef – ohne eine Alternative zu haben, ohne Wissen, was werden würde. Lediglich mit dem unbändigen Wunsch nach mehr und anderem – für den bekennenden Sicherheitsmenschen eine mutige Entscheidung.

Tagelang forderte Ruprecht Schmidt sich im Selbsttest heraus: »Was willst du? Willst du dich ernsthaft sozial engagieren? Wirst du wirklich akzeptieren, auf eine Kochkarriere zu verzichten?«

Er hätte sich damals nie als klassischen Karrieretypen bezeichnet, aber hundertprozentig karrierefrei war auch er nicht. »Ich habe als Kind gelernt, man darf nicht über Leichen gehen. Man boxt sich nicht nach oben. Wenn, dann entwickelt man sich wie selbstverständlich in die oberen Etagen. Schlägt seinen

Weg ein, ohne sichtbare Scherben zu hinterlassen. Das ist eine Haltung, die ich wahrscheinlich schon mit der Muttermilch aufgesaugt habe und die mir über die Jahre im Elternhaus beharrlich vermittelt wurde.«

Er freute sich über Anerkennung und Erfolg. Aber um jeden Preis Karriere zu machen widersprach seinen Idealen, von denen er sich möglichst wenig entfernen wollte.

Bei genauerer Betrachtung hielten seine Möglichkeiten sich in Grenzen: Altenheim oder Kindertagesstätte – viel mehr schien für eine Tätigkeit im sozialen Bereich nicht infrage zu kommen.

6

Die Tür zum Kühlraum ist geöffnet. Der Koch kniet vor den Gemüsekisten, die am Boden stehen, und sucht nach seinen Schätzen. Karotten, Zwiebeln, Paprika, Champignons – eine gute Basis für den Auflauf. Statt für Lauch entscheidet er sich heute für Fenchel. Ein paar Kartoffeln gehören auch hinein, die machen das Ganze am Ende etwas fester.

Er wäscht das Gemüse und die Kräuter, schält die Kartoffeln und schaut zwischendurch immer wieder mit ernstem Blick zum Fenster raus. Die brennende Kerze – sie macht mehr mit ihm, als er sich eingestehen mag. Er verspürt eine Schwere in sich, gegen die am besten Arbeit und Ablenkung helfen. Er schaltet das Radio ein.

Dass Beate Reckling vor der Küche steht, bemerkt er nicht sofort. Erst als sie leicht am Türrahmen klopft, blickt er hoch.

»Ruprecht, entschuldigen Sie, dass ich Sie beim Mittagessenmachen störe. Mein Mann ist gerade wach geworden. Er möchte ein Alsterwasser. Keinen Quark, aber Alsterwasser, das verstehe ich nicht. Haben Sie zufällig eine Flasche im Kühlschrank?«

Ruprecht schüttelt den Kopf. Bier, Sekt, Weißwein und Prosecco hat er in der Kühlung vorrätig, Alsterwasser leider nicht. »Wenn ich mit dem Kochen durch bin, gehe ich sofort los und besorge Ihnen welches.«

Beate Reckling lehnt das Angebot ab: »Kommt nicht infrage. Das erledige ich eben selbst. Der Supermarkt ist doch gleich um die Ecke. In der kurzen Zeit wird schon nichts passieren.«

Sie macht sich auf den Weg, ihre Schritte sind noch schleppender als sonst. Seit gestern Nachmittag hatte ihr Mann kein

Wort gesprochen. Lediglich durch Blicke und schwache Gesten meinte sie zu erahnen, was er wollte: die Füße hochlegen, ein feuchtes Tuch auf die Stirn, die Lippen benässen, eine Spritze gegen die Schmerzen. »Da muss man ganz viel raten, was er mit seinen Augen und Fingern ausdrücken möchte.«

Umso erstaunter war sie, als ihr Mann eben klar und deutlich den Wunsch äußerte: »Ich möchte Alsterwasser trinken, aus einem Glas.«

Als sie das Zimmer verließ, um welches zu besorgen, wollte er sie daran hindern, winkte sie mit schwacher Bewegung zurück und sprach erneut: »Du kannst doch nicht so schnell laufen. Bleib nicht zu lange weg.«

Sie versuchte, ihn zu beruhigen. »Horst, ich geh nur in die Küche runter. Und wenn sie es da nicht haben, zum Supermarkt. Ich bin in ein paar Minuten zurück.«

Beate Reckling merkt Stunde um Stunde deutlicher, dass ihr Mann nicht mehr ohne sie im Zimmer sein mag. »Ich glaube, er hat Angst davor, allein zu sein, wenn er stirbt. Das habe ich aus Gesprächen herausgehört, die wir öfter führten, noch zu Hause und in den ersten Tagen im Hospiz. Er fragte mich mehrmals, was nach dem Tod mit einem Menschen passiert. Wo die Gedanken bleiben, die Erinnerung, Empfindungen und Gefühle. ›Ich glaube, es wird wie Schlafen sein‹, habe ich ihm gesagt. Er wollte von mir wissen, ob ich wirklich bei ihm bleiben werde. Sooft er fragte, antwortete ich: ›Du wirst nicht allein sein.‹ Ich musste immer wieder versprechen, ihn in seiner letzten Stunde nicht im Stich zu lassen. Komischerweise habe ich überhaupt keine Sorge, er könnte genau in diesem Moment, wo ich unterwegs bin, sterben. Oder wenn ich schnell zum Frühstücken oder Mittagessen runtergehe. So gesehen kann es auch nachts passieren, in der einen Stunde, in der ich doch mal fest schlafe. Ich bin überzeugt, es nimmt seinen Gang, und ich werde seine Hand halten.«

Sie vertraut ihrer inneren Stimme. Ein paar Minuten weg

vom Hospiz ist in Ordnung, aber nicht länger, warnt sie ihre Unruhe. Eigentlich wollte sie sich etwas Frisches zum Anziehen von zu Hause holen. In ihrem hellen Hosenanzug und dem roten T-Shirt läuft sie schon seit zwei Tagen herum. Nichts ist nebensächlicher als das. Sie wird sich nicht ins Auto setzen und losfahren.

Erschöpft steht Beate Reckling an der Supermarktkasse und bezahlt die Flasche Alsterwasser. Bier mit Limonade – diese Mischung rührte ihr Mann früher kaum an. Er trank sowieso selten Alkohol. Warum er ausgerechnet jetzt Appetit darauf hat? Was geht in diesen Stunden in ihm vor? Welche Gefühle dominieren ihn? Angst? Gelassenheit? Gern würde Beate Reckling Gedanken lesen können. »Vielleicht entwickelt sich bei einem Menschen in der Abschiedsphase ein natürlicher Schutzmechanismus, der ihm das Verdrängen allzu schlimmer Gedanken ermöglicht.«

»Es liegt an dir!«, warfen Freunde ihr vor. Sie würde zu sehr klammern, deshalb könne ihr Mann nicht in Ruhe sterben.

»Wer will wissen, was in einer solchen Situation richtig oder falsch ist?«, fragt sie sich. »Was erwarten die von mir? Ich kann mich nur auf mein Gefühl verlassen, und das tue ich. Natürlich lasse ich meinen Mann nicht gerne gehen. Es ist wahr: Ich will ihn nicht loslassen. Ich würde alles dafür tun, damit er weiterleben darf. Trotzdem versuche ich, ihm den Abschied möglichst leicht zu machen, und genau das ist wahnsinnig schwer, fast unmöglich. Ich reiße mich zusammen, nicht in seiner Gegenwart zu weinen. Ich möchte ihn nicht noch trauriger machen, als er sowieso schon ist. Gestern nahm ich ihn in den Arm und sagte: ›Wenn du gehen musst, dann soll es sein. Ich kann dich nicht zurückhalten.‹ Leider hat er nichts darauf geantwortet, ich denke trotzdem, er hat mich gehört.«

Vorbei an einem Friseurladen, einem kleinen Café und mit Graffitis besprühten Hauswänden tritt Beate Reckling den Heimweg in ihr vorübergehendes Zuhause an. Sie biegt in den steinernen Torbogen ein, der links und rechts mit zwei bunten Leuchttürmen bemalt ist – in Anlehnung an den Namen des Hospizes. Über eines ist sie froh: Ihr Mann und sie haben alles früh genug geregelt. Sie weiß, wo und wie er beerdigt werden möchte, wen sie zur Trauerfeier einladen soll. Und es gibt keinen unerledigten Papierkram.

»Das hat er alles sorgfältig aufgearbeitet und in Ordnern abgeheftet«, sagt sie. »Ich weiß auf Anhieb, wo ich was finde, ob Testament oder Versicherungspolicen. Mein Mann ist sehr korrekt. Als es ihm noch halbwegs gut ging, saß er tagelang am Schreibtisch und ließ sich nicht dabei stören, den Fall der Fälle vorzubereiten. Schon vor Monaten füllten wir eine Patientenverfügung aus und ließen sie notariell beurkunden. Horst möchte keine lebensverlängernde intensivmedizinische Behandlung. Bewusstlos vor sich hinvegetierend, künstlich am Leben gehalten – davor graute es ihm vom Tag der Diagnose an. In den letzten zwei Wochen, die wir gemeinsam in unserer Wohnung verbrachten, änderte er allerdings seine Meinung. Er entschied sich für künstliche Ernährung, hatte Angst zu verhungern, bei dem bisschen, was er auf normale Weise essen konnte. Man legte ihm einen Zugang für den Tropf in die Handoberfläche. Der Pflegedienst kam regelmäßig und wechselte die Flaschen mit der Nährflüssigkeit aus.

Eines Morgens zitterte mein Mann am ganzen Körper, wie von Schüttelfrost geplagt. Das Bett vibrierte, so stark und unkontrolliert schlotterte er. Ich war vollkommen überfordert, wusste nicht, was ich tun sollte. Ein Nachbar von uns ist Arzt. Bei dem klingelte ich. Zum Glück war er da, kam rüber, untersuchte meinen Mann und bestellte sofort den Notarztwagen. Mit Blaulicht sind wir ins Krankenhaus gefahren. Dort konnten sie seinen Kreislauf stabilisieren, aber helfen konnte ihm keiner mehr. Mein Mann war völlig weggetreten. Die Ärzte gaben mir zu verstehen, dass ich mit dem Schlimmsten rechnen müsste, er wohl nicht mehr zu Bewusstsein käme. Am zweiten Tag in der

Klinik wachte er auf, konnte sich an nichts erinnern, wollte von mir wissen, was passiert war.

Er hörte mir aufmerksam zu. Anschließend sagte er: ›Beate, dein Leben geht weiter. Bitte, leb es!‹ Ich bekam von oben bis unten Gänsehaut. Mir schnürte es den Hals zu. Ich dachte in den Tagen danach viel über diese Situation nach. Ich glaube, es war der Moment, in dem mein Mann sich von mir verabschiedete. So in dem Sinne von gerade noch rechtzeitig. Bevor er später womöglich nicht mehr in der Lage dazu gewesen wäre.«

»Sieht sie nicht klasse aus? Dieses cremige Weiß, dazu das dunkle Rot.« Wieder heiter und locker betrachtet der Koch sein nahezu vollendetes Backwerk, das er zum Kaffee servieren wird. Kunstvoll drapiert er die letzten Früchte, die er noch in der Hand hält. Himbeer-Frischkäse-Torte! Ein ehemaliger Bewohner hatte sich die Kreation vor längerer Zeit gewünscht. Seine Ehefrau brachte dem Koch das Rezept mit. Er probierte es aus, bot die Torte auch den anderen Gästen an und testete selbst ein Stück. »Die Bewohner waren begeistert und ich auch. Die Mischung aus Frischkäse und Früchten zergeht auf der Zunge. Köstlich!«

Neben dem Geschmack kann die Torte mit einer weiteren positiven Begleiterscheinung punkten. Augenzwinkernd lüftet Ruprecht sein kleines Kochgeheimnis. »Sie ist eine typische Blendertorte. Ich kann Eindruck damit schinden, ohne mir viel Arbeit zu machen. Man muss lediglich einen Biskuitboden backen, braucht Frischkäse, Sahne, Puderzucker und Himbeeren. Und jetzt kommt der Tortenguss drauf, für den ich den Fruchtsaft mitverwende.«

Er greift zu einem kleinen Topf auf dem Herd, der neben den größeren fürs Mittagessen wie eine Miniaturausgabe wirkt, und gießt die rötliche, angedickte Flüssigkeit gleichmäßig über die Himbeeren. Damit keiner meint, er sei faul gewesen, zeigt er auf einen saftigen Apfelkuchen, der in der Nähe des Fensters auf der Arbeitsplatte abkühlt. Den wird er am Nachmittag ebenfalls anbieten. Und falls jemand weder das eine noch das andere mag – was schwer vorstellbar ist –, gibt es ja auch den von fast jedem Kindergeburtstag hinreichend bekannten Schokoladenkuchen traditioneller Art.

Noch eine halbe Stunde bis zum Mittagessen. Ruprecht wundert sich, dass er mit allem so früh fertig ist. Der Gemüseauflauf, mit reichlich Käse bestreut, steht im Backofen. Die Kräutersoße, da ist er sich sicher, ist hervorragend geworden, sie schmeckt nach Frühling – genau, wie sie soll.

Um ans richtige Ziel zu kommen, hilft dem Koch ein einfacher Trick. »Im Restaurant habe ich gelernt, rückwärtszukochen. Ich sehe das fertige Produkt vor meinen Augen. Ich schmecke es im Geiste und weiß genau, wie es real schmecken soll. Ich überlege mir, wie ich zu diesem Endergebnis gelangen kann und fange hinten an, quasi auf dem Teller. Ich gehe den Kochprozess gedanklich rückwärts, vom Ziel an den Anfang. Auf diesem umgekehrten Weg weiß ich dann schon, welche meine Stolperfallen bei der Zubereitung sein werden. Und sobald ich sie kenne, kann ich sie leicht umgehen. Wenn ich mich an ein neues Gericht heranwage und es ausprobiere, funktioniere ich immer so. Nach dem gleichen Prinzip schmecke ich ab. Ich weiß genau, wo ich hinkommen will; fehlt etwas, muss ich herausfinden, was. Ist es der Spritzer Zitrone? Der Schuss Pernod? Oder, oder …«

So fällt Ruprecht in der Küche vieles leichter, und es macht ihm mehr Spaß. Wer unbedacht von vorn anfängt, die Kartoffeln schält, sie ins Wasser legt und erst danach merkt, dass er Pellkartoffeln braucht, ist schon gefrustet, bevor es interessant wird.

Während seiner Kochlehre fragten ihn Freunde häufiger um Rat. Das Telefon klingelte, und der angehende Profi gab Nachhilfeunterricht. »Die meisten hatten Probleme beim

Würzen. Die glaubten, Salz und Pfeffer seien der Weisheit letzter Schluss. Ich habe das während meiner Lehre schnell draufgehabt, wie ich was würzen muss. Gewürze sind das A und O. Wenn Freunde bei mir ein Lammcurry aßen und es anschließend zu Hause nur mit Salz und Pfeffer nachkochen wollten, hieß es natürlich: ›Ruprecht, bei dir hat das besser geschmeckt, was mache ich falsch?‹ Ich gebe gerne Tipps, welche Gewürze zu welchem Gericht gut passen und wie man mit Kräutern den Geschmack verfeinert. Mich rief auch mal ein Freund leicht nervös an und fragte: ›Und was soll ich jetzt mit dem Rouladenfleisch machen, das ich gekauft habe?‹«

Im ersten Lehrjahr noch unmerklich, im zweiten offensichtlich – Ruprecht wurde immer seltener bei Freunden zum gemeinsamen Essen eingeladen. »Furchtbar. Die bekamen plötzlich Schiss, für mich zu kochen, weil ich ja Profi war und sie nur Amateure. Dabei hatte und habe ich bis heute diesbezüglich ein echt schlichtes Gemüt. Ich sitze bei anderen am Tisch und freue mich tierisch, bekocht zu werden. Selbst ein einfaches Gericht ist für mich das Größte. Klar geht mir mal im Kopf rum, was ich anders gemacht hätte oder welche Gewürze hier und da fehlen. Aber ich äußere mich zu dem Thema nur, wenn ich gefragt werde. Und auch dann überlege ich mir, wie viel ich sage.«

Nachdem er den ganzen Tag im Hospiz gekocht und gebacken hat, verspürt er wenig Lust, sich abends in der eigenen Küche wieder an den Herd zu stellen. »Ich empfinde dabei eine gewisse Absurdität. Wie eine Endlosschleife. Da habe ich gerade den Herd und alles drum herum geputzt, den Fußboden geschrubbt, die Geschirrspülmaschine ausgeräumt und den Müll weggebracht, komme nach Hause und stelle fest: Wie? Jetzt sollst du alles wieder dreckig machen und von vorn anfangen?«

Die Regelung, die er mit seinem Lebensgefährten getroffen hat, ist für ihn perfekt: Im Alltag lässt er sich meist von ihm bekochen. Kommt Besuch, übernimmt Ruprecht den Part, oder sie bewirten gemeinsam.

Es klingelt. Vor der Hospiztür steht Ulrike Sammer. Mit beiden Händen trägt sie, in Schutzfolie verpackt, das frisch gerahmte Bild für ihre Mutter. Beim Hereinkommen muss sie ein wenig jonglieren, um mit dem großen Paket nirgends anzuecken. Ulrike Sammer ist aufgeregt. Sie kann die Reaktion ihrer Mutter kaum erwarten. »Sie wird sich wahnsinnig darüber freuen.« Seit zwei Tagen frage sie ständig, wann das Bild endlich eingerahmt sei und abgeholt werden könne. »Es ist eine Zeichnung von Horst Janssen. Leider kein Original.« Sie lacht: »Das wäre unerschwinglich für uns. Aber es handelt sich um einen Druck aus einer limitierten Auflage, sieht super aus. Ich habe ihn in einer Galerie in der Innenstadt gefunden.«

Seitdem ihre Mutter im Hospiz ist, entdeckt Ulrike überraschend neue, bislang verborgene Seiten an ihr. Die Liebe zur Kunst ist eine davon. »Meines Wissens interessierte sich meine Mutter früher kaum für Kunst. Ich habe keine Ahnung, wie sie auf Horst Janssen gestoßen ist. Vielleicht hat sie mal eine Ausstellung von ihm besucht. Er war Hamburger. Meine Mutter machte nur eine vage Andeutung, sie kenne seine Werke von früher. Das war die einzige Information, die ich bekam. Unser altes Problem. Wir sind es nicht gewohnt, untereinander zu fragen und zu antworten. Als ob wir Geheimnisse voreinander hätten.«

Damit sie bloß nicht das falsche kauft, gab die Mutter ihr, bevor sie losging, genaue Anweisungen, beschrieb akribisch, was auf dem Bild zu sehen ist. »Sie schilderte mir jedes Detail so exakt und anschaulich, als ob sie die Zeichnung seit Jahren bei sich zu Hause hängen hätte. Hat sie aber nicht, leider. Im Besitz dieses Bildes zu sein sei seit Langem ihr Traum, gestand sie mir vorgestern zum ersten Mal. Ich musste sofort an die neuen Pullover denken, die sie sich auch erst hier im Hospiz geleistet hat.

Eine ähnliche Geschichte. Ich bin überzeugt, als meine Mutter noch gesund war, hat sie sich bestimmt mehr als diese beiden Wünsche, von denen ich mittlerweile weiß, verwehrt. Vermutlich jeden. Ich weiß nicht, warum sie das tat. Als ob sie sich selbst bestrafen oder zumindest vermeiden wollte, Freude zu empfinden. Ich frage mich ständig, warum sie erst als sterbenskranke Frau diese kleinen Glücksmomente zulassen kann und erst jetzt in der Lage ist, sich endlich etwas Nettes zu gönnen. Wenn wir wenigstens über dieses Thema reden könnten. Dann wäre ich nicht ganz so ratlos und traurig.«

Ulrike Sammer rauft sich das lockige Haar, schüttelt dabei den Kopf vor und zurück. Die Fahrstuhltür öffnet sich. Sie hebt das verpackte und zugeschnürte Kunstwerk, das sie in der Eingangshalle zwischenzeitlich auf den Boden gestellt hatte, wieder hoch und betritt den Aufzug. »Das ist für mich so unbegreiflich. Jetzt, wo meine Mutter nicht mehr lange zu leben hat und außerdem schlecht sieht, bekommt sie endlich ihre Zeichnung. Wahrscheinlich erkennt sie – wenn überhaupt – nur noch die Hälfte.«

Da ihre Mutter am späten Vormittag häufig schläft, betritt Ulrike Sammer das Zimmer auf Zehenspitzen. Wie vermutet, bleibt ihre Ankunft unbemerkt. Mit geschlossenen Augen liegt Renate Sammer auf dem Rücken und atmet ruhig. Ihre hageren Hände hat sie wie zum Gebet gefaltet. Sie liegen auf der hellblauen Bettdecke. Ihr leuchtend türkisfarbener Pullover – einer von den neuen – sticht ins Auge. Ein Farbtupfer, wie abgestimmt zur Bettwäsche.

Ulrike Sammer stellt das Bild in den Sessel am Fenster und entfernt behutsam Kordel und Klebestreifen von der Schutzfolie. Ein leichtes Rascheln kann sie dabei nicht vermeiden. Schon dieses leise Geräusch lässt die Mutter aufwachen. Sofort ist sie putzmunter und strahlt.

»Mein Bild ist da! Mach schnell die Verpackung weg«, bittet sie ihre Tochter. »Ich möchte es sehen.«

»Ich bin ja schon dabei.« Ulrike lacht und streift die restliche Folie ab. Sie nimmt das unverhüllte Werk und zeigt es ihrer Mutter aus der Nähe.

»Ulrike, du hast das richtige besorgt. Mein Amaryllisbild!« Renate Sammers Stimme klingt beschwingt, ohne einen Hauch von Sentimentalität. »Oh, ist das schön. Fast noch schöner, als ich dachte. Ist lange her, dass ich es zuletzt aus der Nähe betrachtet habe.«

Sie konzentriert ihren Blick auf die Zeichnung. In vier Etappen zeigt sie den Lebenslauf einer roten Amaryllisblüte: die pralle Knospe, das Aufblühen, die volle Blüte und das Verwelken. Wie die Tochter befürchtete, hat die Mutter Schwierigkeiten, die feinen Striche zu erkennen. Für Renate Sammer ist das unwesentlich, sie wusste es vorher. Was sie nicht sieht, füllt sie aus ihrer Erinnerung auf. »Die Farbe, dieses satte Rot. Ist es nicht wunderschön?!«

Die Amaryllis soll rechts von ihrem Bett hängen – diese definitive Entscheidung fällte Renate Sammer vor ihrem Nickerchen. Warum ausgerechnet dort? Es ist die Wand, auf die sie am wenigsten schaut, der sie meistens den Rücken zukehrt, sobald sie mit jemandem spricht oder aus dem Fenster sieht. Kein Argument der Tochter bringt sie von ihrem Entschluss, den sie sich in den Kopf gesetzt hat, ab.

»Jetzt habe ich noch einen großen Wunsch«, sagt sie. »Den kann mir aber keiner erfüllen, ich mir selbst auch nicht. Ich würde gerne im Zimmer auf und ab laufen. Für ein paar Minuten oder weniger und mir dabei das Bild im Stehen anschauen.«

Ulrike Sammer tritt ans Bett, greift zur Hand ihrer Mutter, streichelt sie kurz und zaghaft. Sie beugt sich vor, als ob sie ihre Mutter umarmen wolle, zögert, weicht zurück – und nimmt dann einen zweiten Anlauf. Etwas ungeschickt in ihren Bewegungen, lassen Mutter und Tochter die Nähe für einen kurzen Moment zu.

»Nun geh du mal in Ruhe runter zum Essen.« Während Renate Sammer mit mütterlich fürsorglicher Stimme spricht, nutzt sie die Gelegenheit, sich aus der ungewohnten Umarmung zu befreien. »Nun geh schon!« Bei der Wiederholung klingen ihre Worte wieder bestimmt und nicht mehr ganz so nett.

Rolf Führing konnte es kaum abwarten. Er war überpünktlich und der Erste am Tisch. Mit kritischem Blick verfolgt er, wie der Koch ihm das Mittagessen auffüllt. Nur zwei Löffel Gemüseauflauf, ein Putenmedaillon und darüber verteilt ein bisschen Soße? Das ist Rolf Führing zu wenig. »Ich habe großen Hunger. Bitte, geben Sie mir einen Löffel mehr von dem Auflauf und ein zweites Stückchen Fleisch.«

Nichts lieber als das. Ruprecht serviert seinem Gast einen randvollen Teller. »Lassen Sie es sich schmecken. Und wenn Sie mehr möchten, sofort Bescheid sagen!«

Dieser Aufforderung nachzukommen, hält der pensionierte Oberfinanzbeamte beim Anblick seiner Riesenportion allerdings für unwahrscheinlich. Er wünscht den anderen am Tisch guten Appetit.

An diesem Mittag hat sich nur eine kleine Runde im Esszimmer versammelt. Ulrike Sammer, Beate Reckling und Rolf Führing. Er ist derjenige, der das Thema aufgreift, das sie alle irgendwie beschäftigt: Weihnachten. »Komisch, da zwitschern draußen die Vögel, es ist Frühling, und ich denke an Weihnachten. Mein letztes Weihnachten, die Betonung liegt auf ›letztes‹, verbrachte ich im Krankenhaus. Da war nicht viel mit feierlicher Stimmung, im Gegenteil: Ich lag geistesabwesend im Bett. Von meinem Sohn und meinen Töchtern, die mich besuchten, nahm ich kaum Notiz. Ich frage mich gerade, wie ich die Feiertage wohl erlebt hätte, wenn ich zu dem Zeitpunkt schon hier gewesen wäre? Ob ich heute noch leben würde? Ohne die großen und kleinen medizinischen Eingriffe, die ich in den letzten

Monaten über mich ergehen ließ. Auf denen ich bestand, weil ich hoffen und mich nicht mit den Tatsachen abfinden wollte.«

Keiner am Tisch kann ihm die Frage beantworten. Wie auch? Jeder stellt sie sich auf eine ähnliche Weise selbst. »Was wäre wenn gewesen?«

Beate Reckling treibt das Thema seit Monaten um. Ihr Mann ging regelmäßig einmal jährlich zum Arzt, ließ sich von Kopf bis Fuß durchchecken. Wie von jetzt auf gleich wurden plötzlich extrem hohe Blutzuckerwerte bei ihm festgestellt. Altersdiabetes war die schnelle und für die Eheleute durchaus plausible Diagnose. Sie gaben sich damit zufrieden, sahen keine Veranlassung, weitere Untersuchungen in die Wege zu leiten. Stattdessen waren sie von morgens bis abends damit beschäftigt, Broteinheiten zu zählen, die Ernährung den neuen Umständen anzupassen. Horst Reckling schluckte und spritzte etliche Monate gegen die ach so normale Krankheit älterer Leute an, anstatt mit einer Krebstherapie zu beginnen.

Diese Verzögerung ist für Beate Reckling die einzige verpasste Chance ihres gemeinsamen Lebens. »Dabei weiß ich nicht einmal, ob es eine Chance gewesen wäre. Mit meinem Mann habe ich nie darüber gesprochen. Ich hätte ihm das Herz noch schwerer gemacht.«

Warum? Wieso? Ulrike Sammer sucht seit Langem nach einer Erklärung, die sie kaum finden wird. Ihre Mutter muss schon seit Längerem Beschwerden gehabt haben. Wäre ihr Krebs zu stoppen, eine Operation möglich gewesen? Warum ging sie nicht früher zum Arzt, wartete so lange, bis eine Heilung aussichtslos, eine Behandlung zu spät war?

Dieses verdammte Hinausschieben! Vielleicht unterstellt sie es der Mutter zu Unrecht, und sie hat tatsächlich vorher nichts gemerkt – oder sehr wohl geahnt, was in ihr wucherte, und sich mit allen Konsequenzen für ihren eigenen Weg entschieden. »Meine Mutter schweigt beharrlich, wenn ich auch nur ansatzweise versuche, den Punkt anzuschneiden. Sie wird diese und andere Antworten wohl mit ins Grab nehmen. Es gibt leider einiges, über das wir nicht sprechen können, bei dem sich keiner von uns beiden traut, den ersten Schritt zu wagen. Als ob sie hier auf Kur wäre und wir alle Zeit der Welt hätten, blenden wir das Thema Sterben komplett aus. Ich weiß wenig von dem, was in ihr vorgeht. Ihre Gefühle und Sorgen äußerte sie schon früher selten in der Öffentlichkeit, das klärte sie mit sich selbst im Verborgenen. Genauso hat sie mich erzogen. Ich habe als Kind nicht gelernt, meine Gefühle frei raus zu zeigen. Ich empfinde es nach wie vor als ein Tabu. Da helfen mir auch keine guten Ratschläge aus dem Freundeskreis, Mutter und ich sollten gemeinsam weinen, unsere Trauer und Ängste zulassen. Das würde ich ja gern, aber wie?

Ich kenne meine Mutter als einen sehr kontrollierten Menschen. Ich kann mich nicht erinnern, dass sie in meiner Anwesenheit je weinte. Ich tat dies umgekehrt in ihrer auch nicht, außer als kleines Kind, wenn ich mir wehgetan hatte. Wir verstecken uns gegenseitig hinter einer burschikosen Fassade der Unnahbarkeit. Und keiner wagt, diese Fassade einzutreten. Sich umarmen, streicheln – für andere Töchter und ihre Mütter ist eine gegenseitige Berührung das Normalste der Welt, für uns etwas Fremdes und Befremdliches. Bevor ich runterkam zum Essen, erlebte ich eine kurze, für mich ungewohnte Situation im Zimmer. Ich traute mich seit Langem mal wieder, meine Mutter in den Arm zu nehmen. Ich merkte, wie viel Überwindung mich dieser Schritt kostete. Das ist doch verrückt, dass es einen Überwindung kostet, die eigene Mutter zu umarmen. Ich träume davon, es mit einer Normalität einfach zu tun, impulsiv, aus dem Bauch heraus, ohne darüber nachzudenken. Ich träume auch seit meiner Kindheit davon, dass meine Mutter mit offenen Armen auf mich zukommt. Ich habe mir oft vorgestellt, wie es wäre, mich in ihre Arme fallen zu lassen.«

Ulrike Sammer schweigt einen Moment und überlegt. »Ich weiß nicht einmal, wie meine Mutter beerdigt werden möchte.«

»Haben Sie Weihnachten zusammen mit ihrer Mutter verbracht?«, möchte Rolf Führing wissen.

Ja, das hat sie – und die Tage sehr genossen. Sie fühlte sich mit ihrer Mutter auf gleicher Ebene. »Wegen ihrer schlechten körperlichen Verfassung war sie auf den Pflegedienst und mich angewiesen. Ohne Murren akzeptierte sie mit einer gewissen Selbstverständlichkeit, dass dem so war. Dass die Menschen, die sich um sie kümmerten, ihr nicht eins auswischen, sondern zur Seite stehen wollten. Meine Mutter war sehr positiv und zuvorkommend mir gegenüber gestimmt. Ohne diese kleinen Ausreißer, die ich von ihr kenne. Sie fuhr mich nicht barsch an. Ich hörte keine Kommandos von ihr. Wenn sie etwas wollte, sagte sie: ›Ulrike, kannst du bitte mal …‹ Und nicht: ›Mach dieses, mach jenes!‹ Sie war weicher als sonst. Sie ist insgesamt durch ihre Krankheit toleranter geworden.«

Ulrike empfand die Stimmung daheim als locker und unverkrampft. Ohne dem Datum vorher viel Bedeutung beizumessen, rückte Weihnachten näher. Erst am dreiundzwanzigsten Dezember konnten sie die bevorstehenden Festtage nicht länger ignorieren und überlegten: »Was wollen wir morgen machen?«

Spontan äußerte die Mutter einen Wunsch: »Ohnsorg-Theater gucken!« Eines der älteren Stücke mit Heidi Kabel.

Seit Jahren ist Renate Sammer ein Fan der Volksschauspielerin, die sie nie live auf der Bühne erlebt hatte.

Gleich morgens früh fuhr Ulrike in die Innenstadt und kaufte drei DVDs mit verschiedenen Theaterstücken. Wieder zurück schnappte sie sich sofort ihr Notebook und stellte es im Schlafzimmer nah ans Bett der Mutter, um dieser das Sehen und Erkennen zu erleichtern. Sie selbst setzte sich auf die Bettkante. Heiligabendvormittags um elf fand die erste Theateraufführung statt, nachmittags die zweite, am Abend die dritte. In Reichweite stand eine Schale mit Spekulatius und Lebkuchen, die die beiden im Lauf des Tages leerten. Ulrike amüsierte und freute sich, ihrer Mutter gefiel das Festprogramm. Sie wusste nicht nur jede Pointe auswendig, sondern kannte auch die meisten Dialoge. Trotz ihrer schlechten Augen kommentierte sie die Bühnenbilder – aus der Erinnerung zahlreicher, früherer Fernsehabende.

Das Festtagsmenü der beiden Frauen war wenig weihnachtlich, eher unkonventionell: Reibekuchen aus der Tiefkühltruhe, dazu Apfelmus. Die Mutter verspürte Lust darauf. Für Ulrike Sammer war dieser Heiligabend ein besonderer Tag, und nicht wegen des Datums. »Ich fühlte mich meiner Mutter sehr nah. Wir hatten viel Spaß miteinander.«

Rolf Führing dreht den Kopf zur Seite und schaut neugierig Beate Reckling an. Sie holt tief Luft und rechnet bereits mit der Frage, die er stellt: »Und Ihr Weihnachten? Wie haben Sie die Tage verlebt? War Ihr Mann zu Hause oder im Krankenhaus?«

Beate Recklings persönliches Weihnachtsfest fand im letzten Jahr bereits Mitte November statt. Ihr Mann machte zu dem Zeitpunkt die Chemotherapie, von der er sich versprach, das Fortschreiten seiner unheilbaren Krankheit hinauszögern zu können. Ein guter Freund von ihm wollte seinen siebzigsten Geburtstag groß feiern. »Ihr kommt doch?«, fragte er am Telefon.

»Woher sollten wir das im Voraus wissen?« Beate Reckling zuckt fragend mit den Schultern. »Einen Tag ging es meinem Mann schlecht, den anderen etwas besser. Unkalkulierbar. Wir sagten weder zu noch ab. Am Tag der Feier fühlte er sich recht passabel, und wir entschieden uns, wenigstens für eine Stunde hinzufahren. Mein Mann traf an diesem Abend alte Freunde und Bekannte wieder, die er aus den Augen verloren und teilweise zehn, zwanzig Jahre nicht gesehen hatte. Sie schwelgten in Erinnerungen. Mein Mann war bester Laune und feierte mit bis spät in die Nacht. Wir haben sogar getanzt, wenn auch nicht ganz so schnell wie früher.

Eine Freundin meinte, so lustig habe sie Horst lange nicht gesehen. Das stimmte. Er ging völlig aus sich heraus auf diesem

Fest. Vielleicht ahnte er, dass es seine letzte Gelegenheit sein sollte. Er konnte sogar essen. In der Küche war ein großes Buffet aufgebaut mit verschiedenen Salaten und Suppen, Frikadellen, Braten – was man halt üblicherweise vorbereitet für eine Party. Da ist er mehrmals hingegangen und hat sich aufgefüllt.

Weihnachten war es mit alledem vorbei und trostlos im doppelten Sinne. Meine Mutter fehlte uns, sie war im Sommer zuvor verstorben. Mein Mann verstand sich gut mit ihr. Solange wir verheiratet sind, verbrachten wir die Feiertage gemeinsam. Wir holten sie ab, und sie schlief bei uns. Nur zu dritt, beschaulich und gemütlich verbrachten wir den Heiligabend. Unter dem Weihnachtsbaum lagen hübsch verpackt die Geschenke. Wir sangen viel, von *Stille Nacht* bis *Kommet Ihr Hirten*, das mochten wir alle drei gern. Nach dem Essen nahm mein Mann aus Spaß eine kleine Glocke und klingelte zur Bescherung. Meine Mutter verhielt sich jedes Jahr gleich, es war wie ein *Running Gag*. Nachdem sie ihre Geschenke ausgepackt hatte, verstaute sie sie sofort in ihrer Reisetasche. Und mein Mann sagte: ›Elfriede, du brauchst die nicht sofort einzupacken, wir nehmen sie dir nicht wieder weg.‹«

Eigentlich hatten Recklings für die Festtage andere Pläne gehabt. Das erste Weihnachten allein zu zweit wollten sie ungern in Hamburg verbringen, sondern stattdessen verreisen. Wohin? So weit kamen sie mit ihren Überlegungen nicht mehr. Nie und nimmer hätte Horst Reckling im Dezember noch die Wohnung verlassen können.

Sie blieben also zu Hause, und Beate versuchte krampfhaft, so etwas wie Normalität aufkommen zu lassen – alles zu machen wie immer. Sie besorgte einen Weihnachtsbaum und schmückte ihn mit Strohsternen und roten Kerzen. Sie stellte die hölzerne Krippe auf, dekorierte Kommode und Wohnzimmertisch mit Porzellanengeln und Tannengrün. Im Backofen schmorte die gefüllte Gans. Was fehlte, war die Festtagsstimmung. In der gesamten Wohnung schwebte eine bedrückende Tristesse, die

Räume schienen kleiner und enger zu sein als sonst. »Wir waren wie gelähmt. Mein Mann lag im Bett oder auf dem Sofa. Ihm war elend zumute. Er bekam keinen Bissen von der Gans runter. Er fragte mich, warum ich mir die ganze Arbeit gemacht hätte, ich wüsste doch, es würde sich nicht mehr lohnen.«

Diese Worte schnürten Beate Reckling den Hals zu. Sie lief in die Küche und öffnete die Balkontür, um draußen in der Kälte besser atmen zu können.

In immer kleiner werdenden Abständen begann danach das Abschiednehmen. Sie lachten kaum noch miteinander. Innig Arm in Arm weinten sie zusammen – ohne Worte. Wovon sollten sie erzählen? Schweigend fühlten sie sich unendlich nah.

Der Koch kommt mit einer Schüssel Erdbeer-Rhabarber-Kompott in der einen und einer Schüssel Vanilleeis in der anderen Hand aus der Küche und stellt beide auf dem Buffet ab. Beate Reckling wirft ihm einen kurzen Blick zu. Erleichtert nutzt sie die Gelegenheit, ihre Gedanken abzulenken – er soll berichten: »Ruprecht, mich würde interessieren, was Sie Weihnachten hier gekocht haben. Gab es ein spezielles Essen?«

Und ob! Schon Wochen vorher hatte er angefangen, den Menüplan zu basteln. Wie ein Kind kostet Ruprecht die vorweihnachtliche Begeisterung jedes Jahr in vollen Zügen aus. Je näher der Heilige Abend rückt, desto kribbeliger wird er, desto mehr drängt es ihn, endlich loszulegen. Im vergangenen Jahr bewirtete er insgesamt fünfunddreißig Gäste – nicht nur die Bewohner, auch etliche Familienangehörige hatten sich zum Festessen angemeldet.

Als Aperitif reichte Ruprecht ein Glas trockenen Sekt, als Vorspeise geräucherte Forelle und Wildlachs, beides eigenhändig filetiert. Er hatte im Herbst nicht weit vom Hospiz eine kleine Fischräucherei entdeckt und war so auf die Idee gekommen. Zu dem geräucherten Fisch servierte er Feldsalat mit Trauben und Croutons. Die Trauben hatte er zuvor halbiert und entkernt. Der Hauptgang bestand aus Wildente, Knödeln und Rotkohl, den er mit säuerlichen Boskopäpfeln gekocht hatte. Als Dessert reichte er Maracujaparfait mit Vanille- und Himbeersoße, dekoriert mit frischen Fruchtscheiben.

Wie immer bei einem solch besonderen Anlass hätte der Koch sich am liebsten selbst übertroffen. Er zauberte so lange mit großem Elan am Herd, bis das Ergebnis seinen Ansprüchen genügte. Einen Tag lang beschäftigte er sich mit der Entensoße, verfeinerte sie so lange, bis er ihn hatte – den perfekten Pfiff.

Der Christbaum, geschmückt mit bunten Kugeln, Lametta und Lichterketten, stand in der Eingangshalle. Im Saal waren die große Tafel und einige zusätzliche Tische in feinstem Weiß gedeckt, mit silbernen Kerzenständern und grünen Servietten dekoriert. Alle Bewohner, deren Gesundheitszustand es ermöglichte, kamen aus ihren Zimmern zum Festmahl herunter. Sie liefen selbst, wurden im Rollstuhl oder Bett geschoben. Der Feierlichkeit angemessen, hatten sich die Angehörigen schick gemacht, ihre besten Stücke aus dem Kleiderschrank geholt.

Ruprecht war beeindruckt. »Da kam keiner in Jeans und Turnschuhen, von wegen! Alle waren festlich gekleidet. Man soll Äußerlichkeiten nicht zu viel Bedeutung beimessen, aber ich empfand es trotzdem als eine besondere Wertschätzung gegenüber den Sterbenskranken.«

Das letzte gemeinsame Weihnachtsfest. Aus- oder unausgesprochen geisterte das Thema durch den Saal. Die Konstellation, in der Lebenspartner, Freunde, Tanten, Neffen oder Geschwister an diesem Mittag zusammensaßen, war einmalig, nicht wiederholbar. Diese Klarheit prägte die Stimmung. Die Gäste teilten ihr Leid und den Wunsch, Trostlosigkeit und Verzweiflung im Keim zu ersticken, bevor sie sich breitmachen konnten. Es wurde viel gelacht. Nicht aufgesetzt im Sinne von: Jetzt wollen wir alle mal lustig sein, sondern grundehrlich. Familien, die sich nicht kannten, gingen offen aufeinander zu, unterhielten sich angeregt. Ein krebskranker Mann ohne Besuch wurde gleich von mehreren eingeladen, in ihrer Mitte Platz zu nehmen.

Der Bruder einer Bewohnerin wollte unbedingt mit dem Koch sprechen. »Er brachte die Stimmung auf den Punkt«, berichtet Ruprecht der Runde am Esstisch: »Er meinte, so einen friedvollen und fröhlichen Heiligabend habe er seit Langem nicht erlebt. Ich hatte den Eindruck, anderen erging es ähnlich. Für mich war das kein Wunder. Die Gäste konnten sich entspannt zurücklehnen, keiner musste sich um irgendwas kümmern. Ohne Vorbereitungsstress, Hetzerei bei den Einkäufen und Schlangestehen an der Supermarktkasse. Und mit weniger Angst als zu Hause, es könnte ausgerechnet an einem Festtag etwas Unvorhergesehenes passieren. Die Krankenpfleger und Schwestern standen den Bewohnern zur Seite, feierten mit und entlasteten dadurch die Angehörigen. Sie halfen den Kranken, die zu schwach waren, beim Essen.«

Nach zweieinhalb Stunden mit reichlich guten Speisen und leckeren Weinen löste sich die Gesellschaft langsam auf. Die Bewohner zogen sich erschöpft mit ihren Familien in die Zimmer zurück. Und wie nach einer gelungenen Party machte sich der Koch als zufriedener Gastgeber ans Aufräumen. Die zusätzliche Arbeit, die ihm jeder Dezember bereitet – angefangen beim Plätzchenbacken vor dem ersten Advent –, war wie weggeblasen und vergessen. Das Ergebnis entschädigte ihn.

Den beiden Bewohnern, die in der Weihnachtszeit im Sterben lagen, konnte er nichts Gutes mehr tun. Über die Frau von Zimmer 3 hatte er sich tagelang den Kopf zerbrochen – eine Finnin. Sie war recht fit, ihr Zustand stabil. Allerdings wurde sie intravenös ernährt, konnte nichts schlucken. Sie habe daher zu den Menschen gehört, die Ruprecht nicht kennengelernt, mit ihrem Tod kein früheres Leben in Verbindung gebracht hatte. Und beim Anblick ihrer brennenden Kerze wäre ihm wieder einmal mulmig zumute gewesen …

Am zwanzigsten Dezember, drei Tage nach ihrem Einzug, ließ die Finnin dem Koch jedoch über eine Krankenschwester ausrichten, sie wolle ihn gern begrüßen und »Hallo« sagen. Neugierig ging Ruprecht zu ihr hoch. »Als ich das Zimmer betrat, lag da eine kleine Person mit freundlichem Gesicht und lustigem Akzent im Bett. Sie hatte sich über die Hospizküche, den Menüplan und mich ausgiebig informiert und wollte nun wissen, wie ich aussehe.«

Die Finnin gehörte nicht zu den Menschen, die über ihre Situation klagen. Ihre Stimme klang weder wehleidig noch verärgert. Sie bedauerte lediglich, von dem vielfältigen Angebot nicht profitieren zu können. Sie dankte dem Koch für das Begrüßungsbärchen, obwohl sich der Genuss des Kuchens bei ihr aufs Schnuppern begrenzt hatte. »Nichts schlucken zu können ist ein Elend«, brachte sie ihre Situation mit einem verkrampften Lächeln auf den Punkt.

Nach der kurzen Plauderei verabschiedete sich der Koch und ging zurück in die Küche. Beim Backen der letzten Weihnachtsplätzchen führte er eine heftige Diskussion mit sich selbst. Das Ergebnis: Die Finnin würde am Heiligen Abend durchs Raster fallen. Sie gehörte zwar zu den Bewohnern, denen er nichts servieren konnte. Aber sie lag nicht im Sterben, war bei vollem Bewusstsein und geistig agil. Diese Vorstellung wollte er partout nicht zulassen, und so suchte Ruprecht nach einer adäquaten Alternative für sie. »Ich überlegte hin und her, wie ich der Frau eine kleine Freude bereiten konnte. Ich dachte: ›Okay, sie kann zwar nichts Leckeres essen, aber riechen. Einen schönen Duft, den sie mit ihrer Heimat assoziiert.‹ Bei Finnland kam ich auf finnische Sauna und darüber auf Fichtennadel – vielleicht nicht sehr originell.« Er schmunzelt. »Ich bat eine Mitarbeiterin, mal dezent vorzufühlen. Ich selbst hatte Hemmungen, ihr Zimmer erneut zu betreten, wäre mir vorgekommen wie jemand, der eine Karotte vor einem Esel herzieht, ihn aber nicht abbeißen lässt.«

Mit seiner Idee lag er ziemlich daneben. Die Finnin fand das Aroma von Fichtennadel widerlich. Sie mochte überhaupt keine Düfte; ihr wurde schlecht davon. Gerüche kamen also nicht infrage.

Der Koch suchte weiter nach einem Ersatz, der die Sinne ansprach. Finnische Musik! Diese Eingebung überkam ihn reichlich spät – am dreiundzwanzigsten Dezember, einen Tag vor seinem Küchenmarathon. Er saß zu Hause mit Freunden bei einem Glas Wein zusammen und bat um Hilfe. »Komme, was wolle. Ich brauche heute Abend dringend noch eine gebrannte CD mit finnischer Musik. Habt ihr eine Ahnung, was da oben am Polarkreis populär ist und gern gehört wird?«

Die spontane Antwort war: »Tango.«

Ruprecht guckte verdutzt in die Runde. Nein, er hatte sich nicht verhört und stöberte sofort im Internet unter dem Stichwort »finnischer Tango«, die von Sehnsucht und Melancholie geprägte Nationalmusik im hohen Norden. Gegen Mitternacht war die CD fertig – sein Weihnachtspräsent an die Bewohnerin, die auf Forelle und Ente verzichten musste.

Ab dem frühen Morgen wirbelte Maria, eine der Therapeutinnen, die regelmäßig ins Hospiz kommen, von Zimmer zu Zimmer, schenkte jedem Bewohner, der wollte, eine Fußzonenreflexmassage zum Verwöhnen. Die Finnin plante sie für die Mittagszeit ein, während die anderen dem Festmahl frönten. Ruprecht nutzte die Gelegenheit und drückte Maria am späten Vormittag das kleine Päckchen mit einem schönen Gruß aus der Küche und der Bitte, es zu überreichen, in die Hand. Dann eilte er zurück an den Herd, wo ihn zwei ehrenamtliche Helferinnen in der Schlussrunde unterstützten. Vor lauter Töpfen, Pfannen und Schüsseln vergaß er die Finnin von Zimmer 3 völlig.

Am späten Nachmittag, kurz bevor er gehen wollte, kam die Therapeutin zu ihm. Sichtlich beeindruckt berichtete sie über die gelungene Überraschung. Als die Finnin die CD auspackte, habe sie vor Freude gleichzeitig gelacht und geweint. Finnischer Tango war tatsächlich ihre Lieblingsmusik, und sogar mit der eher zufälligen Auswahl der Interpreten hatte der Koch ins Schwarze getroffen.

»Bitte laut!«, war die klare Ansage. Maria legte die CD sofort auf und drehte den Regler auf Maximum. Während der Massage sang die Bewohnerin einige Refrains mit und wippte abwechselnd mit dem Fuß, den die Therapeutin gerade nicht bearbeitete.

Ruprecht stellte sich die Situation in Zimmer 3 lebhaft vor. »Ich war glücklich wie ein Schneekönig, dass ich einen solchen Treffer gelandet hatte.«

Zwei Tage nach Weihnachten ließ die Finnin erneut über eine Schwester anfragen, ob der Koch sie im Zimmer besuchen könne. Er ahnte den Grund. Sie wollte sich bedanken, schenkte ihm eine Flasche finnischen Schnaps, den sie extra von einer Freundin hatte besorgen lassen – und sie wollte ihn umarmen. »Darf ich das?«, fragte sie zurückhaltend.

Natürlich durfte sie. Er beugte sich zu ihr vor, sie drückte ihn und hielt eine Weile inne. »Ich möchte mich von Ihnen verabschieden«, sagte sie bewundernswert heiter und traf den Koch mit diesem Satz mitten ins Herz. »Es passiert mir nicht allzu oft, aber in dem Moment bekam ich vor Rührung feuchte Augen.«

Die beiden Begegnungen mit der außergewöhnlichen finnischen Frau waren für Ruprecht wie kleine Sternschnuppen, leuchtend hell und intensiv. Er sah die Bewohnerin nicht wieder, nur ihren Namen in Wachs – einige Tage später.

Rolf Führing verlässt das Esszimmer als Letzter. Trotz einer riesigen Portion Gemüseauflauf und reichlich Dessert schwächelt er und fühlt sich leicht wacklig auf den Beinen. Seine ersten Gehversuche am Morgen strengten ihn mehr an, als er dachte. Froh, im Rollstuhl zu sitzen, fährt er Richtung Foyer. Dort will er auf seinen Sohn warten, der heute hoffentlich pünktlicher kommt.

Für die anregende Unterhaltung beim Mittagessen hat Rolf Führing sich ausdrücklich bei seinen beiden Tischdamen bedankt. Das Gespräch war sehr aufschlussreich für ihn – ein Beweis mehr, dass die Angehörigen in Anbetracht des bevorstehenden Todes unter größeren Problemen leiden als die Betroffenen selbst. »Ich stelle seit gestern eine These für mich auf.« Während der ehemalige Oberfinanzbeamte spricht, fährt er an dem Holzbord mit dem Kondolenzbuch vorbei. Das lenkt ihn für einen Augenblick von seinem eigentlichen Gedanken ab. Er ist erstaunt, wie schnell die Zeit vergeht. Der Name der Verstorbenen ist von der Tafel verschwunden. Rolf Führing weiß Bescheid: »Die haben das Wachs aufgewärmt, und dabei ist der Name verflossen.«

Auch die Kerze brennt nicht mehr. Es steckt schon eine neue im Ständer. Jederzeit anzündbereit für den nächsten Menschen, der gehen wird. Eine Kerze, ließ er sich erklären, brennt ungefähr vierundzwanzig Stunden. Seine ihm unbekannte Mitbewohnerin ist demnach schon länger als einen Tag tot.

Rolf Führing fährt weiter und nimmt seinen ursprünglichen Gedanken wieder auf: »Meine These ist, dass meine Familie von Tag zu Tag mehr Probleme haben wird mit meinem bevorstehenden Ableben als ich. Sobald ich weg bin, sowieso. Letzteres kann ich nicht mehr beeinflussen. Aber mein Sterbeprozess, der liegt noch in meiner Hand.«

Der Neunundsechzigjährige möchte nicht abwarten und unvorbereitet erleben, was um ihn herum passiert, wenn er in den letzten Atemzügen liegt. Er wird sich absichern und Grenzen setzen, wenn sein Sohn gleich kommt, mit ihm über dieses Thema sprechen. Es dauert keine fünf Minuten und Christoph, sein Sohn, steht vor ihm. Überraschend pünktlich, wie sein Vater findet.

»Du siehst sehr ernst aus«, stellt Christoph bei der Begrüßung fest. Eine kleine Anekdote vom einjährigen Enkelkind hilft bestimmt, seinen Vater aufzumuntern. »Stell dir vor, was Felix heute Morgen angestellt hat: Fünf Minuten habe ich nicht aufgepasst, weil ich telefonierte. In der Zeit krabbelte er in die Küche und räumte fast den ganzen Kühlschrank aus. Wie er die Tür aufbekommen hat, ist mir ein Rätsel. Als ich ihn in der Küche entdeckte, hielt er gerade seine Hand in ein Glas Erdbeermarmelade und war von oben bis unten beschmiert. Ich hatte ihn gerade angezogen und konnte wieder von vorn anfangen.«

Christoph hatte erwartet, dass sein Vater spätestens in diesem Moment lächeln würde. Er hört sie doch immer gerne – die Geschichten von Felix, der ständig irgendetwas ausheckt. »Ach, der Kleine«, würde der stolze Opa normalerweise schmunzelnd sagen und hinzufügen: »Du warst in dem Alter auch nicht besser.« Heute scheint das Ablenkungsmanöver nicht zu funktionieren. Der neueste Streich bleibt unkommentiert.

»Lass uns rausgehen«, schlägt Rolf Führing vor und bittet seinen Sohn, den Rollstuhl zu schieben. Er möchte sich das Haus, in dem er lebt, endlich einmal von außen anschauen. Bei seiner Ankunft hatte er ja nichts davon mitbekommen.

Die beiden verlassen das Foyer. Christoph steuert den Rollstuhl die kleine Rampe hinab, dreht ihn um, damit sein Vater einen Blick auf die Fassade werfen kann. »Gut gemacht, diese Mischung aus altem Gemäuer und neuen Fenstern«, stellt der ehemalige Oberfinanzbeamte anerkennend fest. »Sieh mal, Christoph«, er zeigt mit dem Finger auf einen der mittleren Balkone im ersten Stock, »das ist mein Zimmer, oder?«

»Ja, genau«, bestätigt Christoph, »dein Zimmer!«

Rolf Führing möchte auf einer der Bänke Platz nehmen und trotz Erschöpfung die paar Schritte bis dort über den Rasen laufen. Christoph hilft ihm aus dem Rollstuhl und hakt ihn unter. Kaum sitzen sie, teilt der Vater dem Sohn seinen Beschluss mit: »Ich habe heute Vormittag in juristischer Begleitung eine

Verfügung erlassen. Ich untersage darin jegliche lebensverlängernde Maßnahme an meinem Körper. Und gegen diesen, meinen Letzten Willen darf kein Arzt verstoßen. Ich möchte in Ruhe sterben und habe hier einen Ort gefunden, mir diesen Wunsch zu erfüllen. Das ist für mich der eine wichtige Punkt, den ich dir mitteilen will. Der zweite ist folgender: Wenn es eindeutig mit mir zu Ende geht, mein Sterben beginnt, sollt ihr mich nicht länger als fünf Minuten besuchen. Danach ist Schluss, und ihr geht wieder! Ich erkläre dir die Überlegung, die dahinter steht.

Für mich ist die Vorstellung unerträglich, dass Ihr mein Ableben stundenlang begleitet. Und der Alte stirbt und stirbt nicht. Diese Szenerie will und kann ich mir nicht ausmalen. Das möchte ich mir hier und jetzt verbitten. Es gibt Filmszenen, in denen so etwas gezeigt wird. Die Angehörigen stehen jammernd ums Bett herum. Oh, wie schrecklich, der alte Opa stirbt! Und in Gedanken sind sie nur bei der Aufteilung seines Vermögens, das ich, wie du weißt, nicht besitze.«

»Wir möchten trotzdem bei dir sitzen«, versucht Sohn Christoph den Monolog seines Vaters zu unterbrechen.

Der bleibt bei seiner Entscheidung. »Aber ich möchte nicht, dass sich das über Stunden erstreckt, und es passiert nichts. Wie ihr mich anschließend beerdigt, die Zeremonie und was dazugehört, ist mir egal.«

Nachdem alles gesagt ist, was er sagen wollte, steht Rolf Führing schwerfällig auf. Die Holzbank ist ihm zu hart. Ihm fehlen am Po die Fettpolster zum Abfedern. Außerdem fröstelt er – trotz dickem Anorak und Sonnenschein.

Christoph schiebt ihn im Rollstuhl zurück ins Haus und kümmert sich sofort um heißen Tee zum Aufwärmen. Er respektiert die klare Ansage seines Vaters. »Ich kann nicht von ihm erwarten, mir während seines Sterbens eine Gefälligkeit zu erweisen, nur damit ich mich besser fühle. Ja, ich möchte bei seinen letzten Atemzügen an seiner Seite sein. Dieser Gedanke tut mir gut und macht mir in der Vorstellung den Abschied leichter. Aber wenn mein Vater sich dagegen wehrt, wäre es ein grenzenloser Egoismus, sich darüber hinwegzusetzen. Wie soll das funktionieren? Man sitzt am Bett und fleht: ›Bitte Papa, lass mich bei dir bleiben‹? Unmöglich, so etwas geht gar nicht! Ich werde seinen letzten Willen respektieren.«

Richtig verwundert über den Sterbeplan, den sein Vater im Stillen ausgearbeitet hat, ist Christoph nicht. Er passt für ihn wie die Faust aufs Auge. »Mein Vater ist und bleibt ein Bürokrat. Er reitet gern auf seinen eigenen Regeln und Paragrafen rum, schreibt sie nieder und formuliert Punkt für Punkt, wie eine Art Alltagsgerüst – anstatt Situationen auf sich zukommen zu lassen und zu schauen, was passiert.«

Diese Äußerung meine er nicht vorwurfsvoll, erklärt er. Sie sei lediglich eine Feststellung. Er habe längst gelernt, seinen Vater zu akzeptieren, wie er ist.

Rolf Führing möchte die Zeit bis zum Kaffeetrinken in seinem Zimmer verbringen und Ordnung schaffen. Christoph kann sich ein Kopfschütteln nicht verkneifen. »Du hast doch gerade erst gestern aufgeräumt.«

Seine Bemerkung verhallt im Nichts.

Es ist die Schublade in der Kommode, die dem kritischen und peniblen Blick Rolf Führings nicht standhält. Er möchte den Inhalt neu strukturieren, weil er sonst den Überblick verliert, wo was liegt. Während er die Schublade herauszieht, steht sein Sohn fassungslos daneben. Würde bei ihm zu Hause auch nur eine so übersichtlich aussehen wie diese, wäre er froh.

Ungeachtet der unterschiedlichen Toleranzgrenzen räumt sein Vater Teil für Teil aus und legt die Sachen auf den Tisch. Handy, Ladegerät, Pfefferminzbonbons. Kugelschreiber, Kalender, Adressbuch, Schreibblöcke und jede Menge beschriebene Notizzettel. Rolf Führing sortiert sie nach Größe, legt sorgfältig verschiedene Stapel an: kleine Zettel auf kleine, große zu großen, gefaltete separat. Nachdem er diese Vorarbeit erledigt hat, denkt er nach – lange. Dabei konzentriert er seinen Blick auf den Tisch und die Ursachen der Unordnung. Schließlich beginnt er mit den handgeschriebenen Papieren und räumt von hinten nach vorn die Schublade wieder ein. Er wirkt dabei so entspannt, als sortiere er Abschnitte seines Lebens neu.

7

Schwarzes Ledersofa, Couchtisch, zwei Sessel und ein Aquarium – das Wohnzimmer liegt im ersten Stock. Beate Reckling steht in der Mitte des Raums und beobachtet die geschmeidigen Bewegungen der kleinen bunten Fische, die sie ablenken und beruhigen. Sie hat sich hierher zurückgezogen, um in Ruhe zu telefonieren. »Wenn die Tür zu ist, hört mich hier keiner. Obwohl sich das Zimmer meines Mannes am anderen Ende des Gangs befindet und er sowieso die meiste Zeit schläft, bin ich besorgt, er könnte Gesprächsfetzen aufschnappen. Ich würde nie in seiner Anwesenheit anderen berichten, wie schlecht es ihm geht. Das vermeide ich. Und wenn ich über zwei Etagen laufen müsste.«

Vor einer Stunde wachte ihr Mann kurz auf. Beate Reckling fragte erst gar nicht, ob er sich an seinen Wunsch vom Vormittag erinnerte oder ihn längst vergessen hatte. Sie lief sofort in die Teeküche, nahm die Flasche Alsterwasser aus dem Kühlschrank und füllte ein Glas voll. »Als ich mit dem Glas zurück ins Zimmer kam, sah ich an seinen Augen: Ja, er wollte es. Ich stellte das Kopfteil des Bettes leicht hoch und legte ihm ein zusätzliches Kissen unter den Kopf. Ihm fehlte die Kraft, das Glas selbst zu berühren. Ich führte es an seine Lippen und kippte es sehr vorsichtig, damit er sich nicht verschluckte. Langsam, mit mehreren Unterbrechungen, trank er es komplett aus. Er sagte kein Wort. Um seinen Mund herum konnte ich ein zaghaftes Lächeln erahnen. Beweis genug für mich, dass es ihm gut geschmeckt hat. Danach schlief er sofort wieder vor Erschöpfung ein.«

Beate Reckling hantiert nervös mit den Fingern an der Kette, die sie um den Hals trägt. Sie ist aus Weißgold, schlicht und sehr edel, mit einem blauen Stein in der Mitte. Ein Geschenk ihres Mannes. Sie trägt die Kette in diesen Tagen nur für ihn. In der Hoffnung, ihm damit eine Freude zu bereiten. Ob er sie zur Kenntnis nimmt, darüber kann sie nur spekulieren. »Ich bin sehr unsicher, was er im wachen Zustand noch bewusst realisiert und was nicht. Vielleicht viel mehr, als ich ahne. Außerdem gibt es auch eine unbewusste Wahrnehmung. Heute Morgen – er hatte wie fast immer die Augen geschlossen – habe ich ihn trotzdem angesprochen und gefragt: ›Schau mal Schatz, ich trage die Kette von dir. Erinnerst du dich noch an das Hin und Her?‹«

Die Halskette ist mit trauriger Gewissheit das letzte Geschenk ihres Mannes. Von Tag zu Tag wird sie für Beate Reckling wertvoller, obwohl sie sich eigentlich gegen das Schmuckstück gewehrt hatte. »Anfang letzten Jahres standen wir während einem unserer Spaziergänge vor der Fensterfront eines Juwelierladens in der Innenstadt. Wir schauten uns ohne jeden Hintergedanken die Auslagen an, und mein Mann entdeckte diese Kette. Sie gefiel ihm auf Anhieb gut. Zu gut. Ich habe gedacht: ›Weißgold? Viel zu teuer! Was sollst du damit? Die trägst du viel zu selten. Und dann passt sie hier nicht zu und da nicht zu.‹ Mein Mann ließ die Argumente nicht gelten, er hatte sich spontan in den Kopf gesetzt, mir das Teil zu kaufen. Er meinte leicht drohend, wenn ich nicht sofort mit ihm in den Laden ginge, würde er eben allein reingehen. Seine Stimme wurde lauter und härter, das kannte ich bis dahin kaum von ihm. Ich schlug vor, drüber nachzudenken, nicht jetzt und sofort eine Entscheidung zu treffen. Im Grunde wollte ich ihn nur von der Geschäftstür weglocken. Ist mir auch gelungen, dachte ich …

Keine zehn Meter weiter blieb er stehen, guckte mich an und meinte sehr bestimmend: ›Du kommst jetzt mit! Ich werde dir diese Kette schenken.‹ Wir standen mitten auf dem Bürgersteig und keiften uns an, ein Hin und Her. Ich sagte: ›Ich will die Kette nicht.‹ Er sagte: ›Ich werde dir die Kette schenken.‹

Ich wieder: ›Ich will sie nicht.‹ Er wieder: ›Ich werde sie dir schenken. Punkt!‹

Wir waren tatsächlich auf dem besten Weg, uns ein heftiges Wortgefecht zu liefern. Es wäre der erste richtige Streit in unserer Beziehung gewesen – und das wegen einer Kette! Ich gab nach. Mir war klar, er würde garantiert auch ohne mich den Laden betreten und sein Vorhaben in die Tat umsetzen. Eine Viertelstunde später hatte ich eine Schmuckschatulle in der Handtasche und mein Mann ein leeres Portemonnaie.«

Horst Reckling verwöhnte seine Beate all die Jahre sehr, es machte ihm Spaß, sie mit Geschenken zu überraschen. Ohne besonderen Anlass, einfach zwischendurch. An einem stinknormalen Montagnachmittag oder Donnerstagmorgen stand er mit einem Päckchen in der Hand vor ihr, und sie fragte ihn amüsiert: »Und was feiern wir heute?«

Meistens antwortete er: »Verlobung!«

»Wir haben uns bestimmt fünfzehn Mal verlobt, auch nachdem wir längst verheiratet waren«, sagt Beate Reckling melancholisch. Es war ein Spiel zwischen uns. Natürlich brauchte er keinen formellen Grund, mich zu beschenken.«

Einatmen, ausatmen. Zwei, drei Sekunden lang an ein gemeinsames Erlebnis denken – mithilfe dieser Gedankenblitze versucht Beate Reckling, nach Luft zu schnappen. Sie umklammert Vergangenes und weiß genau, wie aussichtslos es ist, diese Momente wiederbeleben zu wollen. In ihr drin brodelt es. Ihre Panik – sie kann sie nicht beschreiben.

»Hallo Herr Weber! Hier kommt Ihr Eis. Zitrone und Erdbeere, richtig?«

Zwar mit Lesebrille auf der Nase, aber ohne Tageszeitung in greifbarer Nähe, wirft Thomas Weber dem Koch einen bitteren Blick zu. Zynisch antwortet er: »Vielen Dank! Eben, als ich das Eis bestellte, war mir der Appetit noch nicht vergangen.

Mittlerweile schon.« Er hält ein Schreiben hoch und wedelt damit hin und her.

Ruprecht weiß nicht recht, wohin mit dem Schälchen – soll er es wieder mitnehmen oder es doch hinstellen?

Bevor er fragen kann, was denn los sei, fängt sein Gast von sich aus an zu berichten: »Ich hab mir eben den Vertrag durchgelesen. Der liegt seit Tagen bei mir in der Schublade, und da hätte ich ihn besser lassen sollen. Warum will ich immer alles so genau wissen? Ich verstehe ja, dass man hier was Schriftliches von mir braucht, eine Art Vertragsbindung zwischen dem Haus und mir. Aber im normalen Leben würde ich etwas Vergleichbares niemals unterschreiben. Nach den ersten zwei, drei Sätzen fragt man sich: Wo bist du hier? Was machst du hier?«

Thomas Weber rückt seine Lesebrille zurecht und sucht die Zeilen auf dem Papier, die ihm die Lust auf sein Eis raubten. Es dauert eine Weile, bevor er sie findet. »Jetzt hab ich sie«, sagt er dann. »Hier steht: ›Sterben soll menschlich und fachlich so gestaltet werden, dass ein weitgehend schmerzfreies, angstfreies Leben bis zuletzt ermöglicht wird. Erhaltung der Eigenständigkeit ist das Ziel der Betreuung. Nicht aber …‹«

Er schwankt einen Moment, liest dann in seiner ironisch trockenen Art weiter: »Jetzt kommt es: ›nicht aber eine Lebensverlängerung um jeden Preis‹. Heißt das, ich soll mich aufgeben und hängen lassen? Nein! Da bin ich hart, da gehe ich durch. Bevor ich hergekommen bin, habe ich im Internet etwas über eine vollkommen neue Therapiemöglichkeit gelesen, die bereits in einigen Monaten in der Praxis angewendet wird. Ich dachte gleich: Falls der Eingriff im Krankenhaus keinen Erfolg zeigt, versuchst du eben das. Genau an dem Punkt befinde ich mich, und ich werde nichts unversucht lassen.«

Daran werde ihn gewiss niemand hindern, gibt der Koch ihm zu verstehen. Jeder Bewohner solle individuell für sich entscheiden, welchen Weg er einschlägt und was er für gut und richtig erachtet.

»Stellen Sie es bitte da hin.« Thomas Weber meint das Eis und deutet auf seinen Nachttisch.

»Zu spät!« Ruprecht schmunzelt: »Schon geschmolzen. Gucken Sie sich diese Soße an. Die werde ich Ihnen nicht mehr servieren.«

Er macht sich schnell auf den Weg in die Küche, um zwei neue Kugeln zu holen. Diesbezüglich lässt er keine Diskussionen zu. Bevor sein Gast widersprechen kann, hat er das Zimmer schon verlassen, und zwei Minuten später steht er in der Küche. Er öffnet den Gefrierschrank, greift zu den Behältern mit dem Zitronen- und dem Erdbeereis. Nimmt den Eisportionierer aus der Spülmaschine, in die er ihn eben gelegt hatte, und wäscht ihn unter heißem Wasser ab.

Sein Job könne leicht zur Melancholie verführen. Ruprecht Schmidt gibt zu, dass er manchmal Angst davor hat. »Wenn man als Mensch den Hang zu einer gewissen Schwere in sich trägt und die Empfänglichkeit ausgeprägt ist, diese an sich zu ziehen, muss man hier aufpassen. Trübsinn und Wehmut können im Hospiz auf fruchtbaren Boden stoßen. Ich glaube nicht, dass ich von Natur aus jemand bin, der vor Lebensfreude überquillt. Natürlich empfinde ich sie. Ich bin kein depressiver Typ. Aber durch meine Arbeit gerät die Lebensfreude manchmal fast in Vergessenheit, rutscht zumindest weit nach hinten in meinem Kopf. Meine Arbeit bringt eine gewisse psychische Belastung mit sich, und die verändert einen auch.

Manchmal frage ich mich, ob man so einen Job bis zur Rente machen kann. Ständig Elend, ständig Krankheit, ständig Tod. Keine Frage, mir macht die Arbeit Spaß, und natürlich halte ich sie aus. Ein mögliches Problem sehe ich weniger in meiner eigenen Melancholie als in der Gefahr abzustumpfen. Der latenten Schwermut in einem Sterbehaus immer cool die kalte Schulter zu zeigen und trotzdem einfühlsam zu reagieren ist fast unmöglich. Wenn ich die letzte Lebensphase der sterbenskranken Bewohner nicht mehr richtig ernst nehmen würde, fände ich das grauenhaft. Dass man einen mal netter findet als den anderen, ist normal. Einige können mein Herz schnell erobern, andere mühen sich vergebens ab. Umgekehrt gilt das auf mich bezogen genauso. Aber unabhängig von Sympathie und Antipathie muss ich mich auf jeden Einzelnen individuell einlassen. Das ist das oberste Prinzip meiner Arbeit. Alles andere wäre eine beispiellose Arroganz.«

Die frisch servierte Portion war in seinen Augen unnötig. Er hätte auch die geschmolzene gegessen. Während Thomas Weber langsam sein Eis löffelt, übt er Selbstkritik: »Alles Blödsinn, was ich eben gesagt habe. Diese neue Therapie, über die ich mich informierte, kommt für mich zu spät. Die Monate überstehe ich nie, bis sie damit anfangen. Ich darf mir nichts vormachen. Aufbäumen ist zwecklos.«

Er fragt sich, wie es geschehen konnte, dass seine Zuversicht über Nacht spurlos verschwand – von gestern auf heute. Vor vierundzwanzig Stunden schaute er an die Wand und träumte von der Zukunft, jetzt starrt er Löcher rein und grübelt über den Tod nach. »Ich habe keine Angst davor. Ich habe wirklich keine Angst davor. Wenn ich jetzt zittern würde, das bringt doch nichts. Es bringt einfach nichts.«

Sein Optimismus, der ihn ein Leben lang begleitete, ist in der letzten Nacht auch auf der Strecke geblieben. »Oder ich habe ihn mir die vergangenen Tage nur eingebildet. So viel, wie ich darüber nachdenke, was mit meinem Haus, meinem Garten und der Einrichtung passiert. Das passt nicht richtig zusammen. Ich bin schon länger kein Optimist mehr.«

Mit seiner Tochter hat er eben am Telefon wieder einmal über das Klavier gesprochen. »Ich frage sie jedes Mal: ›Mädchen, wohin damit? Irgendwo muss es doch hin, wenn ich nicht mehr bin.‹ Sie soll gucken, ob es bei ihr in den Flur passt, sonst muss es halt verkauft werden. Da ist meine Tochter richtig hochgegangen. Sie kann sich von nichts trennen, was in Verbindung mit ihrer Mutter steht. Das Klavier haben wir seinerzeit zusammen gekauft, die ganze Familie. Meine Frau hatte viel Ahnung von Musik. Sie spielte Zither und Akkordeon, ich Bandoneon. Die Instrumente sind bei mir im Haus. Wenn ich dran denke, was da alles zusammenkommt … Allein die Fotos, das sind fünf Schuhkartons. Sie stehen in der Abseite unter dem Dach. Da bin ich vor ein paar Wochen reingekrochen. Stunden habe ich damit verbracht, mir Bilder aus meiner Kindheit und Jugend anzuschauen. Da kamen so viele Erinnerungen hoch von Situationen, die man längst vergessen hatte: Mensch, da warst du da und da. Guck mal, wie du ausgesehen hast.«

Thomas Weber lacht: »Eigentlich bestand mein guter Vorsatz darin, die Fotos zu sortieren. Aber das war mir entschieden zu viel Arbeit. Ich glaube, das Problem kennt fast jeder.«

Fünfunddreißig Jahre lebte Thomas Weber in seinem Haus – erst zu dritt mit der Familie, später zu zweit mit seiner Frau, nach ihrem Tod allein. Zimmerdekoration, Möbelstücke, Kaminuhren, Musikinstrumente und der ganze Nippes, der sich im Lauf der Zeit ansammelte – mit jedem Teil verbindet er ein Stück Lebensgeschichte. Vor fast drei Wochen musste er sein Reich der Erinnerungen verlassen. Seither macht er sich Sorgen. Ein Haus darf nicht lange leer stehen, das schadet der Substanz und lädt Einbrecher ein. Ein Zustand, den man seiner Meinung nach nicht endlos in die Länge ziehen kann.

»Ich weiß nicht, wie meine Tochter sich das vorstellt. Sie sagt immer nur: ›Papa, das hat doch Zeit.‹ Und dann fragte sie mich, wie ich es bei Oma und Opa nach deren Tod organisiert hätte. Die Frage war berechtigt. Ein Jahr lang rührte ich im Haus meiner Eltern nichts an. Ich ließ alles, wie es war. Und danach peu à peu schweren Herzens weg damit. Anders geht es nicht. Man muss sich von materiellen Dingen trennen.« Thomas Weber atmet flach, schaut auf die gegenüberliegende Wand und kreist sie suchend mit den Augen ab. Dann fährt er fort: »Wie alles im Leben – man muss sich davon trennen, im wahrsten Sinne des Wortes: von allem!«

Wäre er jetzt zu Hause … In seiner Fantasie sieht er den Ablauf des Nachmittags vor sich: Er setzt sich im Wohnzimmer in seinen gemütlichen Sessel, legt die Beine hoch und blickt in den Garten – lange und intensiv. Er sieht die Terrasse mit Tisch und Stühlen, den abgedeckten Grill in der Ecke, die Rhododendren, den Fliederstrauch, das Blumenbeet mit den ersten blühenden Frühlingsboten. Den Kirschbaum, der bald Blätter bekommt, das Vogelhäuschen in der Birke, den Rasen. Er greift in den Korb neben sich, nimmt eine Zeitschrift oder Zeitung heraus, blättert darin, liest den ein oder anderen Artikel, der ihn interessiert. Zwischendurch schweift sein Blick immer wieder in den Garten. Auf dem kleinen Tischchen steht in greifbarer Nähe eine Tasse Kaffee mit Milch. Er trinkt sie Schluck für Schluck, langsam und genussvoll. Nach einer gewissen Zeit steht er auf, zieht sich die Arbeitsjacke an und geht nach draußen. Er läuft über den weichen Rasen, holt den Besen aus dem Schuppen und fegt die Terrasse. Vielleicht zupft er hier und da noch ein wenig Unkraut. Nach getaner Arbeit lässt er sich wieder in den Sessel fallen und liest weiter – bis es klingelt. Der erwartete Besuch kommt: seine Tochter mit ihrem Sohn. Es ist vorbei mit der Ruhe. Der Kleine tobt umher, lacht und veranstaltet das reinste Chaos. Kein Problem.

Beim Dösen nach dem Mittagessen malte Thomas Weber sich aus, wie es wäre, eine zweite Chance zu bekommen. Er würde nicht viel ändern wollen bei der Wiederholung seines Lebens, nur ein paar nebensächliche Ausrutscher. Er hatte genug Freude mit der Familie und eigentlich auch genug Spaß. Er leistete genug im Alltag und arbeitete mehr, als er gemusst hätte. Im Job seines »zweiten Lebens« würde er daher kürzer treten und sich stattdessen, dürfte er wählen, noch etwas mehr Spaß gönnen. Und bei der Gelegenheit die eine Reise nachholen, die er im Hier und Jetzt nicht mehr schaffen wird. »Barcelona!« Als Thomas Weber den Namen der katalanischen Hauptstadt ausspricht, strahlen seine Augen. »Als junger Mann habe ich mir eine Riesentour gegönnt, von Schweden bis Gibraltar. Auf dem Weg war ich kurz in Barcelona, mehr so im Vorbeihuschen. Wann immer ich in den letzten Jahren mit Freunden sprach, die dort waren, merkte ich, wie mein Wunsch stetig größer wurde, diese Stadt ein zweites Mal zu besuchen. Ich wollte mich der Architektur von Gaudí widmen. Dieser imposante, geschwungene Stil. Mich faszinieren seine Bauten. Ich hätte sie mir alle angeschaut und die Ausstellung im Museum auch. Und ich wäre zum Montserrat gefahren, um dort ein bisschen zu wandern oder spazieren zu gehen. Ich kenne dieses Sandsteingebirge nur von Abbildungen, schade. Ich will nicht sagen, ich habe was verpasst. Ich habe es einfach nicht getan.«

In der Küche riecht es wie im Kräutergarten. Auf der Arbeitsplatte am Fenster türmt sich ein Berg Basilikum. Der Koch will neues Pesto anrühren, das alte geht zur Neige. Die frische Gewürzsoße hat er gern vorrätig, sie schmeckt zu vielem – nicht nur zu Nudeln und Tomaten. Ein Stück frisches Ciabatta damit bestrichen, herrlich! Oder ein Klecks aufs Käse- oder Schinkenbrot. Die Mischung aus Basilikum, Olivenöl, Pinienkernen und Knoblauch, abgeschmeckt mit Salz und einem Spritzer Zitronensaft, gibt scheinbar Normalem den extravaganten Pfiff. Jetzt, am Nachmittag, hat der Koch die nötige Ruhe, um es vorzubereiten. Geduldig zupft er mit flinken Bewegungen selbst die kleinsten Blättchen von den Stielen. Binnen kurzer Zeit ist der Berg nur noch ein Hügel.

Die Küchentür steht halb offen. Es ist Punkt fünfzehn Uhr, Kaffeezeit. Aus dem Esszimmer dringen die Stimmen von Rolf und Christoph Führing. Der Vater bittet seinen Sohn, ihm neben das Stück Himbeer-Frischkäse-Torte ein Stück Apfelkuchen auf den Teller zu legen.

»Bist du sicher, dass du beides schaffst?« Nach der Tüte

Kekse, die sie eben im Zimmer genascht haben, erscheinen dem Sohn die Bedenken berechtigt.

Dem Vater nicht, er ignoriert sie. »Den Apfelkuchen möchte ich mit einem Löffel Sahne haben.«

Christoph tut, was ihm angeordnet wird. »Du musst ja wissen, wie du das alles verdrücken willst.«

»Das lass mal meine Sorge sein. Freu dich lieber, dass es mir schmeckt.«

»Auf dem Buffet steht auch Schokoladenkuchen, möchtest du davon etwa nichts?«

»Jetzt willst du mich auf die Schippe nehmen«, kontert der Vater, »da fall ich nicht drauf rein.«

Rolf Führing wird seinem Ruf, den er sich innerhalb von zwei Tagen aufgebaut hat, zu jeder Mahlzeit gerecht – er ist der Mann mit dem unbändigen Appetit.

Ruprecht amüsiert sich in der Küche über den Dialog zwischen Sohn und Vater. »Ich wünsche ihm, dass seine Essenslust möglichst lange anhält. Das kann leider auch umschwenken.«

Wenn die Lust in Frust umschlägt – diesen Prozess erlebt Ruprecht manchmal hautnah mit. Kurz nach ihrem Einzug sind die Menschen in der Regel von der Angebotspalette begeistert und voll des Lobes über das leckere selbst gekochte Essen. Gerührt, dass ihnen jeder Wunsch von den Lippen abgelesen wird. Glücklich über ihren Appetit. Im Lauf der Tage und Wochen wächst bei einigen die Hoffnung, durch jede Menge Kalorien ihre Krankheit bekämpfen zu können. Die Möglichkeit, wieder aus dem Hospiz auszuziehen, rückt scheinbar in greifbare Nähe. Doch nach einer gewissen Zeit merken sie, dass dem nicht so ist, und die große Hoffnung, den Sterbeprozess durch Nahrung aufhalten oder gar stoppen zu können, fällt wie ein Kartenhaus zusammen. Anstatt zuzunehmen, verlieren Ruprechts Gäste an Körpergewicht. Es gibt immer weniger Gerichte und Produkte, die sie vertragen, und trotzdem sperren sie sich, dies zu akzeptieren.

Beobachtet der Koch eine solche Entwicklung, empfindet er Mitleid. »Mir tut richtig weh, wenn ich sehe, wie jemand Essen in sich hineinzwingt, obwohl ihm der Verzehr mehr schadet als nutzt. Im extremen Einzelfall geht es so weit, dass einem Bewohner kurz danach übel wird, er sich erbrechen muss. Die Familienangehörigen spielen dabei durchaus auch einen entscheidenden Part. Sie setzen dem Sterbenskranken manchmal richtig zu, er müsse was zu sich nehmen und sich stärken.«

Aus Frust und Verzweiflung kann das Essen zum Blitzableiter werden und der Koch zum ärgsten Feind eines Menschen, zu dem er vorher einen netten, warmherzigen Kontakt pflegte. »Man kommt ahnungslos ins Zimmer, sagt freundlich ›guten Morgen‹, und Knall auf Fall geht ein Donnerwetter los: Das Essen sei schlecht, ungenießbar. Alles schmecke nach Pappe. So einen Fraß könne kein Mensch runterwürgen, eine Unverschämtheit, ihn anzubieten. Ich werde manchmal richtig beschimpft. Es ging schon mal so weit, dass mich ein Bewohner fragte: ›Was hat jemand wie Sie, der so miserabel kocht, in einer Küche zu suchen?‹ Da musste ich echt kurz schlucken. Im Gegenzug wollte ich ernsthaft von ihm wissen, woran es lag, woher sein Unmut kam. Was genau ihm nicht schmeckte und was er geändert haben wollte. Ich erhielt keine konkrete Antwort, sondern lediglich einen allgemeinen Rundumschlag der Unzufriedenheit. Und der hieß in dem Fall: Alles!«

Diese Art der Konfrontation hält Ruprecht Schmidt schwer aus, auch wenn sie glücklicherweise selten ist. Er muss sich selbst zurücknehmen und darauf verzichten, seine Arbeit zu verteidigen. Und er darf sich nicht gekränkt fühlen, weil er weiß, dass in Wirklichkeit nicht er persönlich mit dieser Attacke gemeint ist. Trotzdem überrascht ihn auch nach Jahren, wie leicht er zu verunsichern ist. Die Sterbenskranken, die ihm verbal die Teller um die Ohren donnern, bestellen weiterhin jeden Tag sein Menü – und suchen nach dem Haar in der Suppe, finden immer neue Gründe, warum sie nichts anrühren. Versalzen, fade, zu scharf, zu mild, verkocht, nicht gar – den einzig wahren Grund finden sie nicht, weil sie das Unabwendbare verdrängen wollen: Sie *können* nichts mehr essen. Ihr Körper streikt.

Ruprecht erinnert sich an einen Gast, der tagelang in seinem Essen herumstocherte, dabei keine Gelegenheit ausließ und betonte, in seinem ganzen Leben nichts vergleichbar Schlechtes vorgesetzt bekommen zu haben. Der Bewohner kündigte an, in Zukunft seine Freunde zu bitten, ihm was Gescheites mitzubringen, sonst würde er am Ende noch verhungern. Ruprecht stand da und traute seinen Ohren nicht. »Derselbe Mann kam sich anfangs vor wie in einem Sternerestaurant, schwärmte in den höchsten Tönen, dass er selten so gut bewirtet worden sei. Zwischen seinen Äußerungen lagen nur sechs Wochen.«

In Ausnahmesituationen wie dieser verspürt er einen massiven Drang – am liebsten möchte er in das Zimmer des Bewohners stürmen, mit der Faust auf den Tisch hauen und laut und deutlich sagen: »So nicht! Nicht mit mir! Nenn mich nie wieder einen miserablen Koch! Wage nicht zu behaupten, du müsstest hungern.« Gedankliche Rachegelüste wie diese sind natürlich Quatsch. Das weiß Ruprecht, und kaum ereilen sie ihn, bekommt er ein schlechtes Gewissen und ermahnt sich: »Vorsicht Ruprecht! Du weißt nicht, wie du dich als sterbenskranker Mensch verändern und verhalten würdest. Sei nachsichtig!«

Eine Bewohnerin stellte seine Toleranz allerdings auf eine besonders schwere Geduldsprobe. Die Frau hielt ihn von morgens bis abends auf Trab, trieb ihn beinahe zur Weißglut. Aus unerfindlichen Gründen hatte sie für sich beschlossen, mit Mahlzeiten im Zweistundenrhythmus ihrem Körper Gutes tun zu wollen. Sie lag im Bett und schrieb jeden Tag seitenweise Auftragszettel, was sie wann auf dem Teller haben wollte – Uhrzeit, Art der Kost, gewünschte Menge: morgens um sieben eine Scheibe Knäckebrot mit einem gestrichenen Teelöffel Frischkäse. Um neun eine Scheibe Schwarzbrot, belegt mit italienischer Fenchelsalami und keiner anderen. Das Schwarzbrot durfte weder früher noch später serviert werden, weil es nur zu exakt dieser Uhrzeit ihrer Verdauung dienlich war.

Sobald der Koch nicht spätestens um zwei Minuten nach neun mit dem Brot bei ihr im Zimmer stand, klingelte sie Sturm. Das machte sie genauso bei den Erdbeeren mit Vanillejoghurt, die sie für nachmittags um drei vorgesehen hatte. War ihre Bestellung ein paar Minuten überfällig, reklamierte sie. Und wenn ihr selbst die Ideen ausgingen, musste Ruprecht den Planungsjob übernehmen und anschließend jede einzelne Mahlzeit mit ihr diskutieren.

Sie wägte in aller Ruhe ab, was ihr zu welcher Uhrzeit munden könnte, was sie passend fand, vertrug oder eben nicht vertrug. Und der Koch stand derweil auf heißen Kohlen. »Diese Besprechungen dauerten allein schon eine halbe Stunde. Selbstverständlich krempelte sie meine Vorschläge um. Und wenn sie nur die halbe Mango, die ich für elf Uhr einplante, auf dreizehn Uhr verschob. Ich musste ihr auch morgens immer Grießbrei kochen und ihn in eine Thermoskanne füllen. Die stand tagsüber neben ihrem Bett, sozusagen als Notanker. Griffbereit, falls sie zwischen den Zwischenmahlzeiten Appetit bekommen würde. Ich konnte sie nicht davon überzeugen, ihr den Brei im Falle eines Falles gerne frisch zu kochen. Der wurde natürlich über die Stunden immer fester in dieser Kanne, den hätte sie gar nicht mehr ausgießen können.

Letztendlich ging es meiner Meinung nach bei ihr um was anderes: um den Wunsch nach Aufmerksamkeit. Mit dem Pflegepersonal sprang sie genauso um. Ich glaube, sie fühlte sich wohl dabei und genoss ihre Quengeleien. Real gab es keinerlei Notwendigkeit, alle zwei Stunden zu essen. Das meiste ließ sie sowieso liegen. Wenn ich nachmittags ihr Zimmer betrat, standen die Teller vom Vormittag oft noch unangerührt da. Aber wehe, man wollte wegräumen. Sie hätte ja zwischen der sechsten und siebten Zwischenmahlzeit Appetit auf das mittlerweile aufgeweichte Knäckebrot vom frühen Morgen bekommen können! Sie umgab sich mit Tellern. Das sah aus! Manchmal war kein Platz mehr übrig, noch was Neues abzustellen. Da ist mir innerlich mehrmals der Kragen geplatzt. Ich habe dann ruhig, aber sehr bestimmt zu ihr gesagt: ›So geht das nicht weiter. Ich nehme jetzt alles mit in die Küche. Sie können mir jederzeit Bescheid geben, wann auch immer, ich mache Ihnen, was Sie möchten, neu.‹ Über diese Schiene bekam ich sie halbwegs ohne größeren Widerstand dazu, sich von ihren Vorräten zu trennen.«

Nach einem solchen Erlebnis, verbunden mit reichlich unnötigem Energieverlust, tut es dem Koch extrem gut, in anderen Zimmern reizendere Menschen anzutreffen. Er weiß dann sofort wieder, warum er den Job macht und dieser richtig und wichtig ist.

Schon wieder Nachmittag. Gudrun Fischer gönnt sich ihre kleine Auszeit vom Bett. In gewohnter Manier sitzt sie mit ihrem Mann bei Kaffee und Kuchen am Tisch. Ihr dickes Bein hat sie wie immer auf das große Sitzkissen gelegt, damit es nicht noch mehr anschwillt.

Die Tage vergehen für die Grundschullehrerin wie im Flug. Am Vormittag hat sie ein wenig in ihrem Krimi gelesen, der von einem Mord in Neufundland handelt. Eine fiktive Geschichte, die an realen Schauplätzen spielt. Gudrun Fischer schlug ihren Atlas auf und suchte die Ostküste der kanadischen Insel ab, bis sie die kleinen Orte der Handlung gefunden hatte. Das regte ihre Vorstellungskraft an. Die geografische Einordnung von Geschichten ist eine kleine Marotte von ihr, gesteht sie. Was immer sie liest, die Weltkarte muss in der Nähe liegen. Da der dicke Atlas von zu Hause im Bett zu schwer wäre, besorgte ihr Mann ihr für das Hospiz extra eine Miniaturausgabe.

Nachdem Gudrun Fischer die Breiten- und Längengrade

des neufundländischen Tatorts besichtigt hatte, war schwuppdiwupp Mittag und nach dem Essen Siestazeit. »Karl und ich, wir haben ›Zauberberg gemacht‹. Das war schön, nicht wahr?« Sie schaut ihren Mann an, und ihre großen grünblauen Augen strahlen. Seit ihrem Einzug im Hospiz erinnert sich Gudrun Fischer häufig an den Roman von Thomas Mann, den sie schon vor vielen Jahren gelesen hat. Das Sanatorium im schweizerischen Davos, die Szenen im Speisesaal, die Liegekuren der Patienten draußen an der frischen Luft – die brachten sie auf eine Idee: »Ich kann zwar nicht raus, aber ich habe zu meinem Mann gesagt: ›Lass uns unseren eigenen, kleinen Zauberberg machen. Ich im Bett, du auf der improvisierten Liege daneben.‹ Er rückte den Sessel, bei dem man die Rückenlehne runterstellen kann, zu mir und schob das Sitzkissen für seine Beine davor. Und so lagen wir bestimmt eineinhalb Stunden, Hand in Hand nebeneinander. Ich habe tief und fest geschlafen, er hat gedöst.«

Gudrun Fischer braucht viel Schlaf. Die Krankheit strengt sie an und zehrt an ihren Reserven. Wenn sie scheinbar hüpfend das Bett verlässt, um auf Toilette zu gehen, fühlt sie sich anschließend total kaputt. Es erfordert viel Geschicklichkeit, um ihr angeschwollenes und dadurch schweres Bein wieder ins Bett zu bekommen. »Es ist doppelt so dick wie das andere. Ich muss Schwung holen und lasse es wie einen Ball auf die Matratze fallen.« Sie schmunzelt bei dem Gedanken an ihre akrobatische Meisterleistung. »Mein Mann und jeder andere würde mir dabei helfen, das weiß ich. Aber so lange wie irgend möglich möchte ich beweglich bleiben und es allein schaffen. Die Stunde, die ich jetzt hier am Tisch sitze, kostet mich mehr Kraft als ein zweistündiger Spaziergang, den ich bis vor einem dreiviertel Jahr noch spielend schaffte.«

Beim Gehen spürte sie die Veränderung in ihrem Körper zuerst. Ihre Schritte verließen den gewohnten selbstverständlichen Trott und wurden ausgebremst. Gudrun Fischer steuerte hartnäckig dagegen – und musste ständig mehr Energie aufbringen, um mithalten zu können. Eine böse Ahnung hatte sie zu dem Zeitpunkt längst, aber die behielt sie für sich.

Es waren die Sonntage, die schließlich ihre Krankheit aufdeckten. Jahrelang hatten der Ingenieur und die Lehrerin diesen Ruhetag schnöde missachtet, stattdessen die Wohnung auf Hochglanz gebracht. So fing die Woche zwar mit geputzten Böden und Fenstern an, aber nicht sonderlich entspannt. Im letzten Sommer beschlossen die Eheleute, ihren Sonntagen ein neues Gesicht zu geben. Der Putzeimer blieb im Schrank, und sie gingen nach einem gemütlichen Frühstück vor die Tür, spazierten durch ihren Stadtteil, tranken Cappuccino in ihrem Lieblingscafé. Danach liefen sie weiter bis in den Stadtpark, drehten dort ihre Runden, bevor sie irgendwann am Nachmittag zurückkehrten. Auf diesen Spaziergängen verlor Gudrun Fischer von Woche zu Woche mehr an Tempo. Allzu lange konnte sie ihren Zustand nicht kaschieren, indem sie überinteressiert Bäume und Sträucher anschaute, die Jugendlichen beim Fußballspielen beobachtete – bloß um eine Pause einzulegen. »Mein Mann entlarvte mich recht schnell.«

Karl Fischer, der die Ablenkungsmanöver zwar bemerkte, aber die Heimlichtuerei nicht verstand, stellte seine Frau zur Rede. »Ich dachte, Gudrun hätte ein Problem am Fuß oder am Bein«, erzählt er. »An Krebs dachte ich nicht im Entferntesten. Der Verdacht kam erst etliche Tage später, als sie mir gegenüber ihre Vermutung aussprach.«

Eine Vermutung, die für Gudrun Fischer zu dem Zeitpunkt längst keine mehr war. »Ich wusste innerlich für mich genau: ›Es ist Krebs.‹ Mein Bauch wurde mit rasender Geschwindigkeit immer dicker.«

Ihr Mann redete auf sie ein, sie solle einen Arzt aufsuchen. Sie stimmte zu, ermahnte sich täglich, trotzdem zögerte sie den folgenschweren Gang hinaus, von dem sie wusste, dass er ihr die Endlichkeit des Seins brutal vor Augen führen würde. Sie konnte sich erst dazu durchringen, als ihr Mann versprach, sie zu begleiten.

Gudrun Fischer hatte nicht einen Tumor, sie hatte mehrere. Ob sie die schwere Operation überstehen würde, war fraglich. Einen Tag vor dem Eingriff lag sie seelenruhig im Bett und wunderte sich über ihre stoische Gelassenheit. Da plagten sie wochenlang panische Angstzustände vor der definitiven Gewissheit, und nun in Anbetracht der Tatsachen ruhte sie in sich selbst. »Fast fünf Kilo Tumorgewebe entfernten sie mir aus dem Bauchraum. Sie meinten, das könne nicht bösartig sein, sonst wäre ich längst tot. Aber es war bösartig.«

Drei Wochen nach der Operation, kurz vor Silvester, kehrte Gudrun Fischer zurück nach Hause. »Mir ging es blendend. Ich wog zwar nur noch siebenundvierzig Kilo – kein Wunder bei dem, was mir alles rausgerupft wurde. Ich holte erst mal nach, was ich Weihnachten verpasst hatte: Marzipan, Lebkuchen, Spekulatius. Zu Silvester Berliner, mmhh! Mein Appetit war groß und in meinem Bauch wieder Platz.«

Nicht wissend, wie ihr gemeinsames Leben weiter verlaufen würde, zog Karl Fischer aus der Diagnose Konsequenzen. Von nun an arbeitete er bis spät abends am Schreibtisch, um die Morgenstunden in Ruhe mit seiner Frau verbringen zu können. Nach dem Frühstück schlenderten die beiden durch die Straßen, setzten sich zwischendurch in ein Café und lasen Zeitung. Am frühen Mittag kochte Karl, und sie machten es sich in der Küche gemütlich – genossen die Genesungsphase in vollen Zügen.

Dieser paradiesische Zustand dauerte jedoch nur zwei Wochen. Dann meldete sich Gudrun Fischers Körper erneut, mit allem, was sie aus der Zeit vor der Operation kannte. Schon beim Anblick bestimmter Lebensmittel wurde ihr übel. Die köstlichsten Gerüche fand sie ekelerregend. »Da war was los bei uns zu Hause. Das ging so weit, dass ich roch, wo es nichts zu riechen gab. Ich betrat das Badezimmer, rümpfte die Nase und sagte: ›Es stinkt!‹ Ich bat Karl: ›Bitte, pack die Seife weg, sonst kann ich den Raum nicht mehr betreten.‹ Es war eine geruchsneutrale Seife, trotzdem verspürte ich einen extremen Widerwillen. Dann bekam ich diese Thrombose und wurde sofort wieder ins Krankenhaus eingeliefert. Bei der Gelegenheit stellte sich heraus, dass in meinem Bauch ein neuer Tumor wucherte. Man teilte mir mit, dass ich nur noch einige Wochen oder wenige Monate zu leben habe. Für mich war das keine Überraschung, aber trotzdem ein gewaltiger Schock.

Unfähig, auch nur einen klaren Gedanken zu fassen, lag ich fast zwei Tage apathisch im Bett. Danach überkam mich, wie auch immer, eine totale Gelassenheit. Ich fühlte mich entspannt, war gut gelaunt, fröhlich und lustig. Ich glaube, die Ärzte dachten, ich hätte ein Rad ab oder sogar mehrere. Wenn mich vorher im gesunden Zustand jemand gefragt hätte: ›Gudrun, was meinst du, wie würdest du dich in der und der Situation verhalten?‹ Ich hätte keine klare Antwort parat gehabt. Woher auch? Vorher kann man nur Vermutungen anstellen. Meine wäre wohl gewesen, dass ich wütend und sauer reagieren würde. Aber nichts dergleichen geschah mit mir.«

Gudrun Fischer konnte akzeptieren, dass ihr Ende eingeläutet war. Die Frage, die sie sich im Krankenhaus stellte, war lediglich: »Wo willst du die Zeit bis zum letzten Glockenschlag verbringen?«

Sie zog in Erwägung, nach dem Klinikaufenthalt noch für ein, zwei Wochen nach Hause zurückzukehren. In Gedanken gestaltete sie das Wohnzimmer schon in ihr Krankenlager um: Den Esstisch neben dem antiken Geschirrschrank schaffte sie aus dem Zimmer. Die Ecke, die dadurch frei wurde, war der ideale Platz für das Bett. Von dort aus hätte sie gleichermaßen in den Wohnungsflur und aus dem Fenster schauen können – bis in die Baumkronen der riesigen alten Eichen, die direkt vor dem Haus stehen. Seit sie vor vier Jahren den ersten Tag in der Wohnung verbrachte, findet sie diesen Anblick atemberaubend, besonders vom Balkon aus. Im Frühling und Sommer meint man, in einen grünen Himmel zu versinken.

Gut und schön – aber als Ablenkung nur noch Bäume vor Augen? Von den Autos auf der Straße, den Menschen auf dem Gehweg hätte sie von ihrem Bett aus nichts mitbekommen. Das Leben draußen wäre ihr verschlossen geblieben. Diese Aussicht fand sie zu morbid, zu tot – im Gegensatz zu früher. Da regte sie sich gerne über den Verkehrslärm auf, liebte die Ruhe und das Abgeschiedensein. Stundenlang versank sie in ihren Büchern, doch die Außenwelt stand ihr offen, wann immer ihr danach war. Diese Option hatte sich abrupt in Nichts aufgelöst. Der gewohnte Klönschnack am Küchentisch mit ihrem Mann, ihrer Schwester oder einer Freundin ebenso.

Gudrun Fischer stellte sich vor, was in ihrer kleiner werdenden Welt daheim, den zwanzig Quadratmetern um das Krankenlager herum, ihre Blicke und ihr Interesse fesseln würde. Ihr gedanklicher Streifzug fing beim Sofa an. Danach sah sie die beiden ledernen Sessel, die Kommode, die Stehlampe, ihre Bilder. Und die Regalwand mit Hunderten jungfräulicher Bücher – Krimis, Romane und Geschichtsnovellen. Buchhandlungen haben sie schon immer magisch angezogen. Vorbeizugehen, ohne den Laden zu betreten, schaffte sie selten. Andere Frauen kauften sich teure Kosmetik, sie kaufte Bücher – so viele, dass sie mit dem Lesen um mindestens ein Jahr hinterherhinkte. Ihr Lektüredepot war als geistige Altersversorgung gedacht. In die Jahre gekommen, gemütlich auf dem Sofa liegend, wollte sie ihr Lager Stück für Stück plündern und einen literarischen Lebensabend verbringen.

Je intensiver Gudrun Fischer im Krankenhaus über eine Rückkehr in die eigenen vier Wände nachdachte, desto größer wurden ihre Bedenken. Ihr fielen unzählige Feinheiten ein, die ihre persönliche Biografie prägten, und das tat ihr nicht gut. »Ich war ja holterdiepolter durch einen morgendlichen Arztbesuch im Krankenhaus gelandet. In den zwei Wochen dort baute sich bereits ein gewisser Abstand auf. In die Wohnung zurückzukehren hätte bedeutet, erneut Abschied nehmen zu müssen, weil es nur ein kurzer Besuch gewesen wäre.«

Mehrmals wiederholte ihr Mann sein ernst gemeintes Angebot, sie bis zum Ende zu Hause zu pflegen. Gudrun Fischer entschied sich dagegen. Und Karl konnte die Begründung seiner Frau nachvollziehen. »Gudrun hat ein hohes Sicherheitsbedürfnis. Ich bin medizinischer Laie, kann nicht die professionelle Rundumversorgung gewährleisten, die sie braucht. Wir hätten natürlich einen Pflegedienst engagiert, geschulte Leute. Die können aber auch nicht ständig da sein.«

Genau das war für die Grundschullehrerin entscheidend. »Was ist, wenn man sich nachts vor Schmerzen krümmt? Man sitzt da und weiß nicht, was man tun soll. Zurück ins Krankenhaus will man nicht. Wohin soll man fahren? Wen soll man anrufen?«

Gudrun Fischer bat ihren Mann daher, einen Platz im Hospiz für sie zu organisieren. Je eher, desto besser – sie war in Eile. »Ich dachte mir, jeder Tag weniger im Krankenhaus ist einer mehr, mich an meine neue Umgebung zu gewöhnen. Ich wollte die Menschen, mit denen ich zu tun haben würde, bewusst kennenlernen. Mir nicht die Chance verbauen, auf sie zuzugehen, weil ich zu spät dran bin und schon halb im Koma liege.«

Ihr Umzug verlief ohne Schwere und Wehmut. Bislang hat jeder Tag im Hospiz ihre Entscheidung bestätigt. »Wenn ich sage, die Welt kommt zu mir, dann ist das nicht dahergeredet. Ich empfinde das so und erlebe eine große Abwechslung.«

Jedes Mal, wenn die Tür aufgeht, ist Gudrun Fischer gespannt, welche Schwester oder welcher Pfleger das Zimmer betreten wird. Sie genießt die unterschiedlichen Charaktere der Menschen. Da ist Tobias, Anfang zwanzig, mit den grell grünen Haaren. Mit ihm fachsimpelt sie über Färben und Strähnen. Wie aus dem Nichts streichelt er ihr manchmal die Hand. Dieter, der Ältere, ein bodenständiger, handfester Typ. Sie kamen ins Gespräch und stellten schnell eine Gemeinsamkeit fest: die Liebe zu Büchern. Die Nachtschwester mit den stahlgrauen Haaren. Wenn sie das Zimmer betritt, geht mitten in der Nacht die Sonne auf.

Gudrun Fischer findet die Mischung ideal. »Es kommt immer mal wieder jemand rein, und ich habe trotzdem meine Ruhe. Ich liege hier entspannt, ohne mich einsam zu fühlen.« Ihren Mann ermahnte sie gleich am ersten Tag, seine Besuche in Grenzen zu halten: »Karl kann nicht vierundzwanzig Stunden bei mir hocken. Der muss auch mal raus, sonst dreht er durch. Er kommt mittags und bleibt bis zum frühen Abend, das ist mehr als genug.«

Seine Frau gut aufgehoben zu wissen entlastet Karl Fischer und wirkt sich auf beide positiv aus. Ihr Umgang miteinander sei ohne Störfälle von außen und dadurch konzentrierter und intensiver, sagt er. Zwar sind seine Sorgen dieselben geblieben, und sein innerer Stress nimmt nicht ab. Dennoch ist er ruhiger geworden.

Henning Schröder hat heute Geburtstag, seinen zweiundfünfzigsten, und er möchte eine Party geben.

Ruprecht hockt vor seinem Bett. »Die Kiste Wein hab ich dir besorgt. Sie steht unten in der Küche. Soll ich sie in die Kneipe bringen, oder macht ihr das nachher?«

»Danke für das Angebot, aber das bekommen wir selbst hin, oder Bea?« Henning Schröder guckt zu seiner besten Freundin, die sich gemütlich in einem Sessel räkelt.

»Wir fahren doch sowieso mit dem Auto, kein Problem.«

Mit einer großen Torte konnte der Koch dem Geburtstagskind keinen Gefallen tun, mit dem Weineinkauf schon. Weiß, trocken und leicht sollte der edle Tropfen sein. Ruprecht besorgte ihn in einem kleinen Laden im Schanzenviertel – gut und sogar preiswert. »Das muss mein Budget verkraften. Ich schenke ihn dir!«

Überrascht, aber nicht abgeneigt, bedankt sich Henning Schröder. Er lebt sehr zurückgezogen in seinem Zimmer. Obwohl er mithilfe eines Rollators oder bei jemandem untergehakt kleine Wege im Haus noch recht gut laufen kann, beteiligt er sich selten an den gemeinsamen Mahlzeiten. Er bleibt für sich, macht mit Bea einen Ausflug an die Elbe oder empfängt Besuch von seinen Freunden. »Bei zweien von denen feiere ich heute Abend«, erzählt er. »Sie haben eine Kneipe, gleich hier um die Ecke, und stellen mir die Räumlichkeiten zur Verfügung. Bislang habe ich jeden meiner Geburtstage groß gefeiert. Mit Livemusik, guter Stimmung und vielen Gästen. Etliche aus meinem Bekanntenkreis wissen noch nicht, dass ich seit zwei Wochen im Hospiz bin. Das Fest ist eine gute Gelegenheit. So kann ich allen auf einmal meine Geschichte erzählen und brauche sie nicht einzeln anzurufen oder sie mich.«

Henning Schröder hat Leberkrebs – ein ständiges Auf und Ab. Er weiß seit Langem, wie seine Krankheitsgeschichte enden wird. Trotzdem hatte er mit einem so schnellen Abwärtstrend nicht gerechnet. »Ich wurde aus der Klinik entlassen und fühlte mich fit. Vier Tage lang, und dann musste ich mit Tatütata wieder rein. Seitdem tickt meine Uhr rasanter, als mir lieb ist. Zweihundert Meter von hier ist meine Wohnung. Ich habe sie seit dem letzten Krankenhausaufenthalt nicht mehr von innen gesehen. Dran vorbeigefahren wurde ich, liegend im Auto, auf dem Transport ins Hospiz. Ja, das ist leider so. Aber ich habe immer viel gelacht, und das werde ich auch weiterhin. Ehrlich, ich bin nicht verzweifelt. Auch wenn ich im Stillen drüber nachdenke. Das ist echt, was ich empfinde. Manchmal bin ich selbst darüber verdattert, woher ich diese Ruhe nehme.«

Seine beste Freundin Bea meint, den Grund zu kennen. »Wir glauben beide, dass dieses nicht unser erstes Leben ist und auch nicht unser letztes sein wird. Wir sehen das recht buddhistisch, nicht wahr, Henning?«

Er stimmt ihr zu: »Ja, wir sehen uns bestimmt wieder.«

8

Feierabend! In Joggingklamotten verlässt Ruprecht Schmidt das Hospiz. Sein Fahrrad will er später abholen – nach dem Laufen. Wie fast jeder Jogger schwört er auf seine festen Strecken. Startet er von zu Hause, dreht er meist eine Runde um die Außenalster. Beginnt er in St. Pauli, direkt nach der Arbeit, geht es die Elbe entlang bis Teufelsbrück oder nach Planten und Blomen, einem großen Park in der Nähe – für den er sich heute entschieden hat. Die Reeperbahn vermeidet er, da ist ihm zu viel Trubel.

Ruprecht nimmt die kleine Parallelstraße und startet in zügigem Tempo durch. Auf dem Heiliggeistfeld ist Jahrmarkt, der Frühjahrsdom. Da muss er vorbei. Das Riesenrad ist schon aus der Ferne zu sehen. Er nähert sich schnell dem gigantischen Karussell, überquert eine vierspurige Hauptstraße und lässt Würstchenbuden und Achterbahn links liegen. Nachdem er eine weitere dicht befahrene Straße überwunden hat, erreicht er das Tor zu Planten und Blomen. Auf den Wiesen blühen die ersten Krokusse in Gelb und Lila. Enten schwimmen im Weiher.

Den Großstadtlärm lässt der Koch schnell hinter sich, seine Arbeit nicht. Dazu braucht er länger, als einmal quer durch den Park zu laufen, besonders nach einem schweren Tag. Ginge es nach ihm, würde Ruprecht am liebsten jeden Tag seine Runden drehen, aber die Zeit … Zwei bis drei Trainingseinheiten pro Woche sind der Kompromiss, den er mit sich geschlossen hat und für sein körperliches und seelisches Gleichgewicht braucht.

Die Menge der Kuchen, die er backt, schafft er mit links. Die Unmengen Gemüse, die er putzt und schält, erledigt er nebenbei. Die Anzahl der verschiedenen Gerichte, die er zeitgleich auf den Tisch bringt – da ist er von früher Schlimmeres gewohnt. Stress in der Küche ist normal für einen Koch. Was ihn im Alltag anstrengt und schwer zur Ruhe kommen lässt, ist die emotionale Anspannung im Hospiz. Wenn nach dem Rundgang durch die Zimmer die Finger einer Hand nicht ausreichen, um im Stillen zu zählen, welche seiner Gäste die nächsten sind, die gehen werden. Manchmal könnte man meinen, die Menschen würden sich zum Sterben verabreden. An diesen besonders tristen Tagen ist ihm umso wichtiger, die Joggingschuhe anzuziehen und loszurennen – die wirkungsvollste Therapie, seinen inneren Motor herunterzufahren.

»Laufen bedeutet für mich Abschalten. Ich laufe in einen Trott hinein. Dadurch weichen meine Anspannungen und Verkrampfungen auf. Ich kann sie loslassen«, erklärt Ruprecht. »Für mich ist das ein Prozess des Sammelns. Wie meine Beine laufen meine Gedanken locker vor sich hin, als ob sie dabei gut durchgeschüttelt und neu sortiert würden, ohne dass ich viel dafür tun muss. Was mir vorher noch als eine unüberwindbare Barriere erschien, zeigt wie von selbst plötzlich erste Löcher zum Durchschlüpfen. Ich treffe Entscheidungen, auf die ich sonst nicht gekommen wäre. Ich kann über Situationen reflektieren, weil ich Abstand gewinne. Wenn ich mich besonders festgebissen habe an einem Problem, ist Laufen die einzige Chance, den Knoten zu lösen. Ich merke: Je weniger ich mich bewusst darum kümmere, desto schneller löst er sich. Und schwups ist die Lösung da. Und man denkt: ›Mensch, da hättest du auch früher drauf kommen können. Es wäre vielleicht ein Konflikt weniger gewesen in deinem kostbaren Leben. Du hättest gleich anders reagieren können und wärst die letzten vier Stunden nicht so schwermütig gewesen.‹«

Hinter dem Park ragt das Wahrzeichen der Hansestadt in den strahlend blauen Himmel – der Turm der Michaeliskirche. Am kleinen See entlang, über die hölzerne Brücke, vorbei am Museum für Hamburgische Geschichte, läuft Ruprecht Schmidt durchtrainiert bereits die zweite Runde durch Planten und Blomen. Manchmal ärgert er sich, beim Fitnesstraining kein Diktiergerät dabeizuhaben. Er würde seine Gedanken gerne festhalten. Sie sind klar und präzise, gestochen scharf, perfekt sortiert und so zahlreich, dass er sich nicht die Hälfte von ihnen merken kann, bis er wieder Papier und Bleistift zur Hand hat. Pech gehabt, soll wohl nicht sein! Durch das Joggen locker und entspannt, ist er in Laisser-faire-Stimmung.

Geht er von der Arbeit direkt nach Hause, fühlt er sich rastlos und voller Tatendrang, könnte sich nie direkt hinsetzen und in Ruhe die Zeitung oder ein Buch lesen. Wann immer er das probiert, springt er nach spätestens fünf Minuten auf und muss sich »runterdimmen«, wie er es nennt. »Ich putze dann die Küche oder das Badezimmer, bügele ein paar Hemden oder räume auf. Diese Aktivitäten gehören nicht gerade zu meinen Lieblingsbeschäftigungen. Aber sie sind Routinetätigkeiten, bei denen ich meine innere Anspannung abarbeiten kann. Oder ich gehe los und kaufe etwas Nettes zum Abendessen ein.«

Dass sein Job ihn manchmal aufsaugt, kann er kaum verhindern. Mal weniger, mal mehr, ständig im Wechsel überrollen ihn seit elf Jahren wellenartige Phasen von »Lass das Elend nicht so an dich ran!« bis »Wie soll ich das hinbekommen?«. Bisweilen steckt er so viel Sensibilität in seine Arbeit, dass er befürchtet, im Privatleben zu ermüden. »Ich habe ein wenig Bammel, eines Tages im Umgang mit Freunden nicht mehr sensibel sein zu können, weil ich meine gesamten Reserven im Job verpulvert habe. Geben und Nehmen funktioniert nur auf einer gleichberechtigten Ebene. Ich ermahne mich oft, das nie zu vergessen. So wie ich für mein Wohlbefinden ab und zu den Energietank eines vertrauten Menschen aus meinem persönlichen Umfeld brauche und genieße, will und muss ich auch Energiedepot für meine Freunde sein. Sonst ende ich irgendwann grauhaarig als ›Ekel Ruprecht‹, der ungehobelte Typ ohne jegliches Feingefühl. Und jeder, der mich kennt, macht einen großen Bogen, sobald er mich sieht.«

Über diese Zukunftsvision lacht er herzhaft, sie erscheint ihm selbst arg übertrieben. Aber in jeder Übertreibung sprühe mindestens ein Funke Wahrheit. Der reicht Ruprecht als Appell, wachsam zu bleiben.

Manchmal würde er gerne ein Patentrezept gegen Stimmungsschwankungen aus seiner Kochmütze zaubern. Dem Zufall überlassen will er seine Gemütslage aber auch nicht. Je länger er für Sterbende arbeitet, desto bewusster achtet Ruprecht Schmidt darauf, privat Momente der Leichtigkeit und des Genusses zu suchen. Dazu braucht er kein großes Freizeitprogramm. Ihm reicht ein Tag, in den er ohne Zwänge und Termine hineinlebt, zu Hause herumgammelt. Nach einem gemütlichen Frühstück greift er dann ohne Zeitdruck zu einem Buch, setzt sich bei schönem Wetter mit viel Muße auf den Balkon und liest stundenlang. Zwischendurch schlendert er über den Markt und schaltet irgendwann den Fernseher ein, lässt sich berieseln, ohne deswegen ein schlechtes Gewissen zu haben, was er Sinnvolleres mit der Zeit hätte anfangen können.

Er ist ein Genießertyp, sagt Ruprecht von sich selbst. Manchmal aber brauche er ein bisschen länger für den Weg dorthin. »Ich merke in bestimmten Situationen immer wieder, dass ich eine recht moralische Erziehung genossen habe. Ich musste für mich lernen, Genüsse zuzulassen und sie nicht schon im Voraus als unnötig und überflüssig zu bewerten. Das gelingt mir mittlerweile größtenteils. Wenn ich aber zum Beispiel in ein gutes Restaurant gehe, weil ich das Ambiente mag, mich dort wohlfühle und die Küche gelobt wird, weiß ich selbstverständlich, dass ich für diesen gehobenen Rahmen das entsprechende Geld hinblättern muss. Kaum sitze ich am Tisch, habe die Speisekarte vor mir und wähle aus, empfinde ich eine Zweischneidigkeit und werfe mir vor: ›Mann, das könntest du auch zu Hause für die Hälfte des Preises kochen. Und die Flasche Wein, die du dir gerade für zweiunddreißig Euro ausgesucht hast, bekämst du im Laden entschieden billiger oder würdest gleich einen anderen für acht oder neun Euro aussuchen.‹

Ich ärgere mich in solchen Momenten, wieso es mir schwerfällt, eine Freude, die ich mir selbst ausgesucht habe, auch genießen zu können. ›Hey‹, raunze ich mich dann innerlich an, ›du hast dich heute für diesen Restaurantbesuch entschieden. Mach was Nettes draus und hör endlich auf, dir die Stimmung zu vermiesen.‹ Spätestens wenn ich die Rechnung bezahle, muss ich mir erneut einen Hieb in die Seite geben. Ähnliches ist mir auch einmal nach den Ferien passiert. Ich spare total gerne für einen Urlaub, meinetwegen monatelang. Für mich ist das der Inbegriff von Vorfreude. Und dann rückt der Tag näher, endlich geht's los.

Man verbringt tolle Wochen, kommt super erholt zurück. Und – nicht überraschend – das Konto ist gähnend leer. Ich neige dazu, mir die herrliche Zeit im Nachhinein madig zu machen: ›Teurer Flug, teure Unterkunft, es hätte nicht Argentinien sein müssen!‹ Aber es war Argentinien, und warum? Weil ich dorthin wollte und Lust darauf hatte. Ein bisschen muss ich noch dran arbeiten, meine Energie und Freude spendenden Entscheidungen im Nachhinein nicht mehr zu hinterfragen, sondern lieber im Alltag davon zu zehren.«

Auf Reisen fällt es ihm am leichtesten, seine Lebendigkeit wieder aufzufrischen. Sobald er die Stadt verlässt, kann er seinem Alltagstrott entfliehen – die Endlichkeit bleibt im Hospiz. Er fühlt in und um sich herum eine beflügelnde Lockerheit, ist offen für neue Entdeckungen und neugierig auf fremde Menschen. Durch seine positive Stimmung bekommt der melancholische Teil, der in ihm schlummert, keine Nahrung mehr und wird zum Hungern verdonnert. »Das ist wie ein kleiner Befreiungsschlag für mich. Bin ich verreist, muss ich weder funktionieren, noch bin ich erreichbar. Wenn in Hamburg sonntags das Telefon klingelt, denke ich gleich: ›Im Hospiz gibt's ein Problem. Einer der ehrenamtlichen Mitarbeiter ist krank, die Spülmaschine kaputt, der Herd defekt oder oder.‹ Das an sich ist kein Problem für mich, natürlich springe ich ein und helfe. Es ist nur wieder ein Tag mehr, an dem ich nicht abschalten kann und mich mit Sterben und Tod konfrontiere, an die Bewohner denke und mich frage, wie es ihnen geht. Ich möchte mich von dem Elend, das mit meinem Job verbunden ist, auch für eine gewisse Zeit trennen können. Wenigstens für diesen einen Tag, an dem ich hoffe, es ruft keiner an. Ich brauche auch mal Zeit und Ruhe, mich nachträglich von einigen Bewohnern gedanklich zu verabschieden, ohne dass ich gleich ein neues Input kriege und der nächste Mensch stirbt. Das gelingt mir am besten, wenn ich nicht nur vor den Toren Hamburgs unterwegs bin, sondern weit weg.«

Vor einigen Jahren nahm Ruprecht Schmidt unbezahlten Urlaub. Drei Monate reiste er mit seinem Freund durch Australien. Ihr Gepäck bestand lediglich aus zwei Rucksäcken, in denen sie ein Zelt, Schlafsäcke, Gaskocher und Töpfe verstauten. Für Kleidung und Schnickschnack blieb kaum Platz. Ruprecht beschränkte sich notgedrungen auf das Allernötigste. »In dieser Zeit habe ich komplett abgeschaltet und mich auf das Wesentliche besonnen. Wenn man auf einem fremden Kontinent mit seinem Rucksack durch die Gegend zieht und neue spannende Eindrücke auf einen niederrieseln, erkennt man, wie wenig man wirklich braucht im Leben. Was real notwendig ist und worauf man alles verzichten kann. Brauche ich einen Eisschrank, eine Waschmaschine und einen Fernseher, um glücklich zu sein? Man hinterfragt plötzlich sein eigenes Verhalten. Ist es wichtig, dass ich morgens schon weiß, wo ich abends übernachten werde? Der Begriff Lebensqualität bekommt eine andere Dimension.

Wir haben in dieser gesamten Zeit höchstens eine Woche in einem Haus übernachtet, ansonsten immer in der freien Natur auf Campingplätzen. Wobei ich echt sagen muss: Ich hasse Zelten! Besonders bei Regen, wenn der Schlafsack und die Kleidung klamm sind und man nicht weiß, wie man die Sachen trocken kriegen soll. Ich gehöre auch nicht zu den Menschen, die das Geräusch von prasselndem Regen auf ein Zeltdach beruhigend finden. Und trotzdem war es eine tolle Zeit. Auf so einem kleinen, popeligen Gaskocher haben wir unser Essen gekocht. Das kostete unendlich viel Zeit und machte mich ganz kirre. Mir fehlte die Geduld dafür. Also wurde ich fürs Gemüseschnippeln und Abwaschen eingeteilt. Mein Freund konnte mit Seelenruhe stundenlang dasitzen und mit Hingabe in den beiden Aluminiumtöpfen rühren, die wir dabeihatten. Während er kochte, nahm ich mir ein Bier und las in meinem Krimi. Hin und wieder habe ich zu ihm rübergeschaut. Auf einer kleinen Flamme, abwechselnd mit zwei Töpfen eine Mahlzeit zaubern, irgendwie fand ich das klasse, obwohl es nicht mein Ding war. Bei mir dürfen auch in der Freizeit beim Kochen gerne mehrere Aktionen parallel laufen und schnell. So wie ich die Abläufe halt aus meinem Berufsalltag kenne.«

Was Ruprecht Schmidt mittlerweile mit Reisen verbindet, ähnelt nicht mehr seiner Abenteuerlust von einst – vor und nach seiner Ausbildung. Heute bedeutet Kofferpacken für ihn eine Flucht in die Entspannung. Damals war es ein Fluchtversuch aus der Verantwortung. In seiner Fantasie ließ er bei der Abreise seine Geschichte, Probleme und alles Unangenehme zurück und präsentierte sich dort, wo er ankam, als neuer Mensch. Da aus dem Traum, durch ferne Länder zu tingeln und dort zu arbeiten, nichts wurde, blieb ihm eine unangenehme Erkenntnis erspart, meint Ruprecht heute: »Man kann an einem anderen Ort eine andere Jacke tragen, aber der Körper, der drinsteckt, ist derselbe. Ich glaube, es wäre wie eine geborgte Freiheit gewesen, die mich eines Tages ziemlich enttäuscht hätte.«

Die Angebote waren dünn gesät, als der Spitzenkoch Ende der Neunzigerjahre auf seine spezielle Jobsuche ging. Ausschau hielt nach einer Arbeit, die ihn nicht nur am Herd, sondern auch menschlich herausforderte. Immer mehr soziale Einrichtungen verzichteten aus finanziellen Gründen auf einen eigenen Koch, ließen sich stattdessen von Großküchen beliefern. Doch als Ruprecht eines Abends mit zwei guten Freunden in der Kneipe saß, erzählten sie ihm von einem Hospiz, das im Stadtteil St. Pauli kurz vor der Eröffnung stand. Für das Projekt wurde ein Koch gesucht.

Obwohl dieser Abend schon elf Jahre her ist, erinnert sich Ruprecht gut an dieses wegweisende Gespräch. Er kannte zu dem Zeitpunkt nicht einmal das Wort »Hospiz«, geschweige denn dessen Bedeutung. Je ausführlicher seine Freunde über das Thema berichteten, desto stärker wuchs sein Interesse. Es stieg ins Unermessliche, und er dachte: »Das ist total dein Ding. Genau darauf hast du gewartet!«

Direkt am nächsten Morgen schrieb Ruprecht Schmidt seine Bewerbung, und tatsächlich wurde er einige Tage später zum Gespräch eingeladen. Der damalige Geschäftsführer des Projekts empfing ihn auf der Baustelle eines seit Jahren leer stehenden Krankenhauses. In einem Nebengebäude, das einst Schwestern Unterkunft geboten hatte, sollte *Leuchtfeuer* als eines der ersten Hamburger Hospize wenige Wochen später seine Türen öffnen. Die Bauarbeiten befanden sich in der Endphase. Das Haus war komplett saniert und den Anforderungen entsprechend renoviert worden.

Eine kunterbunte Gruppe engagierter Bürger – darunter Kirchenvertreter, Kulturgrößen, Lokalpolitiker, Theaterfreaks und Unternehmer – hatte drei Jahre lang einen langen Atem bewiesen und in der Hansestadt fünf Millionen Mark Spendengelder gesammelt: die Summe, die für den Umbau und die Einrichtung benötigt wurde. Erst als die Finanzierung gesichert war, konnte der erste Handwerker anrücken.

Ursprünglich war das Hospiz nur für Aidskranke gedacht, doch schon in der Planungsphase weiteten Gründer und Unterstützer das Konzept auf alle sterbenskranken Menschen aus, die intensive Pflege und Betreuung brauchten. Für sie sollte eine Umgebung geschaffen werden, die ihnen ein Höchstmaß an Selbstbestimmung und Würde garantierte. Und die neben der medizinisch pflegerischen Versorgung das seelische und leibliche Wohl nicht außer Acht ließ. Gespräche, ob mit Pastoren oder Psychologen, Entspannungstherapien jeglicher Art, Feste, Konzerte und gutes Essen gehörten zu den Angeboten, die die Gründer des Hospizes in zahlreichen Versammlungen einstimmig beschlossen.

Neben der Entstehungsgeschichte interessierte sich Ruprecht auf seinem Rundgang besonders für die Räumlichkeiten, in denen der zukünftige Hospizkoch schalten und walten sollte: Küche, Esszimmer, Speisekammer und Lagerraum. In sämtlichen Zimmern wurde gehämmert, gebohrt, gestrichen und lackiert.

Außer der Entscheidung »Ja, wir wollen einen Koch!« gab es noch keine konkreten Überlegungen, wie und in welcher Form Speisen angeboten werden sollten. Der Geschäftsführer betrat ebenso Neuland wie sein Bewerber. Spontan nach seinen Vorstellungen und Ideen gefragt, antwortete Ruprecht kurz, knapp und sachlich: »Ich wäre für Wunschkost am Mittag, selbst gebackenen Kuchen am Nachmittag und ein leckeres erfrischendes Getränk zwischendurch.«

Der Geschäftsführer nickte und beendete das Bewerbungsgespräch.

Wie auf Wolken verließ Ruprecht das improvisierte Büro. Er war überzeugt, dass sich kein besserer Kandidat als er finden würde. »Ich kam da raus und wusste: ›Das ist dein Job! Du bist genau der Richtige und erfüllst die Bedingungen perfekt. Einen Profikoch mit sozialem Engagement, was wollen die mehr? Wenn sie dich nicht nehmen, sind sie bescheuert.‹ Meine Selbstsicherheit dauerte höchstens zwei Minuten und reichte nicht einmal bis zur Straße. Mit zittrigen Händen schloss ich mein Fahrradschloss auf und trat mit weichen Knien in die

Pedale. Auf der Fahrt nach Hause plagten mich arge Selbstzweifel: ›Vergiss es, Junge! Aus dem Traum wird nichts! Wer so kurz angebunden rüberkommt und die Zähne kaum auseinanderkriegt, darf sich nicht wundern, eine Absage zu kassieren.‹ Ich hatte das Vorstellungsgespräch total vermasselt, so viel stand für mich fest. Es folgten drei unendlich lange Tage, an denen ich mich kaum nach draußen wagte und ständig ums Telefon herumschlich, bis es endlich klingelte. Der Geschäftsführer war dran. Er teilte mir mit, dass sie sich für mich entschieden hatten. Vor lauter Jubelstimmung bin ich durch die Wohnung gehüpft. Den Job zu bekommen war für mich wie ein Sechser im Lotto.«

Einen Monat vor der Eröffnung fing Ruprecht Schmidt im Hospiz an. Er durfte sich die Küche selbst einrichten – ein Privileg, das er bis dahin nicht kannte. Messer, Töpfe, Pfannen, Kellen, er kaufte ein, was er für die Arbeit brauchte, und er füllte die Kühlschränke.

Bevor die ersten Bewohner einzogen, konnten Pressevertreter und interessierte Bürger an einem »Tag der offenen Tür« das Sterbehaus besuchen. Für diesen Anlass bereitete der Hospizkoch ein großes kaltes Buffet vor. Als wäre es das erste seiner beruflichen Laufbahn, hantierte Ruprecht in der Küche mit hochgradigem Lampenfieber. Er tischte auf und bestand sie – die erste Feuerprobe im neuen Job.

Gegen neunzehn Uhr verlässt Henning Schröder sein Zimmer. Er hat sich in Schale geworfen: dunkle Hose, weißes Hemd, Seidenschal und Flattermantel. »Alles neu! Das musste sein zu dem Anlass. Es ist mein letzter Geburtstag.« Mit großer Anstrengung steigt er vor dem Hospiz ins Auto. Freundin Bea sitzt am Steuer, die Kiste Wein steht hinten auf der Rückbank. Höchstens fünfhundert Meter ist das kleine Lokal, in dem Henning Schröder feiern will, vom Hospiz entfernt. Doch zu Fuß würde er den Weg nicht schaffen.

Direkt vor der Tür steigt er aus. Von Bea gestützt, betritt er mit leicht gemischten Gefühlen die dunkle, plüschige Kneipe. Hoffentlich machen sie nicht alle betretene Gesichter und wollen ihr »Tut mir so leid, wie schade für dich« loswerden.

Mit den Worten »Irgendwann sind doch alle mal dran« mischt er sich ins Getümmel, setzt sich auf einen Barhocker am Tresen, und wenig später spielt seine Lieblingsband auf.

Das Lokal ist rappelvoll; an die fünfzig Gäste sind gekommen. Seit zwanzig Jahren ist St. Pauli sein Stadtteil. Henning Schröder war Wirt, Barkeeper, Kellner – und Pistengänger. In der Kneipenszene auf dem Kiez ist er bekannt wie ein bunter Hund. Den Ort, an dem er feiert, kennt er seit fünfzehn Jahren – er arbeitete hinter dem Tresen und saß als Stammgast davor. Er möchte nicht darüber nachdenken, dass dies seine letzte große Party sein wird. Aber anders als sonst ist es schon, gesteht er: »Man guckt sich die Leute bewusster an. Und dann fallen einem einzelne Geschichten ein, die man mit ihnen erlebt hat. Natürlich schauen meine Freunde mich auch intensiver an als sonst. Zum Glück guckt keiner allzu trist aus der Wäsche.«

Anteilnahme findet er gut, aber mitleidige Blicke kann er nicht ertragen. Er leidet nicht, also soll auch keiner mitleiden. »Ich bin schmerzfrei, nur schlapp und kaputt. Ich verstehe ja, dass Menschen, die mich mögen, traurig sind, weil ich auf Abschiedstour bin. Letztlich ist das aber ein natürlicher Vorgang. Und vielleicht erwischt es von denen, die jetzt hier stehen, noch einen vor mir.«

Die Band spielt *For he's a jolly good fellow.* Der Gesang der Gäste beschränkt sich mangels Textkenntnis auf den Refrain. Danach weiß keiner weiter, und die Gesellschaft bricht in schallendes Gelächter aus – das einzige an diesem Abend. Trotz fetziger Musik ist die Stimmung gedämpft, keiner tanzt. Jeder sucht die Nähe des Gastgebers. Die Gratulanten stehen Schlange. Die Küsse links und rechts auf die Wangen dauern länger als sonst. Die Umarmungen auch. Gerade aus einer innigen gelöst, kehrt ein Freund um, sucht erneut den Kontakt zum Geburtstagskind. Eine junge Frau packt ihr Geschenk aus. Es ist ein gezeichnetes Selbstporträt. Außerdem bekommt Henning Schröder jede Menge Schokolade und Bücher – wo er doch so viel im Bett liegt und so dünn geworden ist.

Nach zwei Stunden kann der Zweiundfünfzigjährige auf dem Barhocker kaum noch sitzen, ist total erschöpft und will zurück ins Hospiz. Er verabschiedet sich von seinen Freunden. »Vielleicht schau ich nachher noch mal vorbei. Bis dahin feiert ohne mich. Ciao!«

9

Es ist kurz vor neun, und draußen bahnt sich erneut ein schöner Frühlingstag an. In Zimmer 7 suchen Mutter und Tochter nach dem passenden Outfit. Aus gegebenem Anlass wählt Renate Sammer die neue orangefarbene Strickjacke. Sie passt zum Wetter und ihrem bevorstehenden Termin. Gleich, in wenigen Minuten, wird sie etwas Neues kennenlernen, zum ersten Mal in ihrem Leben eine Klangschalentherapie machen.

Ulrike möchte dabei nicht stören, ihre Mutter soll sich in Ruhe entspannen können. Sie verlässt das Zimmer und verbringt die kleine Pause im Wintergarten. Sie stellt ihr Notebook auf den Tisch, schiebt eine CD hinein, setzt die Kopfhörer auf und lernt Chinesisch. Die schwierige Aussprache und die komplizierten Schriftzeichen fordern ihre Konzentration ganz und gar. Für andere Wahrnehmungen ist während dieser Zeit kein Platz in ihrem Kopf.

Abseits des Krankenbetts ihrer Mutter rückt die Realität eine Weile in den Hintergrund. Sie fragt sich, ob sie deshalb eine schlechte Tochter sei. Die Tage im Hospiz strengen sie mehr an, als von morgens bis abends im Job zu ackern. Ulrike Sammer ist Bauingenieurin und mit ihren zweiundfünfzig Jahren gut im Geschäft, denn Erfahrung zählt in ihrem Beruf mehr als Jugend.

Als sie vor sechs Jahren ein verlockendes Angebot aus Amerika bekam, wollte sie nicht widerstehen. Bevor sie zusagte, ihre Wohnung auflöste und nach Kalifornien zog, sprach sie mit ihrer Mutter über die neue Perspektive in ihrem Leben, die Änderungen, die aufgrund der enormen Distanz damit einhergehen würden. Wie kaum anders erwartet, verhielt sich ihre

Mutter während des Gesprächs distanziert, zeigte keinerlei Emotionen. »Ich sollte bloß nicht den Eindruck gewinnen, ihr würde schwerfallen, mich in der Ferne zu wissen. Sie tat gerade so, als ob ich einen Umzug von Hamburg nach Bremen plante, und nicht über den Atlantik. Ihr Standardsatz war: ›Die Arbeit geht vor, da kann man nichts machen.‹ Früher eilte ich zu meiner Mutter, wann immer sie mich brauchte. Plötzlich kam ich nur noch zweimal jährlich zu Besuch. Sie lebte sowieso schon zurückgezogen, durch meine Abwesenheit war sie noch einsamer. Mein Bruder war der Einzige, der sie in regelmäßigen Abständen besuchte. Sie hätte mich nie um eine Rückkehr gebeten. Kurz bevor sie erkrankte, erhielt ich ein neues Jobangebot aus China. Die Baubranche dort boomt. Deshalb büffle ich Schriftzeichen. Wozu eigentlich?«

Ulrike Sammer nimmt die Kopfhörer ab und sieht ratlos auf den Bildschirm ihres Laptops. Ob sie nun Chinesisch lernt oder in China ein Sack Reis umfällt, ist ihr momentan egal. Ihre beruflichen Zukunftspläne liegen vorerst auf Eis. Es können Wochen, auch Monate vergehen, die sie im Hospiz bei ihrer Mutter verbringen wird. »Ich bleibe hier, bis …«

Sie lässt den Satz unvollendet und unterdrückt die Tränen. Um sich abzulenken, greift sie schnell zu ihrem Wörterbuch, das neben dem Computer liegt, klappt es auf, schlägt es zu, klappt es erneut auf und legt es wieder zur Seite. Sie komme mit ihren Emotionen schwer zurecht, sagt sie. Habe sie weder im Griff, noch gelinge es ihr, sie einfach laufen zu lassen.

Ulrike Sammer empfindet eine tiefe Traurigkeit und versucht gleichermaßen, diese Traurigkeit zu verdrängen, indem sie sich zu guter Laune zwingt. Sie scherzt, obwohl ihr zum Heulen zumute ist. Lächelt, während sie von den Haarspitzen bis zu den Fußsohlen eine Beklemmung überkommt, die sie verrückt macht. Sie sieht Dutzende Bilder der Vergangenheit vor Augen, auf denen es ihrer Mutter und ihr nicht gelingt, zueinander zu finden. Auf denen sie wie Katz und Hund umeinander schleichen, sich in Habtachtstellung verkrampfen, ein Miteinander vermeiden.

Seit der Krebserkrankung sind sie sich, wenn auch in kleinen Schritten, nähergekommen. Das hat für Ulrike Sammer etwas erschreckend Schönes. »Ich glaube, die Zeit, die ich mit meiner Mutter hier im Hospiz verbringe, wird für mich eine der intensivsten meines ganzen Lebens sein. Ich entdecke meine Mutter neu. Ich sehe sie in einem anderen Licht und erlebe dabei viele kleine positive Überraschungen.«

Seit Tagen beobachtet sie die Entwicklung mit Staunen. Ist das wirklich die Mutter, die sie seit zweiundfünfzig Jahren kennt? Die sich so oft selbst im Weg stand, von der Außenwelt abschottete und in ihren vier Wänden einigelte. Urplötzlich öffnet sie wie mit einem Reißverschluss Stück für Stück ihren Panzer, geht auf andere Menschen zu, genießt die Gesellschaft von Schwestern und Pflegern, ist in der Lage, Wünsche zu äußern, und bereit, sich von anderen verwöhnen zu lassen.

»Heute Morgen Klangschalentherapie, gestern Fußzonenreflexmassage.« Während Ulrike Sammer die Silben in die Länge zieht, klingt ihre Stimme, als zweifele sie an der Aussagekraft ihrer eigenen Worte. »Die Therapeutin kam ins Zimmer und fragte meine Mutter, ob sie Lust auf eine Entspannungsbehandlung mit Klangschalen habe. Ohne zu wissen, auf was sie sich einließ, stimmte sie sofort wie selbstverständlich zu. Mit der Massage gestern war es ähnlich. Meine Mutter sagte: ›Ja, gerne.‹ Und anschließend erzählte sie voller Begeisterung davon. Diese Offenheit wäre vor einem Jahr noch undenkbar gewesen. Ein Vorschlag von mir in die Richtung? Ich hätte mich wahrscheinlich gar nicht getraut und wenn, ein Donnerwetter gehört: ›Was soll so ein Blödsinn? Nicht mit mir! Bist du verrückt?‹ Ich kenne doch ihre barsche Art. Ich habe mir jahrelang den Mund fusselig geredet. Ob Seniorenturnen, Stricknachmittage oder ein Kursus an der Volkshochschule. Ich konnte sie mit keiner Idee aus der Wohnung locken. Sie verließ ihren festgetretenen Pfad keinen Zentimeter nach links oder rechts.«

Vor vielen Jahren konnte ihre Mutter auch mal anders – in einer Phase ihres Lebens, in der sie ausgelassen und fröhlich wirkte, Momente des Glücks nicht gleich im Keim erstickte. Ulrike erlebte diese leider zu kurze Zeit hautnah mit. »Als sie ihren Mann kennenlernte, meinen Stiefvater, war sie wie ausgewechselt und die Stimmung bei uns zu Hause gleich viel besser. Meine Mutter arbeitete bei einer Reederei. Friedhelm, mein Stiefvater, fuhr als Funkoffizier auf einem der Schiffe. Wie sie sich genau begegnet sind, weiß ich nicht. Ich war erst elf, als es passierte, und fragte nicht nach. Und später redeten wir auch nie darüber. Für mich fiel Friedhelm damals wie vom Himmel. Eines Nachmittags hieß es: ›Ulrike, heute Abend kommt Besuch, der bei uns einige Tage übernachten wird.‹

Meine Mutter wollte ihn vom Flughafen abholen, und ich sollte besonders zeitig schlafen gehen. ›Du bleibst in deinem Bett‹, ermahnte sie mich, bevor sie wegging. Pustekuchen! Von wegen schlafen! Ich empfand keine Spur von Müdigkeit, war viel zu neugierig. Ich hockte mich im Schlafanzug an meinen kleinen Schreibtisch und wartete stundenlang, bis ich kurz vor Mitternacht endlich das Türschloss hörte und sofort aus meinem Zimmer rannte. Ich wunderte mich, dass meine Mutter nicht mit mir schimpfte, kein bisschen böse wurde. Ich durfte mich zu ihnen setzen. Ins Wohnzimmer! Diesen Raum nutzten wir sonst nicht. Da waren wir nie drin, außer zum Staubputzen. Und plötzlich gingen die Lichter an.

Die beiden saßen nebeneinander auf dem Sofa, tranken Tee, und ich dachte vom ersten Moment an, als ich Friedhelm sah: ›Endlich bekomme ich einen Vater.‹ Ich schaute ihn mir von oben bis unten an. Er entsprach genau meinem kindlichen Traumbild, hatte Haare auf den Armen. Ganz viele, das gefiel mir. Keine Ahnung, warum dieses Detail, wann immer ich mir in meiner Fantasie einen Vater vorstellte, für mich wichtig erschien.«

Vom ersten Abend an mochte sie Friedhelm. Sie konnte mit ihm toben, Kissenschlachten veranstalten, auf Bäume klettern – und sich an ihn kuscheln. Tagsüber, wenn die Mutter arbeitete, holte er sie von der Schule ab und führte sie zum Mittagessen aus. »Ich war ganz verdattert, als er zu mir sagte: ›Ulrike, heute gehen wir beide aus.‹ Meiner Mutter fehlte für so einen Luxus das Geld. Mit Friedhelm betrat ich das erste Mal in meinem Leben ein Restaurant und fühlte mich wie eine kleine Prinzessin. Am Nachbartisch saß Paul Dahlke, der Schauspieler. Diese Begegnung machte das Erlebnis noch aufregender für mich. Mit großen Augen kam ich aus dem Staunen nicht mehr raus.«

Wie es sich für ein gut erzogenes Mädchen Ende der Sechzigerjahre gehörte, siezte Ulrike ihren Stiefvater. Am vierten Tag seines Besuchs war Schluss damit. Sie sollte mit dieser Förmlichkeit aufhören und ihn duzen. Für jedes Sie, das ihr weiterhin über die Lippen kam, kassierte er als Strafe einen Groschen. Zwei musste sie bezahlen, danach ging ihr das Du in Fleisch und Blut über. »Die beiden Groschen, die er mir abnahm, trug er bis zu seinem Tod im Portemonnaie. Er hatte sie auf ein Stück Pappe geklebt. Kaum waren wir per Du, nannte ich ihn Vater, obwohl ich ihn kaum kannte. Einen tolleren, verständnisvolleren Vater hätte ich mir nicht vorstellen können. Ich holte mit ihm in vollen Zügen nach, was in den ersten elf Jahren meines Lebens zu kurz gekommen war: Nähe!

Zu Hause herrschte eine ausgelassene Stimmung. Meine Mutter kam am späten Nachmittag gut gelaunt aus dem Büro, lachte viel häufiger als früher und wirkte entspannt. Kein Wunder, endlich lastete die Rolle der Versorgerin nicht allein auf ihren Schultern! In ihrem Leben ereignete sich mehr als Arbeit, Putzen, Kochen und Kindererziehung. Da gab es plötzlich einen Mann, der sie liebte. Mein Stiefvater umarmte und küsste sie. Sie hielten Händchen. Diese Gesten der Zärtlichkeit gingen zwar meist von ihm aus, aber meine Mutter ließ sie zu, nicht widerwillig, sondern genießerisch. Die beiden gingen ins Kino, machten lange Spaziergänge, saßen im Gartenlokal und tranken Kaffee. Sonntags lud mein Vater uns immer zum Essen ein. Unter der Woche half er meiner Mutter abends beim Kochen. Er führte kleine Neuigkeiten in unserer Küche ein, tat zum Beispiel Wein an die Bratensoße, würzte mit frischem Knoblauch. Die gleichen Gerichte schmeckten plötzlich raffinierter als sonst. Außerdem kannte er Rezepte, die meine Mutter zuvor nie ausprobiert hatte. Seine grünen Bohnen mit Hack und Kartoffeln! Ich hab mir die Finger danach geleckt.«

In der Anfangszeit fuhr ihr neuer Vater noch zur See. Nur alle paar Monate lief das Schiff Hamburg an. Er blieb für zwei Wochen und musste anschließend wieder raus aufs Meer. Seine Route verlief von Genua nach Westafrika. Ulrike wusste genau, wann er in welchem Hafen lag und wie lange die Post von dort nach Deutschland brauchte. Schickte er in Genua einen Brief für sie ab, dauerte es in der Regel sechs Tage, bis er auf ihrem Schreibtisch im Kinderzimmer lag. Bereits ab dem fünften hielt sie nach der Schule aufgeregt Ausschau nach dem Briefträger. Kam der am sechsten, siebten oder gar achten Tag immer noch mit leeren Händen, brach ihre kleine Welt zusammen. Die viele Post, die Friedhelm ihrer Mutter schickte, interessierte sie nicht. Sie hatte nur Augen für den separaten Luftpostumschlag, adressiert an Fräulein Ulrike Sammer.

Etwa zwei Jahre nachdem ihr neuer Vater wie aus dem Nichts kommend Leben in die Bude gebracht hatte, gab er die Seefahrerei auf und nahm in Hamburg eine Stelle als Prokurist an. Ulrikes Kindheitstraum ging in Erfüllung. »Meine Mutter und er heirateten. Wir zogen als eine richtige Familie in ein Haus am Stadtrand. Ich war nicht länger das uneheliche Kind aus bescheidenen Verhältnissen, auf das man gerne mal mit dem Finger zeigte. Ich spürte, die Leute behandelten uns anders. Wir erfüllten die Regeln eines kleinbürgerlichen Lebens, gehörten dazu. Besaßen sogar ein Auto. Meine Mutter machte ihren Führerschein.«

Kaum hatten sie ihre kleine heimelige Idylle mit Garten bezogen und sich als Familie etabliert, zog die Mutter sich schleichend aus der Gemeinschaft zurück. Kino, Theater, Ausflüge ins Grüne, eine Schiffstour auf der Elbe oder Nordsee – sie fand tausend Gründe und Ausreden, das Haus zu hüten. Verdarb sich selbst, ihrer Tochter und ihrem Mann die Stimmung. »Mein Stiefvater war ein unternehmungslustiger und kommunikativer Mensch. Der wollte nicht nur in angespannter Atmosphäre zu Hause hocken. Da knisterte die Luft mehr als genug. Meine Mutter sah überall das Negative, das Positive leider zu selten. Er fühlte sich in die Enge getrieben. Er half ihr wie gewohnt in der Küche, aber seine Hilfe war unerwünscht. ›Lass das mal, ich kann das besser‹, hieß es. Die Soße, den Salat, das Gemüse, auf einmal machte er alles falsch und räumte das Terrain. Sobald er sich zurückzog aufs Sofa oder in den Garten, war der Zeitpunkt für die nächste Attacke gekommen. ›Alles muss ich im Haushalt allein erledigen. Du sitzt nur herum und ruhst dich aus. Ich habe auch den ganzen Tag gearbeitet.‹ Mein Vater war ein geduldiger Mensch. Er versuchte vergebens einzulenken. Irgendwann gab er auf. Die Beziehung zwischen den beiden bekam heftige Risse und kriselte. Eng umschlungen auf dem Sofa sitzen – die Zeiten waren vorbei.«

In Ulrikes Augen ließ die Mutter ihre größte Chance verstreichen. Renate Sammer war um die vierzig, als sie ihrem Mann begegnete. In dem Alter hätte sie neu durchstarten und ihr Leben verändern können. Stattdessen fiel sie in alte Strukturen zurück, die sie daran hinderten, der Vergangenheit Adieu zu sagen und der Gegenwart und Zukunft Willkommen.

Ulrike nahm die Auswirkungen schmerzlich zur Kenntnis; die Gründe dafür waren und sind ihr bis heute schleierhaft. Ihre Mutter verliert kein Wort darüber. Und sie selbst fragt nicht, was damals geschah – in der Zeit, die sich qualvoll in die Länge zog.

Nach fünfzehn Jahren trennte sich der Stiefvater. Er hatte sich in eine jüngere Frau verliebt. Ulrike empfand eine Mischung aus Wut und Verständnis. »Meine Mutter hatte mit ihrem Verhalten unsere Familie kaputtgemacht, mein Stiefvater zerstörte sie vollends.«

Als ihre Mutter von der Nebenbuhlerin erfuhr, räumte sie noch am selben Tag das Feld und verließ das gemeinsame Haus. Sie suchte sich eine kleine Zweizimmerwohnung, kapselte sich von der Außenwelt weitgehend ab und lebte zurückgezogen in ihrem sechzig Quadratmeter großen Schneckenhaus.

Ulrike hielt den Kontakt zu ihrem Stiefvater. Kurz bevor er starb, sah sie ihn zum letzten Mal während eines gemeinsamen Ausflugs. Sie fuhren nach Lübeck, schlenderten langsam durch die Innenstadt und kehrten in einem Café ein. Als sie bei Marzipantorte und Cappuccino saßen, hörte sie Worte, die seitdem wie eine Warnung über ihr schweben. »Mein Stiefvater sah mich ernst an und meinte: ›Ulrike, pass bitte auf! Werde ja nicht so wie deine Mutter!‹ Das ging mir sehr nah. Natürlich sehe ich Parallelen zwischen ihr und mir – welche Tochter sieht die nicht zu ihrer Mutter? Mein Stiefvater erklärte mir, warum die Beziehung von seiner Seite aus damals in die Brüche gegangen war. Er konnte keine persönliche Nähe mehr zu meiner Mutter aufbauen. Er wollte nicht ständig nur Vorwürfe hören, fühlte sich leer, verlor seine Fröhlichkeit und Spontaneität. Er sah nur einen Ausweg: den Schlussstrich.«

»Wir sind fertig. Ich glaube, Ihrer Mutter hat's gefallen!«, ruft die Therapeutin im Vorbeigehen in den Wintergarten und verabschiedet sich mit einem freundlichen Winken.

Ulrike Sammer ist neugierig, steht sofort auf und möchte sich unmittelbar von der Wirkung überzeugen. Sie betritt das Zimmer ihrer Mutter und schaut in ein heiteres, entspanntes Gesicht. »Und, wie war es? Erzähl mal!«

Renate Sammer lässt ihre Tochter nicht lange auf eine Antwort warten. »Es war ganz, ganz toll. Als die Therapeutin kam, packte sie verschiedene Schalen aus und stellte sie mir auf den Körper. Das sah komisch aus. Mitten auf den Bauch und die Beine. Hier überall.«

Renate Sammer zeigt mit ihren Händen, wo die Klangschalen standen, und setzt dabei ihren Bericht fort: »Sie meinte, ich könne mich besser konzentrieren und erholen, wenn ich die Augen schließe. Das mache ich ungern, wenn um mich herum was passiert, aber ich habe ihr den Gefallen getan. Ich hätte wirklich nicht gedacht, dass es so gut funktioniert. Ich ließ mich sacken, fühlte mich wie schwerelos. Mit einer Art Trommelstock schlug sie leicht gegen die Schalen. Die Klänge, die dadurch entstanden sind, hörten sich wunderschön an, und ich spürte sie auch. Vom Kopf bis zu den Füßen strömte ein warmes, wohliges Gefühl durch meinen Körper. Ich kann dieses Empfinden schwer beschreiben. Es war herrlich. Ich fühle mich richtig gut danach, stärker als vorher.«

Renate Sammer vereinbarte gleich einen neuen Termin und freut sich schon darauf, wenn die nette Frau mit ihren Schalen wiederkommt.

Am frühen Morgen auf dem Weg zur Arbeit hat der Hospizkoch einen kleinen Umweg gemacht und ist beim Wochenmarkt vorbeigeradelt. Eigentlich brauchte er nur zwei reife Mangos und eine Ananas. Als er den frisch gestochenen weißen Spargel sah, war es aber um ihn geschehen. Keinen Tag länger wollte er auf die diesjährige Premiere warten, konnte dem Anblick nicht widerstehen und kaufte fünf Kilo. Das hat er nun davon: Seit einer halben Stunde ist er trotz geschulter Fingerfertigkeit mit dem Schälen beschäftigt, hat sich bis auf drei Stangen seinem Ziel genähert.

Zum Auftakt der Saison wird Ruprecht den Spargel traditionell zubereiten – gekocht mit selbst gemachter Sauce Hollandaise und kleinen Kartöffelchen. Eine Alternative zum Tagesmenü, die seine Gäste mit Sicherheit gerne annehmen werden.

Das Schweinefilet mit Paprikagemüse und Couscous, das eigentlich für heute auf der Speisekarte steht, wird aller Wahrscheinlichkeit nach auf den zweiten Platz zurückfallen.

Der Blick auf die Küchenuhr mahnt den Koch zur Eile. Viertel nach zehn, höchste Zeit für die Vorbereitung der Vitamingetränke. Ruprecht schält die Mangos, schneidet sie in grobe Stücke, holt Apfelsaft und Milch aus dem Kühlschrank. Er gibt die Fruchtstücke in den Standmixer und gießt die Getränke dazu.

Alles läuft wie immer an diesem Vormittag. Der Einkauf ist erledigt, die Küchengeräte funktionieren, in gewohnter Manier hantiert der Koch vor sich hin. Die Vorstellung, ihm könnte Unvorhergesehenes widerfahren, nimmt zwischen Herd und Kühlschrank keinen Platz ein. Die tägliche Gewohnheit ist für Ruprecht Schmidt die Krux an seinem Job. Es besteht die Gefahr, das Wesentliche und die eigenen guten Vorsätze aus den Augen zu verlieren. »Die Arbeit im Hospiz wurde für mich über die Jahre zu einer Selbstverständlichkeit, einer Routine, die gleichermaßen auch ein Selbstschutz ist. In ein paar Stunden, heute Abend oder morgen früh wird wieder eine Kerze brennen, zum x-ten Mal. Ich habe sie in den elf Jahren nicht mitgezählt. Ich möchte nicht wissen, wie viele es schon waren. Ich glaube, die Zahl würde mich schockieren.«

Würde er ständig darüber nachdenken, wer von den Bewohnern der Nächste ist, käme er weder zum Spargelschälen noch zum Kuchenbacken – er käme zu nichts mehr. Ruprecht kann nicht vermeiden, dass die Menschen sterben. Die Gefahr des Abstumpfens hat er jedoch im Griff. Die kann er umschiffen, indem er bei den kleinsten Anzeichen von Gleichgültigkeit dagegenpowert. Eine einfache Übung – wenn es um die Lebensqualität anderer geht. Bei der eigenen ist die Gefahr der Ignoranz eine viel größere. Früher ermahnte er sich häufiger: »Nimm dein Leben ernst, du hast nur das eine! Zieh nichts in die Länge, was dir wirklich wichtig ist!«

Ruprecht erwischt sich dabei, dass die Zeiträume zwischen seinen persönlichen Ermahnungen immer länger werden. »Bei mir in der Wohnung, zum Beispiel, liegt seit fünf Jahren eine Patientenverfügung auf dem Schreibtisch, mal oben auf dem Stapel, mal unten vergraben. Seit fünf Jahren will ich sie ausfüllen und mache es nicht. Ich erlebe jeden Tag in diesem Haus, wie wichtig eine solche Patientenverfügung sein kann, und unternehme nichts. Ich sperre mich, dieses Blatt Papier zu unterschreiben. Irgendwann saß ich zu Hause, habe drauf gestarrt und mich gefragt: ›Warum dieser Angang? Welche inneren Widerstände hast du?‹ Ich brauchte nicht lange nach einer Antwort suchen. Es ist viel leichter, sich mit dem Ableben anderer zu beschäftigen als mit dem eigenen. Ich habe Angst vor der Endlichkeit und möchte sie verdrängen.

Da ich mich jeden Tag in einem Hospiz aufhalte, könnte man meinen, dass ich super gewappnet bin. Mit dem Tod und dem Sterben abgebrühter umgehe als andere. Einige Menschen in meinem privaten Umfeld sagen fast bewundernd und neidisch zu mir: ›Ja, du hast es einfacher als andere. Wer so viel mit Sterben und Tod konfrontiert wird wie du, gewöhnt sich an den Gedanken viel leichter. Für dich ist das ja bestimmt kein Problem loszulassen, wenn es eines Tages so weit ist.‹ Ich muss diese Leute jedes Mal enttäuschen. Ihre Annahme ist ein Trugschluss. Hätten sie recht, wäre ich immun gegen meine eigenen Ängste. Ich weiß nicht, welchem Menschen das in letzter Konsequenz gelingen kann. Mir bestimmt nicht. Ich habe viele Menschen im Hospiz leben und sterben sehen. Das gibt mir eine gewisse Lässigkeit, über den Tod zu reden.«

Er ist nicht so sprachlos wie die Menschen, die mit dem Thema erstmalig konfrontiert sind – das ist sein einziger persönlicher Vorteil. Er spricht Worte aus, die andere mühevoll umschreiben, aus Sorge, sie könnten auf der Stelle tot umfallen, nur weil sie über das Sterben reden. Diese Scheu hat der Hospizkoch lange hinter sich, mutiger als andere ist er deshalb nicht. Bei seinem Know-how und Erfahrungsschatz könnte er über die Materie stundenlange Vorträge halten. Sie hätten keinerlei Aussagekraft über sein eigenes Verhalten, wenn der Tag X gekommen ist.

Ruprecht Schmidt ist sich bewusst, dass zwischen Theorie und Praxis unüberwindbare Krater klaffen, das menschliche Leben von Bestimmen, Wollen, Planen, Wählen, Agieren geprägt ist. Nur beim Sterben geht es nicht um die Aktion, sondern um die Reaktion. »Heute kann ich nur spekulieren, wie ich reagieren werde. Ich weiß nichts über mein Verhalten bis zu dem Zeitpunkt, wenn es passiert. Meine Angst vor dem Tod ist weder größer noch kleiner geworden, seitdem ich im Hospiz arbeite. Sie ist genauso groß wie vor elf Jahren, als ich hier anfing.«

Dieses Eingeständnis schützt ihn bei der Arbeit vor Überheblichkeit und Ignoranz. »Natürlich wäre es manchmal einfacher, man würde aus dem Zimmer gehen und denken: ›Mein Gott! Warum kann dieser Mensch, der da erbärmlich im Bett liegt, nicht endlich zur Ruhe kommen. Sieht doch jeder, dass er sterben wird. Warum tut er jetzt so, als ob das nächste Essen ihn retten würde?‹ Diese Selbstgefälligkeit! Man meint zu wissen, was für einen anderen Menschen richtig oder falsch ist, wie er sich verhalten soll. Auch das fällt für mich unter die Kategorie: Arroganz der Lebenden.«

Gläser und Trinkbecher stehen auf dem Tablett bereit. Ruprecht füllt sie mit der Mango-Apfel-Variante. Schwungvoll verlässt er mit den Vitamingetränken die Küche – und bremst abrupt ab. Sein Blick fällt auf die brennende Kerze. Nur wenige Minuten kann es her sein, dass eine der Krankenschwestern sie angezündet hat. Er sieht den Vornamen auf der Wachstafel.

Es war absehbar: Horst Reckling ist verstorben. Im aufgeschlagenen Kondolenzbuch steht auf einer Doppelseite: »Ich werde dich immer lieben, deine Beate.«

Bedächtiger als sonst steigt Ruprecht die Treppen hoch. Da

stand er eben noch in der Küche und grübelte über die eigenen Ängste vor der Endlichkeit. Und währenddessen kam der Tod und schlug eine Etage über ihm wieder zu – als ob er machen könne, was er will. Dass Horst Reckling seinen geliebten Pflaumenquark nicht mehr essen würde, ahnte der Koch bereits bei seinem letzten Besuch. Aber auch ohne Nahrung hätte er theoretisch noch Tage weiterleben können. Warum starb er jetzt und nicht früher oder später? Bei dieser Frage hat sich Ruprecht schon oft im Kreis gedreht. Er ist überzeugt, dass kein Außenstehender hundertprozentig begreifen kann, wann der »richtige«, »stimmige« Moment eintritt, dem Leben den Rücken zu kehren.

Seine Schlussfolgerung klingt banal und gleichzeitig beklemmend: »Jeder stirbt für sich allein!« Das kann der Hospizkoch mit seinem Erfahrungsfundus nur unterschreiben. »Ich habe so viele sterbende Menschen in unterschiedlichen Phasen miterlebt. Manchmal kann ich mich nicht dagegen wehren, dass ich Parallelen ziehe und meine: ›So oder so ähnlich wird es bestimmt auch bei dir ablaufen. Das also erwartet dich!‹ Ich weiß: Das ist totaler Quatsch. Wie jeder andere Mensch auch werde ich beim Sterben etwas Einmaliges erleben. Und bevor es so weit ist, kann ich mir zwar den Kopf darüber zerbrechen, es aber trotzdem nicht vorhersehen. Jeder Mensch stirbt so individuell, wie er gelebt hat. Das bewahrheitet sich für mich immer wieder.«

Sein Vater, der Theologe, sagte früher oft: »Warum sollen die Menschen Angst vor dem Tod haben. Gott wartet auf sie.«

An die Macht dieser Worte kann der Sohn jedoch nicht so recht glauben – besonders seit er in einem Sterbehaus arbeitet. Der Glaube kann seiner Erfahrung nach Menschen helfen, sich ein Danach vorzustellen, es mit Bildern auszuschmücken. Der Tod ist kein dunkles Loch mehr, sondern ein friedvoller, paradiesischer Zustand, den sich jeder, der sich daran klammert, in seiner Fantasie anders ausmalt. Der Glaube allein schützt aber nicht automatisch vor Furcht, dessen ist sich Ruprecht sicher. Ob katholische, evangelische, buddhistische oder moslemische Bewohner – die Angst vor dem Sterben macht vor keiner Religion halt.

Die jahrelange Arbeit im Hospiz stützt Ruprechts persönliche These. »Es gibt eine Urangst im Menschen! Ich bezweifle, dass der Glaube die jemals ganz wegnehmen kann. Ich erinnere mich an die letzte Begegnung mit meinem Großvater vor zwanzig Jahren. Er war schwer krank und seit etlichen Wochen bettlägerig. Zwei Tage vor seinem Tod besuchte ich ihn nachmittags zu Hause. Wir redeten über alles Mögliche, auch Belanglosigkeiten. Plötzlich erzählte und beschrieb er mir in schillernden Farben, wie sich am frühen Morgen in der Dämmerung direkt über seinem Bett die Zimmerdecke geöffnet hatte und ihm Engel erschienen. Er wirkte entspannt und ruhig bei dieser Vorstellung, bald ins Himmelreich abgeholt zu werden. Ich freute mich für ihn und war voller Bewunderung. So beseelt konnte sich eben nur ein strenggläubiger Pastor vom Irdischen verabschieden und auf den Tod vorbereiten. In der Nacht, bevor er dann starb, muss er aber riesengroße Panik bekommen haben. Allen war ein Rätsel, woher er die Kraft nahm zu schaffen, was er tat: Ohne fremde Hilfe bewegte er sich allein aus dem Bett, setzte sich in den Rollstuhl, der daneben stand, und fuhr durchs Haus. Er war auf der Flucht. Obwohl oder gerade weil er die Engel gesehen und der Himmel sich geöffnet hatte.«

10

In Zimmer 3 im ersten Stock startet der Koch seine heutige Besuchstour. Als Erstes will er sich bei der neuen Bewohnerin vorstellen, die am Abend zuvor eingezogen ist. Mit dem vollen Tablett in der Hand klopft er an die Zimmertür und betritt den Raum. »Guten Morgen. Ich bin Ruprecht, der Koch im Haus.«

Vom Bett aus erwidert Monika Sievers den Gruß mit weit aufgerissenen Augen. Sie ist klein und schmächtig, im Gegensatz zu ihr wirkt die Matratze riesig und sie ein wenig verloren unter dem großen weißen Laken.

Ruprecht führt sie in die Gepflogenheiten ein. »Vormittags biete ich eine kleine Zwischenmahlzeit an. Ein Vitamingetränk, mal mit Milch, mal mit Joghurt. Heute sind Mango und Apfel drin. Ist Ihnen danach?«

Sie nickt. »Ich nehme ein Glas. Trinken kann ich gut. Heute Morgen habe ich eine ganze Tasse heiße Milch geschafft. Die war lecker, und Milch ist ja sehr nahrhaft. Mit dem Essen klappt's bei mir in letzter Zeit nicht besonders.« Sie zeigt auf das Gestell, das neben ihrem Bett steht. »Deshalb bekomme ich flüssige Zusatznahrung und hänge manchmal am Tropf. Im Krankenhaus sagte man mir, da sei alles drin, was der menschliche Körper benötigt. Aber das ist mir zu wenig. Ich muss wieder was Handfestes kriegen und zunehmen. Mich aufpäppeln.«

Die Vehemenz ihrer Vorsätze macht dem Koch Sorgen. Was sie sich abverlangt, kann nicht gutgehen. Einerseits möchte Ruprecht die neue Bewohnerin vor einer Enttäuschung bewahren, andererseits nicht den Eindruck erwecken, sie zu bevormunden. Was nützt es ihr, wenn er aus seinem Erfahrungsschatz schöpft? Sie will nicht hören, wie es anderen erging, sondern daran glauben, ihren Körper zu kräftigen. Ruprecht kennt diesen Moment, und trotzdem fällt es ihm schwer.

»Was gibt es zu Mittag?« Monika Sievers sieht neugierig und verzweifelt zugleich aus.

Mit größter Vorsicht versucht Ruprecht sie zu überzeugen. »Was immer Sie möchten, ich bereite es Ihnen zu! Als Tagesmenü biete ich unter anderem Spargel mit Sauce Hollandaise und frischen Kartöffelchen an. Und Schweinefilet mit Couscous und Paprikagemüse. Das ist Ihnen wahrscheinlich zu schwer. Wie wär's mit einer Suppe? Einer frischen Spargelsuppe?«

»Spargelsuppe mag ich gern. Aber die hat keine Substanz. Das bringt doch nichts.«

»Kommt drauf an. Ich kann sie binden und mit Sahne verfeinern. Das Wichtigste ist, Sie vertragen sie gut. Das wäre doch ein toller Anfang. Finden Sie nicht?«

»Und ob ich die vertrage. Sagen Sie, wenn ich möchte, bekomme ich auch ein Stück Fleisch, oder?«

»Natürlich, jederzeit.«

»Ich glaube, so eine Suppe ist nicht das Schlechteste. Aber bitte mit einem Stich Butter dran. Eine halbe Tasse voll, höchstens. Und zwei, drei Stückchen Spargel drin. Ich muss langsam anfangen und mich steigern. Das wird schon.«

Ruprecht ist erleichtert. Er sah die kleine ausgemergelte Frau, die beim Reden lebhaft mit ihren Händen gestikuliert, schon traurig vor einem Teller Fleisch und Kartoffeln sitzen. Höchstwahrscheinlich hätte sie ihrem inneren Erwartungsdruck nicht standgehalten und nach ein, zwei Bissen frustriert aufgegeben. Ein bisschen Suppe ist der bessere Garant für ein Erfolgserlebnis, möglicherweise ebenso der Nachtisch. »Als Dessert gibt es heute eine Tiramisucreme. Mögen Sie davon probieren?«

Während sie mit einer Antwort auf sich warten lässt, zieht Monika Sievers das breite rote Stirnband, mit dem sie ihre zurückgekämmten, schulterlangen Haare bändigt, etwas höher auf den Kopf. »Ich mag süße Sachen. Ein, zwei Teelöffel würde ich nehmen. Zucker und Fett, das tut mir gut.«

Ihre Stimme klingt freundlich, aber bestimmt. In Wirklichkeit gehöre sie nicht hierher. In so einem Haus zu landen sei ein Schlag ins Gesicht. Doch die Ärzte rieten ihr zu dieser Entscheidung. »Die haben Alarm geschlagen«, berichtet sie. »Das musste plötzlich so schnell wie möglich gehen. Sie meinten, im Krankenhaus würden sie das nicht mehr in den Griff bekommen. Ich glaube, die wollten mich loswerden. Ich bin erst sechsundsechzig Jahre alt, so schnell wird mich keiner los.«

Bei ihrer Ankunft gestern Abend musste sie sich schwer disziplinieren. Das sei aber kein Problem, das könne sie gut. Sie komme damit zurecht, vorübergehend an diesem Ort – dessen Namen sie nicht nennt – zu sein, da stehe sie drüber. Bestimmt gebe es in den anderen Zimmern noch viel Kränkere als sie. Monika Sievers gehört zu den Menschen, die die Zähne zusammenbeißen und dabei lächeln. »Probieren geht über Studieren. Warum soll ich mir das hier nicht mal anschauen und ein paar Tage testen? Vielleicht gefällt es mir ja. Ich werde sowieso bald wieder draußen sein.«

Langsam, aber ruhelos bewegt sich die Neuangekommene im Bett hin und her, zieht die Ärmel ihres grünen Pullovers hoch, winkelt erst das rechte, dann das linke Bein an, setzt sich aufrecht hin. Ein paar Sekunden später versinkt sie wieder in ihren beiden Kopfkissen. Mit ihren Händen, die eine eigene Geschichte erzählen und dabei ständig in Bewegung sind, zeigt sie auf den Baum vor ihrem Fenster. »In spätestens drei bis vier Wochen hat er Blätter, und ich bin wieder in meinem eigenen Bett.« Leise fügt sie hinzu: »Ja, ganz bestimmt! Es gibt ein Sprichwort: ›Wenn die Knospen sprießen, kommt das Leben.‹ Zum Herbst, wenn die Blätter fallen, gibt es die meisten Toten. Wenn die Blätter fallen, ja, ja.«

Mit ernstem Blick schaut sie auf die Kastanie, während ihre

Finger an den Ecken des Bettbezugs zupfen. Bis zum Herbst sei noch eine lange Zeit, bis dahin habe sie sich wieder erholt, meint sie. »Es muss weitergehen, immer weiter. Man darf sich nie kleinkriegen lassen. Dann schafft man alles! So eine Krankheit geht nicht weg, das weiß ich. Ich werde mich mit ihr arrangieren. Ich will noch ein paar Jahre auskosten. Wenn es zehn sind, ist das wunderbar. Sind es mehr, umso besser. Ich habe noch nicht alles erlebt, was ich erleben möchte. Ich will mehr, viel mehr. Dafür brauche ich Power.«

Insgesamt war Monika Sievers mit Unterbrechungen ein halbes Jahr im Krankenhaus. In der Zeit stand es einige Male kritisch um sie. Sie zeigt auf den Himmel, den sie durchs Fenster sieht, und lächelt – ein trauriges Lächeln. »Der da oben will mich noch nicht.«

Mit »dem da oben« stand Monika Sievers in den letzten Monaten oft auf Kriegsfuß. Sie betete viel und suchte nach einer Antwort, warum er sie im Stich ließ, der liebe Gott. »Ich habe viel geweint, mich Tag und Nacht gefragt: ›Wo bist du, lieber Gott, wo bist du? Jetzt, wo ich deine Hilfe brauche, lässt du mich im Stich. Warum tust du mir das an? Ich habe keinem Menschen was zuleide getan, war immer für andere da. Warum werde ich so bestraft? Das habe ich nicht verdient.‹ Ich bekam keine Antwort, als ob er meine Gebete nicht erhörte.«

Monika Sievers betet nach wie vor, aber längst nicht mehr so viel. Sie versucht, auch ohne göttliche Hilfe klarzukommen. Wenn sie vor dem Spiegel steht, sieht sie ihr wichtigstes Ziel: zunehmen. Mitunter erschreckt sie der eigene Anblick so, dass sie in Tränen ausbrechen könnte. Ihr aktuelles Gewicht kennt sie nicht, der letzte Stand ist einige Wochen her – da wog sie gerade mal fünfunddreißig Kilo.

Um ihr Ziel besser kontrollieren zu können, will die neue Bewohnerin um eine Waage bitten. Wenn die jeden Morgen ein paar Gramm mehr anzeige, sei sie auf dem richtigen Weg. »Den Kopf in den Sand stecken, das kommt nicht infrage. Das gibt es bei mir nicht. Ich gebe nicht auf. Lieber bleibe ich ein paar Tage länger hier und geh nur mal zwischendurch nach Hause. Ich kann ja aufstehen, mich alleine duschen. Es dauert länger als früher, na und? Ich hab Zeit.«

»Also, wenn Sie mich so direkt fragen …« Thomas Weber überlegt und steckt dabei gewohnt beiläufig seine Lesebrille in die Haare. Er muss sich entscheiden: Fleisch – ja oder nein. Dem Vorschlag des Kochs, den Spargel mit dem Schweinefilet zu kombinieren, ist er nicht abgeneigt. Dadurch gerät er zwar noch mehr in den Ruf eines Fleischessers. Als ob ihn das noch interessieren müsste. In seiner trockenen, leicht ironischen Art stellt er fest, dass ihn ein Stück Fleisch weniger auch nicht retten wird und es an Blödsinn grenzt, sich in seiner Situation zu fragen, wie schädlich oder unschädlich der Verzehr ist. Wie immer denke er viel zu viel darüber nach, bemerkt er selbstkritisch und entscheidet: »Ich nehme den Spargel und das Schweinefilet, Schluss, aus!«

Ruprecht schmunzelt und ermahnt seinen Gast erneut. »Ich warte nach wie vor auf einen Wunsch von Ihnen. Es gibt bestimmt etwas, worauf Sie Appetit haben, was Sie mir verschweigen. Raus mit der Sprache!«

»Sie lassen ja nicht locker! Das ist sehr aufmerksam von Ihnen. Aber ich bin kein Typ, der ständig aus der Reihe tanzt.«

Zur Erfüllung seiner Wünsche kann der Koch nichts beisteuern. Zwei Tage seines Lebens möchte Thomas Weber noch verplanen. Über den richtigen Zeitpunkt ist er unschlüssig. Diese Woche fühlt er sich zu schwach, Ende der nächsten strengt es ihn hoffentlich weniger an. Der kommende Donnerstag erscheint ihm als ein guter Tag für den Onkologen. Er wird seine Tochter oder den Schwiegersohn bitten, ihn hinzufahren. Vom Hospiz aus ist es ein weiter Weg, einmal quer durch die Stadt. Diese Strapaze will er auf sich nehmen. Egal, wie sie ausgefallen sind, ihn interessieren die Ergebnisse aus der Klinik. Sie müssten seinem Arzt längst vorliegen. »Immerhin haben sie mir den Bauch aufgeschnitten für diese endoskopische Behandlung. Seitdem tut er weh und ist druckempfindlich. Wenn ich nur die Hand drauflege, werden die Schmerzen schlimmer. Eigentlich weiß ich ja, dass die Therapie nichts gebracht hat. Sonst würde ich mich nicht so schlecht fühlen. Aber ich kann mich mit meiner Vermutung nicht zufriedengeben. Ich brauche Gewissheit.«

Nach dem Besuch beim Onkologen wird er sich erholen müssen. Dafür sieht Thomas Weber den Freitag vor. Am Samstag möchte er ins Haus und sich in seinen Riesensessel fläzen, in aller Ruhe den Garten betrachten und seine Kaminuhren. Seine Tochter wird das Essen vorbereiten: Rehkeule mit Klößen und grünen Bohnen. Erst wenn der Duft des gebratenen Fleischs und der fertigen Soße zu ihm rüberzieht, will er aufstehen und am Tisch Platz nehmen. Die paar Schritte muss er schaffen. Sie werden sich das Essen richtig schmecken lassen, seine Tochter, der Schwiegersohn, das Enkelkind und er. »Danach passiert nicht mehr viel in meinem Leben, egal, wo ich mich aufhalte. Ich weiß nicht, wo es besser ist zu sterben. Hier im Hospiz, zu Hause oder in einem Altenheim.«

Er verdreht die Augen. »Altenheim, wie sich das schon anhört. Ich bin dreiundsechzig! Ich finde, das ist kein Alter. Die Relationen ändern sich. Früher stellte ich mir vor, mit achtzig da einzuziehen. Es gibt eine Altenwohnanlage in der Nähe von meinem Haus, die habe ich mir mal angeguckt, da könnte ich hin. Ich werde dort aber nicht den Service haben wie hier.«

Er verdreht erneut die Augen – wie um Himmels willen kommt er auf den Begriff Service? Richtiger sei wohl, von »Betreuung« zu sprechen, es handelt sich schließlich nicht um eine Hotelbuchung. »In dieser Wohnanlage bekäme ich auch ein Einzelzimmer. Ist ’ne Alternative. Hängt halt davon ab, wie lange man lebt.«

Die Entscheidung über seinen letzten Ort will Thomas

Weber ungern allein treffen. Am Nachmittag möchte er seine Tochter fragen, was ihr lieber ist. Die Antwort ahnt er bereits. Sie wird dafür plädieren, dass er im Hospiz bleibt, und einmal mehr hätte er sich seine ausführlichen, schwierigen Überlegungen schenken können.

Immer wieder überfallen sie ihn. Ist er zu müde zum Lesen, aber zu wach zum Schlafen, schlagen seine Gedanken zu und verwandeln sich in Fragen, die ihm schwer zusetzen. Eine raubt ihm vollends die Ruhe. Sein allgemeines Interesse am Detail sei in seinem momentanen Zustand eine Erschwernis, mit der er zu kämpfen habe. »Für das, was ich herausfinden möchte, brauche ich die Erfahrung und Information des Doktors, der mich hier versorgt. Blöderweise ist er gerade für eine Woche verreist. Ich muss mir seinen Kollegen schnappen. Ich will wissen, wie die letzten zehn Minuten sein werden. Das ist jetzt kein Witz, das meine ich ernst, todernst. Wie verbringt man seine letzten zehn Minuten? Muss man sich übergeben? Macht man ins Bett? Oder was macht man? Die Frage kann einem nur ein Arzt beantworten, der dieses Haus regelmäßig aufsucht und Routine darin hat. Ich habe keine Ahnung, was mit mir passiert, wenn es heißt: ›Weber, du bist dran!‹

Es wäre furchtbar für die Schwestern und Pfleger, wenn man im letzten Moment – mal hart gesagt – seinen Darm im Bett entleeren würde. Der Gedanke allein! Ich könnte natürlich auch sagen: ›Egal, danach bin ich sowieso weg. Es soll mich nicht mehr interessieren, ob ich vorher noch ins Bett …‹ Ich mag das Wort gar nicht aussprechen!«

Dieses Thema sei kein gutes. Er möchte es nach einer genauen Aussage des Doktors möglichst schnell für sich abschließen. Bis dahin werden ihn wohl die verschiedenen Varianten gedanklich verfolgen. »Ist das nicht blöd, worüber ich mir den Kopf zerbreche? Aber ehrlich: Wenn man den letzten Atemzug macht und dabei alles versaut, wäre mir das über den Tod hinaus peinlich.« Er lacht – weniger herzlich als laut. Diese

Form der Selbstbelustigung interpretiert er als eine Mischung aus schwarzem und Galgenhumor. Nach seinem Lachanfall verstummt er, schaut eindringlich nach links auf die kahle Wand. Sein Blick wandert von dort über die Tür und die ihm gegenüberliegende Wand zum Fenster.

Er erwartet Besuch. Freunde, die bald eintreffen werden. Vor etwa acht Jahren stellte er zum ersten Mal fest, dass die Einschläge immer näher kamen. Sein Bekanntenkreis schrumpfte langsam, aber stetig. Der Erste starb an Herzinfarkt, der Zweite an einem Schlaganfall. Er ist nicht allein mit seinem Schicksal, kaum einer aus seinem persönlichen Umfeld läuft noch beschwerdefrei durchs Leben. »Ein guter Freund liegt mit einem Nierentumor im Krankenhaus. Eine Freundin bekommt gerade ein neues Kniegelenk, eine andere ist am Fuß operiert worden. Mit mir sind das vier Personen auf einen Schlag, die nicht am öffentlichen Leben teilnehmen können. Wir sind alle unter siebzig. Das muss man sich mal vorstellen!«

Für heute haben sich drei Freunde angekündigt, für morgen ebenfalls. Übermorgen kommen die nächsten. Thomas Weber kann nicht Nein sagen, das ist sein Problem. Dieser ständige Besuch strengt ihn an, eigentlich braucht er Ruhe. »Wie soll ich das meinen lieben Freunden klarmachen? Soll ich sie abwimmeln? Und sagen: ›Bleibt weg! Kommt nicht!‹ Das ist schwer, das kann ich nicht. Die sind alle liebe, nette Menschen, die ich seit über dreißig Jahren kenne. Wie soll ich reagieren, wenn ein alter Bekannter anruft und verkündet: ›Thomas, übermorgen komme ich mit meiner Frau vorbei? Das ist doch okay für dich, oder?‹ Die meinen das gut und können nicht wissen, wie viel Kraft mich die Unterhaltungen kosten. Meine Konzentration ist nicht mehr die beste. Wenn man einen Tag Nein sagt, stehen am nächsten Tag sechs Leute vor der Tür. Sag ich zweimal Ja, sind es nur jeweils drei.«

Thomas Weber schmunzelt über seine allzu pragmatische Rechnung. Genau genommen liegt seine Schwierigkeit nicht darin, ein klares Nein zu formulieren. Er scheut die Reaktion darauf – möglicherweise fühlt sich jemand beleidigt. Auf Konflikte jeglicher Art, seien sie noch so klein, möchte er in seiner momentanen Lage jedoch gern verzichten. Da mogelt er sich lieber aus der Affäre. »Ich rede mich hin und wieder mit meinem Terminkalender raus – Massagen, Lymphdrainage, da fällt real einiges an, und manches dichte ich dazu.«

Die Freunde werden es ihm später verzeihen. Daran hegt Thomas Weber keinen Zweifel. Wenn sie eines Tages lesen, was er erzählt hat, ist er längst unerreichbar. Wie das sein wird, unerreichbar zu sein, kann er sich nicht vorstellen. »Die Frage nach dem Danach ist für mich eine sehr schwierige, aber keine, die mich belastet. Ich behaupte von mir, ein wenig Glauben zu haben. Ich war nie ein großer Kirchgänger. Klar hat man die Hoffnung, da ist noch was. In welcher Form auch immer.«

Um das Zimmer von Horst Reckling schlägt der Koch einen Bogen. Er weiß, dass die Ehefrau den Tag über am Totenbett verweilen möchte, um sich in aller Ruhe für immer von ihrem Mann zu verabschieden. Angehörigen und Freunden ausreichend Zeit dafür anzubieten gehört zu den Grundprinzipien des Hospizes. Die Verstorbenen werden aufgebahrt. Wer von den Hinterbliebenen möchte, kann diese Zeit des Abschieds nutzen.

Man kann es nennen, wie man möchte: Totenwache, die letzte Ehre erweisen oder einfach nur Tschüss sagen. Der Koch hat viele Trauernde erlebt, die das Unfassbare besser begreifen können, wenn der Sargdeckel nicht sofort zufällt. »Dieses Ritual bedeutet für mich auch Wertschätzung und Respekt dem Verstorbenen gegenüber. Ihn nicht gleich aus seiner zu Lebzeiten gewohnten Umgebung herausreißen, nicht sofort ein Bestattungsunternehmen kommen lassen. Jeder aus dem persönlichen Umfeld kann das Zimmer betreten. Den geliebten Menschen ein letztes Mal anschauen, ein letztes Mal berühren, ihm ein paar Worte mit auf den Weg geben. Natürlich muss das jeder individuell für sich entscheiden.«

Und längst nicht alle entscheiden sich dafür. Einigen fehlt der Mut. Sie können dem Anblick nicht standhalten, haben Angst vor einem emotionalen Zusammenbruch. Andere halten das Unumstößliche krampfhaft von sich fern, versuchen, es zu verdrängen, als könnten sie sich dadurch über die Gewissheit hinwegretten.

Der Tod ist keine ansteckende Krankheit, der Tod gehört zum Leben. Im Hospiz gehört er zum Alltag. In einem Zimmer wird getrauert und geweint, in einem anderen gelebt und gelacht. Wenn der Koch seine Runde durchs Haus dreht, Getränke anbietet, Essenswünsche aufnimmt, kommt er sich manchmal vor wie auf einer Achterbahnfahrt, deren Strecke er nicht kennt – Talfahrt ohne Vorwarnung, Doppellooping ohne Ankündigung.

»Es ist mal wieder höchste Zeit für Selbstkritik!« Ruprecht steht mit seinem Tablett mitten auf dem Flur und schaut bewusst lange auf die Tür, deren Anblick ein beklemmendes Gefühl in ihm verursacht. »In diesem Zimmer ist gerade ein Mensch gestorben, ein Leben erloschen, und ich ziehe keine Konsequenzen für mein eigenes. Kann doch nicht sein?!«

Seit Tagen möchte er ins Kino gehen, seit Wochen Theaterkarten fürs Schauspielhaus organisieren. Wenn er so weitermacht, wird der Film abgesetzt und die Vorführung ausverkauft sein. Die Verabredung mit einem guten alten Freund hat er schon zweimal verschoben, weil er sich nach der Arbeit nicht mehr aufraffen konnte. Ins Reisebüro wollte er längst, um nach Flügen für den nächsten Urlaub Ausschau zu halten. Wann war der Tag noch gleich, an dem er das letzte Mal so richtig vor sich hin gammelte, mit einem Schmöker auf dem Sofa lag? Sich ein schönes Essen im Restaurant leistete? Es ist herrliches Wetter draußen, warum verabredet er sich nicht am Abend spontan auf ein Bier an der Elbe?

Sobald Gudrun Fischer seine Schritte auf dem Flur hört, setzt sie sich aufrecht ins Bett, fährt sich mit den Händen durch die Pagenfrisur und wartet auf die kulinarische Audienz. Das persönliche Erscheinen des Kochs ist mittlerweile ein fester Bestandteil ihres Tagesablaufs, eine vielversprechende Unterbrechung, die ihre Vorfreude steigert. »Was bieten Sie mir heute Gutes an?«

Ruprecht ahnt, dass er mit seiner Gegenfrage richtig liegen wird: »Sie mögen doch Spargel, oder?«

»Und wie! Sagen Sie bloß, Sie machen heute welchen?«

»Ja, frisch vom Markt, dazu kleine frische Kartöffelchen und selbst gemachte Hollandaise. Wenn sie wollen, mit fein geschnittenem Schnittlauch drin, das schmeckt köstlich. Oder gehören Sie eher zu der Fraktion der Butterfans?«

»Nein, auf keinen Fall, Hollandaise mit Schnittlauch hört sich viel aufregender an.«

Damit sie statt zwei vielleicht drei Stangen Spargel schafft, will Gudrun Fischer selbst auf das kleinste Stückchen Fleisch verzichten. Seit gestern Abend spürt sie eine Verschlechterung. Ihr Tumor wächst rasant, drückt heftiger denn je auf den Magen. Der Platz fürs Essen wird immer kleiner. Damit muss sie sich arrangieren, will sich trotzdem nicht den Appetit verderben lassen. »Lebensqualität bedeutet für mich, genießen zu können. Ob es zwei oder vier Stangen Spargel sind, ist nebensächlich. Dass es mir noch schmeckt, ist ein Geschenk. Ich merke, wie ich zunehmend geruchsempfindlich werde. In der Anfangszeit habe ich gern die Zimmertür aufgemacht und den Duft von Kuchen oder Geschmortem, der durchs Haus zog, geschnuppert und tief in die Nase eingeatmet. Dieses heimelige Gefühl, die Erinnerung an mein gesundes Leben, die ich damit verbinde, bleibt mir mittlerweile verwehrt. Ich empfinde Übelkeit dabei. Solange ich noch das Essen auf dem Teller riechen mag, bin ich zufrieden.«

Schon früher, als ihre Welt noch in Ordnung war, dachte

sie – wenn auch nicht allzu oft – ohne Hemmungen über Tod und Sterben nach. Auch in Gesprächen mit ihrem Mann war das Thema kein Tabu. Die Frage, die bei den Gelegenheiten manchmal aufkam, interessierte sie damals nur rein theoretisch: Wie stirbt man am besten? Am angenehmsten? Mittlerweile beschäftigt sie sich aus praktischen Gründen damit. »Die schönste Vorstellung ist, dass ich von dem Prozess nichts mitbekomme. Am liebsten abends einschlafen und morgens nicht mehr aufwachen. Ich möchte keinen qualvollen Tod erleiden müssen. Wer will das schon?«

Gudrun Fischer lacht herzhaft. »Mit diesem hehren Wunsch bin ich bestimmt nicht die Einzige auf Erden. Ob er erfüllt wird, das ist der Punkt. Ich stelle mir das Sterben während des Schlafs sehr friedlich vor, ohne Beschwerden, ohne Schmerzen. Ich brauchte mein Leben lang keine Schmerzmittel. Die letzte Kopfschmerztablette habe ich vor über zehn Jahren geschluckt. Erst bei meinem letzten Krankenhausaufenthalt fing das Dilemma an. Die Ärzte rieten mir, regelmäßig Medikamente zu nehmen. Ich lehnte zunächst ab, fand meine Schmerzen noch erträglich. Ich brauchte nicht permanent Pillen. Ich wollte sie nur bei Bedarf. Von verschiedenen Seiten erklärte man mir, warum das keine gute Idee war. Es wäre viel schwieriger, Schmerzen zu bekämpfen, wenn sie bereits voll da sind. Mittlerweile schlucke ich die Tabletten schon seit einigen Wochen. Was soll's? Ich kann an meinem Körper nichts mehr kaputtmachen, er ist sowieso kaputt. Noch nehme ich normale Schmerzmittel. Ich weiß nicht, wie lange das gut geht. Wenn der Tumor weiter auf alles drückt, was in meinem Bauch noch drin ist, werde ich bald Morphin brauchen. Egal, solange ich Qualen damit vermeiden kann. Das ist das Einzige, wovor ich Bammel habe. Was auch immer passiert, ich möchte keine Schmerzen erleiden. Und wenn es irgendwie geht, von Übelkeit verschont bleiben.«

Ihre Gelassenheit grenzt für sie selbst an ein kleines Wunder. Hoffentlich hält es bis zum letzten Atemzug an. »Diese innere Ruhe, die ich empfinde, ist schwer steuerbar. Das kann genauso gut kippen. Ich weiß nicht, welche unterschiedlichen Phasen ich noch bis zum Sterben durchleben werde.«

Im Moment fühle sie sich leicht und beschwingt, ohne Gram und Groll. »Ich habe mein Leben gelebt und dabei viel Schönes erlebt. Ich glaube, das bewahrt mich davor, mit meinem Schicksal zu hadern. Ich muss nicht im Bett liegen und mich darüber ärgern, was ich für ein Scheißleben hatte.«

11

Der Marktbesuch am Morgen war eine gute Entscheidung. Bis auf vier Bewohner haben sich alle für den Spargel entschieden. Ruprecht betrachtet die geschälten Stangen und wird kribbelig. Dieses Verhalten ist typisch für einen Koch, meint er. »Hoffentlich werden alle satt! Nichts ist peinlicher als leere Schüsseln und Gäste, die hungrig vom Tisch aufstehen. Ich bin drauf und dran, im Supermarkt schnell ein zusätzliches Kilo zu besorgen. Wird allerdings kein hiesiger sein, das ist der Nachteil.«

Bei Spargel und Erdbeeren ist der Hospizkoch besonders eigen, greift am liebsten auf deutsche Qualität zurück. Dieses Argument und die Uhr, die in seinem Nacken tickt, halten ihn letztendlich vom Reservekauf ab.

Systematisch arbeitet er sich Schritt für Schritt vor. In einem großen Topf setzt er die Spargelschalen mit reichlich Wasser auf den Herd. Etwa eine Viertelstunde müssen sie auskochen. Die Brühe wird er als Grundlage für die Suppe nehmen. Bis dahin nutzt er die Zeit und bereitet den Teig für einen Zitronenkuchen vor. Wenn der im Backofen steht, wird er sich um das Paprikagemüse kümmern, das bei zwei Bewohnern Anklang fand, anschließend die Tiramisucreme zubereiten und Rote Grütze, die sich jemand gewünscht hat. Parallel dazu die Sauce Hollandaise. Danach sind die Kartoffelvariationen dran: Salzkartoffeln, Pellkartoffeln und Kartoffelbrei – ohne Letzteren wäre es ein ungewöhnlicher Tag.

Erst kurz vor dem Servieren wird Ruprecht das Schweinefilet braten, es mit einem kleinen Schuss Cognac ablöschen und etwas Thymian verfeinern. Dann fehlen nur noch das Rührei für Zimmer 10 und eine pürierte Möhrensuppe. Couscous will nach ersten Umfragen keiner. Eine kleine Portion wird er trotzdem dezent aufs Buffet schmuggeln – zum Kosten. Vielleicht kann sich der ein oder andere doch dafür begeistern. Wenn alle mit Mittagessen versorgt sind, will der Koch seine Aufmerksamkeit einer Ananastorte widmen.

Mitunter vertieft Ruprecht Schmidt die Vorstellung, er wäre selbst einer der Bewohner. Er malt sich aus, was er sich vom Koch wünschen würde, und passt dabei genau in das Schema, das er tagtäglich erlebt. »Ich glaube, ich würde mir ein Gericht aus meiner Kindheit wünschen. Einen Schinken-Nudelauflauf mit ganz viel Tomatensoße und ein bisschen Käse drin – so wie meine Großmutter ihn zubereitete, wenn ich sie besuchte. Verrückt, ich mache mir den selbst so gut wie nie, denke monatelang nicht daran. Und trotzdem spukt er mir auf Kommando sofort im Kopf herum.«

Seine Arbeit im Hospiz erlebt er als ein Rad in einem großen Getriebe. »Das Schöne an diesem Haus ist, die Menschen können sich in den unterschiedlichsten Bereichen wohl- und aufgehoben fühlen. Vorausgesetzt, sie akzeptieren den Ort, an dem sie sich aufhalten, und lassen die Tatsache zu, hier zu sterben. Ich trage meinen Teil in der Küche für diejenigen bei, die noch essen können. Das ist mein Bereich und meine Chance, Genuss zu ermöglichen. Das heißt aber nicht, dass die anderen, die nicht mehr essen können, auf Genuss verzichten müssen. Er verlagert sich nur in andere Bereiche, bekommt neue Prioritäten. Plötzlich löst ein schönes, ruhiges, lichtdurchflutetes Zimmer großes Wohlbehagen aus. Das Zusammensein mit dem Lebenspartner, der rund um die Uhr da sein kann, weckt tiefe Zufriedenheit. Eine Massage sorgt für Seelenfrieden. Und eine Schwester, die am Bett sitzt, für Ablenkung. Wir haben einen hohen Mitarbeiterschlüssel und viele ehrenamtliche Helfer. Hier muss sich keiner allein fühlen, wenn er die Angebote annimmt.«

Ein ereignisreicher Vormittag – erst Klangschalentherapie, jetzt Hairstyling. Eingehüllt in einen großen hellgrauen Frisierumhang sitzt Renate Sammer kerzengerade im Bett. Das senkrecht gestellte Kopfteil gibt der todkranken Frau den nötigen Halt im Rücken. Ihre zu besonderen Anlässen geschminkten Lippen und das dezente Rouge auf den Wangen bleiben nicht unbemerkt.

Sehr apart, stellt der Friseur anerkennend fest.

Über dieses Kompliment ist Renate Sammer sichtlich entzückt: »Entschuldigen Sie bitte! Wie war Ihr Name? Ich habe ihn eben nicht richtig gehört.«

»Nennen Sie mich einfach Frank.«

Frank Böhring betreibt einen Friseursalon in der Nähe des Hospizes. Seit über zehn Jahren kommt er regelmäßig vorbei und fragt nach, wer Lust und Laune auf einen Haarschnitt hat. Als Renate Sammer von diesem Angebot hörte, nannte sie es ihre Rettung. Sie sehe zwar nicht mehr viel, aber genug, um ihre Frisur ohne Übertreibung als furchtbar bezeichnen zu können.

Sie ist die Erste, die heute an die Reihe kommt, und erleichtert über die prompte Bedienung. »Frank, ich möchte mich wieder auf dem Kopf wohlfühlen. Was schlagen Sie vor?«

»Ich würde die Haare hinten um einiges kürzer schneiden. Dann werden sie nicht so schnell platt vom Liegen. Vorne lassen wir sie etwas länger, sonst stehen sie ab. Und an den Seiten machen wir das Ausgefranste weg.«

Gesagt, getan. Seine Kundin ist mit den Vorschlägen einverstanden, und der Friseur legt los – mit Schneiden und, wie es sich gehört, einer Unterhaltung. Frank Böhring macht es Spaß, seinen Arbeitsplatz alle paar Wochen für ein oder zwei Stunden ins Hospiz zu verlagern. Er hat lange nach einer ehrenamtlichen Tätigkeit gesucht und ist froh, sie in dieser Form gefunden zu haben.

Renate Sammer stutzt, mag kaum glauben, was sie gerade gehört hat. Ehrenamtlich? Dieses Engagement ist ihr zu viel.

»Sie kennen mich überhaupt nicht. Ich kann mir nicht für umsonst die Haare von Ihnen schneiden lassen.«

»Und ob Sie das können.« Frank Böhring lacht. »Sie müssen sogar. Bei mir gibt es keine Ausnahmen. Greifen Sie mal links an Ihren Hinterkopf, dann fühlen Sie, wie gut das auch ohne Bezahlung klappt. Auf der Seite bin ich fast fertig. Den Feinschnitt mache ich am Ende.« Um sich der anderen Kopfhälfte anzunehmen, läuft er ums Bett herum und ändert beim Seitenwechsel das Gesprächsthema: »Wo haben Sie gewohnt, bevor Sie hier eingezogen sind?«

Mit dieser Frage trifft er unbeabsichtigt einen wunden Punkt. Renate Sammer kontert kurz und bündig: »Ich wohne immer noch!«

Der Friseur korrigiert sich: »Dann muss ich anders fragen: Wo ist denn Ihr eigentlicher Wohnsitz?«

»In Hamburg-Wandsbek. Mein Zuhause ist und bleibt meine Wohnung. Solange ich lebe, wird sich daran nichts ändern. Die Ahnung, dass eine Rückkehr unmöglich sein wird, ist kein schönes Gefühl.«

Renate Sammer will den Friseur nicht länger mit ihrer Wehmut belästigen. Er erweist ihr mit seinem Besuch einen Riesengefallen. Sie greift in die abgeschnittenen Haare, die auf den Frisierumhang gefallen sind, und bestaunt die Menge. »Das ist ja mindestens ein Pfund, um das Sie mich erleichtert haben.«

»Ganz so viel nicht, aber zu lang waren sie wirklich. Jetzt haben Sie wieder eine schicke Frisur. Wollen Sie mal schauen, ob Sie Ihnen gefällt? Ich habe einen Spiegel mitgebracht.«

Renate Sammer nickt. Obwohl sie nicht viel erkennen kann, betrachtet sie sich aufmerksam von allen Seiten. Dann nimmt sie ihre Hände zur Hilfe, zupft am Pony, streicht seitlich und tastet hinten durch die weißen Haare. Sie ist voll des Lobes über ihr neues Aussehen. Egal in welcher Situation, man dürfe sich innerlich und äußerlich nicht gehen lassen, sagt sie. Mit neuer Frisur bekommt der Tag ein anderes Gesicht, ist gleich viel schöner, die Freude aufs Mittagessen und den ersten frischen Spargel noch größer. Renate Sammer verabschiedet sich von Frank, dem Friseur. »Ich hoffe, bis zum nächsten Mal.«

Um Viertel vor eins öffnet sich in der Eingangshalle die Fahrstuhltür. Unübersehbar hat auch Rolf Führing den Service des Hospizfriseurs in Anspruch genommen. Seine sowieso schon kurzen Haare sind noch ein Stückchen kürzer geworden. Ohne sich auf einem Rollstuhl oder Rollator abzustützen, wagt er den Weg zum Speisesaal. Dabei erweist er sich als Gentleman, hat Monika Sievers, die neue Bewohnerin, untergehakt und will sie zum Tisch geleiten.

Vor der brennenden Kerze hält er an, nicht erschrocken, aber erstaunt. Es ist schon die zweite, die er in nur drei Tagen miterlebt, berichtet er seiner Begleiterin. Es gehe schneller, als man denkt. »Wir wissen nicht, wann unsere brennen werden. Gehen wir weiter, ich habe Hunger.«

Monika Sievers lässt das Gehörte unkommentiert. Sie erzählt stattdessen von ihrem Plan, bald nach Hause zurückzukehren.

Diese Äußerung lässt wiederum Rolf Führing unbeantwortet. »Wir sind zu früh dran«, stellt er fest und erklärt der Neuen die Gepflogenheiten: »Hier auf dem Buffet werden gleich die verschiedenen Speisen stehen. Salat, Hauptgericht, Nachtisch, alles, was man sich denken kann, und reichlich. Jeder nimmt sich, was und wie viel er will. Ich bin zu wacklig auf den Beinen, ich lass mich lieber bedienen. Wir können uns auch jederzeit etwas zu essen wünschen, hat man Ihnen das schon mitgeteilt?«

Monika Sievers nickt und bleibt stumm.

Rolf Führing ergreift erneut das Wort: »Es gibt keine festen Plätze. Wo möchten Sie sitzen? Am Fenster oder lieber auf der anderen Seite?«

Seine Begleiterin entscheidet sich für einen Stuhl am Fenster. Er nimmt den gegenüber.

Ein paar Minuten später wird aufgetischt. »Für mich bitte wie immer«, sagt Rolf Führing selbstbewusst.

Ruprecht weiß, was sein hungrigster Gast damit meint. Er möchte den Teller möglichst voll haben, und so bekommt er ihn auch: Kartoffeln, Spargel, ein Stück Fleisch und Soße – mehr passt wirklich nicht drauf. »Ist es recht so?«

Auf seine kecke Frage bekommt Ruprecht ein klares, zufriedenes Ja zu hören. Rolf Führing wünscht den anderen am Tisch einen guten Appetit und lässt sich seine Portion schmecken.

Monika Sievers sitzt vor ihrer halben Tasse Spargelsuppe, die sie noch nicht angerührt hat. Sie habe nicht allein in ihrem Zimmer essen wollen, erklärt sie. »Ich dachte mir, in Gesellschaft kommt der Appetit bestimmt leichter.«

Sie taucht ihren Löffel in die Suppe, führt ihn halb voll zum Mund und nippt daran. »Ich will zunehmen. Ich schaffe das«, sagt sie leise vor sich hin und nimmt einen zweiten Löffel – weniger als halb voll und trotzdem zu viel. Sie kann nicht mehr, legt den Löffel neben die Tasse. Vom bloßen Anblick ist sie schon satt, so geht es nicht weiter. Morgen, da ist sie überzeugt, klappt es bestimmt besser. Denn aufzugeben kommt nicht infrage.

Zusammen mit seiner Tochter hat sich Thomas Weber Spargel und Schweinefilet in seinem Zimmer schmecken lassen. »War wunderbar.« Er wirkt erleichtert. Nach dem Essen konnte er endlich die noch offenen Fragen besprechen.

Tochter Anna sitzt auf der Bettkante, greift zur Hand ihres Vaters und nickt bestätigend. »Ja, was ihn beschäftigt hat, ist jetzt geklärt. Wenn der Tag kommt, werde ich in seinem Sinne handeln. Das habe ich ihm versprochen. Es war schwer für mich, diese Art Gespräch zu führen. Tagelang habe ich es hinausgeschoben, weil mir der Mut fehlte. Ich sperre mich innerlich, über die Beerdigung meines Vaters zu reden. Ich bilde mir ein, dadurch seinen Tod heraufzubeschwören.«

»Mädchen!« Thomas Weber nimmt seine Tochter in den Arm. »Du weißt, das ist Blödsinn. Ich gebe keinen Tag früher den Löffel ab, nur weil wir über das Thema sprechen.«

»Bitte, Papa, rede nicht so! Ich brauche dich!« Anna muss sich schwer zusammenreißen, um vor ihrem Vater nicht zu resignieren. Seit zehn Jahren zieht sich das Sterben durch ihr Leben. Erst ihre Oma und ihr Opa, vor zwei Jahren ihre Mutter – von diesem Schock habe sie sich bis heute nicht erholt. Trauerfeier, Beerdigung, es kommt ihr vor, als sei es gestern gewesen. Sie erinnert sich an jede Einzelheit: das Holz und die Farbe des Sarges, den Blumenschmuck mit lachs- und cremefarbenen Rosen, das Arrangement der Kerzen, an die Rede des Pastors und die Ansprachen der Freunde und Verwandten. *La Paloma*, das Lied von Hans Albers, wurde gespielt. Nach der Beerdigung luden ihr Vater und sie die Trauergäste nach Hause ein. Sie saßen zusammen bei Kaffee und Kuchen, belegten Broten und Suppe.

Eben, im Gespräch, habe ihr Vater sie eindringlich darum gebeten, sie solle bei seiner Beerdigung alles genauso machen wie bei ihrer Mutter. »Aber ohne *La Paloma*, das fanden wir beide im Nachhinein unpassend. Oder?« Anna sieht ihren Vater fragend an.

»Mädchen, wie wir es besprochen haben. Ich wünsche mir die gleiche Zeremonie, wie wir sie für Mama gestaltet haben, aber ohne *La Paloma*. Ich möchte stattdessen ein Stück von Ernst Mosch. So laut, dass die Blumen auf dem Sargdeckel tanzen.« Bei dieser Vorstellung bricht Thomas Weber in schallendes Gelächter aus.

Es ist ansteckend. Ob sie will oder nicht, auch Anna amüsiert sich für einige Sekunden über den schwarzen Humor ihres Vaters. Dann packt sie ihre Sachen zusammen, nimmt ihren Einkaufskorb und stellt die Thermosflasche hinein. Jeden Tag transportiert sie darin Brühe für ihren Vater. Sie hat damit angefangen, als er im Krankenhaus lag und das Essen dort nicht anrühren konnte. Auf seinen Wunsch hin kochte sie ihm abwechselnd kräftigende Rindfleisch- und Hühnersuppe, die er in kleinen Schlucken trank. Seitdem ihr Vater im Hospiz ist, wäre es nicht mehr nötig, ihn auf diese Weise zu versorgen. Sie klammert sich jedoch an ihr kleines lieb gewonnenes Ritual, möchte keine Gelegenheit verpassen, ihrem Vater eine Freude zu bereiten – und damit sich selbst auch. »Was möchtest du morgen, Papa? Rind oder Huhn?«

Thomas Weber entscheidet sich für Ersteres und besteht darauf, seine Tochter bis auf den Flur zu begleiten.

Annas Einspruch ist zwecklos. Das sei mal wieder typisch Papa! Ohne ihre Hilfe, die er strikt ablehnt, schafft Thomas Weber äußerst mühevoll die drei Meter vom Bett zur Zimmertür. Er komme sich vor wie ein Marathonläufer, sagt der Dreiundsechzigjährige gewohnt ironisch. Er bringt Anna damit zwar nicht erneut zum Lachen, aber wenigstens zum Lächeln.

Vater und Tochter verabschieden sich mit einer innigen Umarmung. Bevor Anna am Treppenabsatz ist, dreht sie sich noch einmal um und winkt, geht dann langsam und nachdenklich die Stufen hinunter. Einen besseren Vater als ihren kann die Dreißigjährige sich nicht vorstellen. Von Kindheit an zeigte er Verständnis für sie und ihre Probleme, war tolerant und interessiert. Obwohl in den letzten Jahren ein Schicksalsschlag nach dem anderen auf ihn niederprasselte, ließ er sich niemals hängen. Verzweifeln sei für ihn ein Fremdwort, zumindest in Anwesenheit anderer, charakterisiert sie ihren Vater. »Den Tod meiner Mutter hat auch er bis heute nicht verkraftet. Wenn ich ihn darauf anspreche, ist seine Antwort: ›Man muss! Man muss durch die Krankheit, man muss durch den Verlust.‹ Er sagt so oft: ›Man muss!‹ Ich muss jetzt auch. Warum kann dieses viele Sterben nicht endlich ein Ende nehmen?«

Beate Reckling hat das Zimmer nur kurz verlassen, um zu telefonieren. Obwohl sie weiß, dass ihr Mann nichts mehr hören kann, mag sie nicht über seinen Tod reden und ihn dabei anschauen. »Wir waren zu dritt bei ihm: seine Kinder und ich. Er schlief ganz ruhig ein, friedlich, mit einem Lächeln im Gesicht. Seine Hand lag auf meiner. Kurz bevor er starb, spürte ich einen leichten Händedruck von ihm. Vielleicht habe ich mir den aber auch nur eingebildet.«

Gleichmäßig verteilt Ruprecht die Ananasstücke auf dem mit Vanillecreme bestrichenen Tortenboden. Seine Gedanken sind dabei ganz woanders. Noch nach elf Jahren verblüfft ihn, wie oft seine Gäste innerhalb kürzester Zeit Vertrauen zu ihm entwickeln und er in gleichem Maße zu ihnen. Die Offenheit vieler Menschen im Hospiz fasziniert ihn Tag für Tag aufs Neue. »Wer sterbenskrank ist, braucht keine Ellenbogen mehr zum Durchboxen, muss andere nicht austricksen, um einen Vorteil zu erhaschen. Wenn man nichts mehr zu verlieren hat, fällt es leichter, ehrlich zu sein. Man überlegt weniger: ›Oh, was denkt der jetzt über mich, wenn ich das und das sage?‹ Man spricht seine Gedanken aus. Dadurch können tolle, intensive Gespräche entstehen und Vertrauen.«

Die Torte ist fertig, die Küche geputzt. Aber da war noch was. Gleich, wenn er Feierabend hat, will Ruprecht Schmidt ins Reisebüro. Costa Rica, da wollte er schon lange hin. Es brauchte mal wieder einen seiner inneren Dialoge, bei dem er nicht gerade zimperlich mit sich umging: »Red nicht so viel darüber, komm in die Hufe, und kümmere dich endlich um den Flug!«

Er will buchen, heute noch.

Ein paar Stunden später hält Ruprecht Schmidt das Ticket in der Hand – drei Wochen raus aus Hamburg, ab in die Ferne. Wie vor jedem Urlaub wird er sich von den Bewohnern verabschieden und ihnen erzählen, dass er auf Reisen geht. Einige werden ihm antworten: »Schade, dann sehen wir uns nicht wieder.«

Über ihm Schatten spendende Palmen, vor ihm der Pazifik – bester Laune in der Hängematte liegend, wird der Hospizkoch sich damit abfinden, dass er nicht ganz abschalten kann. Er wird sich über die Zeiten freuen, in denen es ihm gelingt. Und die Stunden akzeptieren, wenn seine Gedanken ins *Leuchtfeuer* zurückkehren – lange bevor seine Ferien zu Ende sind.

Epilog

Eine Woche nach dem Tod ihres Mannes kehrte Beate Reckling ins Hospiz zurück, um sich bei den Schwestern, den Pflegern und dem Koch zu bedanken. Sie betrat das Haus, in dem ihr Mann verstarb, mit Trauer, aber ohne Beklemmung. Am Kondolenzbuch blieb sie andächtig stehen, schlug die Seite ihres Mannes auf und las die Zeilen, die sie hineingeschrieben hatte. Die Küchentür stand offen, sie klopfte aus alter Gewohnheit an den Rahmen, um sich bemerkbar zu machen.

»Hallo Ruprecht«, sagte sie und reichte ihm dabei die Hand. »Jetzt weiß ich, warum der Pflaumenquark nicht ganz perfekt war. Heute Nacht, als ich nicht schlafen konnte, fiel es mir ein: Der Puderzucker fehlte! Wir taten immer Puderzucker ran. Ich weiß nicht, wieso ich nicht früher draufgekommen bin. Das ist der Grund. Meinem Mann war der Quark nur etwas zu sauer.«

Im Wohnzimmer auf der Kommode hat sich Beate Reckling eine kleine Gedenkecke eingerichtet, mit einem Foto ihres Mannes, seiner Armbanduhr, einer Kerze und einer Rose. Wenn sie in ihrer Einsamkeit und Trauer nicht weiterweiß, stellt sie sich vor das Bild und spricht mit ihm. »So habe ich das Gefühl, er ist ständig um mich. Auch im Auto sehe ich ihn neben mir sitzen.«

In der ersten Nacht, die sie allein zu Hause verbrachte, ging sie nicht ins Bett, lief ruhelos durch die Wohnung. Am frühen Morgen fuhr sie mit dem Fahrrad zum Friedhof. »Keine Ahnung, was genau ich dort wollte. Ich stand auf der Wiese neben der Kapelle und wusste nur, Horst ist hier irgendwo. Die Leute vom Bestattungsunternehmen hatten ihn am Abend zuvor hingefahren. Der Friedhof zog mich magisch an.«

Thomas Weber fühlte sich wie immer – weder schlechter noch besser. Er blieb bei seinem Plan für die folgende Woche: Donnerstag zum Onkologen, Samstag nach Hause.

Anna, seine Tochter, hatte sich beide Tage freigehalten und die Rehkeule fürs Essen schon besorgt. Unerwartet plötzlich verschlechterte sich jedoch am Dienstagmorgen sein Zustand. Anna fuhr sofort ins Hospiz und wurde überrollt von der Tatsache: Es ist bald so weit. Sie saß am Bett ihres Vaters, er wirkte ruhig. Sie hielt seine Hand. Um kurz nach drei nachmittags wurde sie abgelenkt. Die Tür ging auf, eine Therapeutin kam herein. Sie unterhielten sich kurz. »Das war typisch Papa! Diesen Moment, als ich nicht ihn, sondern die Therapeutin anschaute, nutzte er zum Sterben.«

Noch etwas anderes fiel für Anna an diesem Tag in die Kategorie »typisch Papa«. Tagelang hatte er sich in seiner bescheidenen, rücksichtsvollen Art nicht getraut, dem Koch gegenüber einen neuen Wunsch zu äußern: gebratene Scholle! An diesem Mittag sollte er sie bekommen.

Thomas Weber starb zwei Jahre und fünf Tage nach seiner Frau.

Annas kleiner Sohn versuchte, seine Mama zu trösten. »Er ist vier Jahre alt und sagte zu mir: ›Jetzt kann Opa die Oma küssen.‹ Die Vorstellung, meine Eltern wieder zusammen zu wissen, in welcher Form auch immer, erleichtert mir den Abschied etwas.«

Die Rehkeule bereitete sie im Haus ihres Vaters trotzdem zu, genauso wie er sie sich gewünscht hatte. Sie saß mit Mann und Kind am Tisch, schaute auf das Klavier, zu den Kaminuhren, in den Garten und auf den Sessel – sein Platz blieb leer.

Es war der Morgen, an dem die Blumen gewechselt wurden. Die Pflegerin betrat mit einem kleinen frischen Strauß das Zimmer. Gudrun Fischer sagte freundlich »guten Morgen«. Es waren die letzten Worte, die sie sprach.

Ihre ruhige gelassene Stimmung ließ sie die gesamte Zeit über nicht im Stich. Von ihrem Bett aus beobachtete sie zufrieden das Leben um sich herum, nahm Geräusche wahr, die andere überhörten. Das leise Pfeifen des Windes, die quietschende Schaukel auf dem Spielplatz in der Nähe, entferntes Kinderlachen. Die Angst, der Tumor könne ihr vollends den Magen zudrücken, blieb unbegründet. Sie aß wenig, aber mit Freude. Abends am liebsten Wallnusseis, das sie langsam löffelte.

Sie schwächelte kaum, und doch lag sie im Sterben. Ihr Mann sorgte sich, befürchtete ein langes qualvolles Ende, dabei wünschte sie sich so sehr das Gegenteil. Einen Tag und eine Nacht wich er nicht von ihrer Seite – bis sie ohne Schmerzen ruhig und friedlich für immer einschlief.

Seine Frau wollte anonym beerdigt werden. Schon vor Jahren hatten sie gemeinsam diese Entscheidung gefällt. Karl Fischer machte sich auf den Weg, fuhr von Friedhof zu Friedhof auf der Suche nach der richtigen Umgebung. In seiner Vorstellung durfte es auf keinen Fall eine dunkle Stelle sein. Er hatte das Bild von »Wolke sieben« vor Augen – der Beschreibung, die seine Frau wählte, wenn sie sich in ihrer Fantasie einen friedvollen Tod ausmalte: schwebend, frei und leicht. Er fand den Ort, nach dem er Ausschau hielt, in einer hellen parkähnlichen Fläche, die wie eine große Lichtung im Wald wirkte.

Er stellte sich vor, wie seine Frau zwischen den Baumgruppen dahinschwebte.

Es gab Morgen, an denen Ulrike Sammer in der Wohnung ihrer Mutter aufwachte und dachte: »Nein, nicht schon wieder ins Hospiz!«

Sie ging trotzdem. Der Weg kostete sie Überwindung, doch nach der Ankunft verschwand das Gefühl des Unbehagens. Das Hospiz sei für eineinhalb Monate ihr zweites Zuhause geworden, sagt sie.

Das Thema Sterben und Abschiednehmen klammerten Mutter und Tochter bis zum letzten gemeinsamen Tag in ihren Gesprächen aus. »Mein Bruder, der an den Wochenenden kam, redete mit ihr darüber, auch über die Beerdigung. Ich hätte das nicht gekonnt.«

Zwei Wochen vor ihrem Tod durchlebte Renate Sammer eine Phase, in der sie Ulrike wie in einer anderen Welt erschien. »Es passierte von einem Tag auf den anderen. Sie lag da, hatte ein kleines Gästehandtuch in den Händen, faltete es stundenlang zusammen und auseinander und war total in sich gekehrt. Meine Mutter, die ihr Leben lang ihren Mann gestanden hatte!«

Die Tochter war froh, als sich dieser Zustand wieder änderte. An einem Donnerstagabend sagte die Mutter zu ihr: »Ulrike, ich bin müde, ich möchte schlafen. Geh nach Hause.«

Sie wollte allein sterben.

Nach dem Tod ihrer Mutter packte Ulrike in den USA ihre Koffer und zog zurück nach Hamburg.

»Ich möchte euch nicht länger als fünf Minuten an meinem Sterbebett sehen.« Drei Wochen nachdem Rolf Führing diese Verhaltensregel für seine Familie aufgestellt hatte, klingelte bei seinem Sohn Christoph am frühen Morgen das Telefon. Sein Vater war dran, sehr aufgeregt. Es ginge zu Ende mit ihm. Die nächste Nacht werde er nicht mehr überstehen. Wenn Christoph ihn noch einmal sehen wolle, müsse er sich sofort ins Auto setzen und beeilen. »Er bat mich auch, meinen Schwestern Bescheid zu geben. Wir sollten alle kommen.« Und sie kamen.

Gemeinsam saßen sie etliche Stunden am Bett des Vaters. Er legte keinen Widerspruch ein. Im Gegenteil: Er bat seine Kinder zu bleiben. Nach überstandener Nacht ging es ihm am nächsten Morgen wieder etwas besser.

Rolf Führing lebte knapp drei Monate im Hospiz und war ein bisschen der Hahn im Korb. Neben Monika Sievers führte er einige andere neue Bewohnerinnen in die Gepflogenheiten des Hauses ein, führte sie zum Tisch, unterhielt sich angeregt und geleitete sie anschließend zurück zu ihren Zimmern.

Nach der zweiten Kerze fing er an, eine Strichliste zu führen. Bei vierzehn hörte sie auf.

Während der gesamten Zeit aß er gern und oft viel, freute sich über seinen Appetit – mit Ausnahme der letzten beiden Tage, an denen er nur noch im Bett lag, selten ansprechbar war. Christoph und seine Schwestern besuchten ihn abwechselnd, nur abends gingen sie nach Hause. Von der Fünf-Minuten-Vorgabe war keine Rede mehr. Sie lag in mehreren Versionen, fein säuberlich von Rolf Führing aufgeschrieben, in der Schublade. »Das war eben ganz mein Vater. Als ob es fürs Sterben Regeln geben kann.«

Nachdem Rolf Führing zwei Tage und Nächte kaum bei Bewusstsein war, wachte er auf, wollte geduscht werden, sich anziehen und das Frühstück im Esszimmer einnehmen. Er bat den Pfleger, ihm die beste Kleidung aus dem Schrank zu reichen. Er wollte Schuhe tragen und seine kurzen Haare mit Gel nach hinten kämmen. Sein Aussehen und seine Erscheinung sollten perfekt und tadellos sein. Er verkündete, warum. »Heute ist ein guter Tag zum Sterben.«

In der darauffolgenden Nacht starb Rolf Führing – allein.

Nachdem Christoph benachrichtigt wurde, fuhr er sofort ins Hospiz. Beim Reinkommen fiel sein Blick als Erstes auf die brennende Kerze und den Namen Rolf auf der Tafel. Das war emotional schwer für ihn, gesteht er.

Ohne Begleitung wollte Christoph sich von seinem Vater in dessen Zimmer verabschieden. Er ging die Treppen hoch und öffnete die Tür. Was er dann erlebte, beeindruckte ihn sehr. »Ich erkannte das Zimmer kaum wieder. Das Bett, in dem mein Vater lag, stand nicht mehr an der Wand, sondern mitten im Raum, der leicht abgedunkelt war. Überall brannten kleine Teelichter, bestimmt zwanzig oder dreißig Stück. Der Fernseher war mit transparenten Tüchern abgedeckt. Es roch nach

Lavendel. Meine Eindrücke spiegelten für mich die Hospizidee wieder. Keiner konnte wissen, ob ich das Zimmer betreten würde. Die haben das nicht für uns getan, sondern für den Verstorbenen.«

Christoph fühlte sich bestätigt, dass die Entscheidung für das Hospiz die richtige gewesen war. Er erwies seinem Vater die letzte Ehre, tat es für ihn, aber auch für sich. Ein letztes Mal schaute der Sohn den Vater an, suchte nach Verbitterung in seinem Gesichtsausdruck – und fand keine.

Adresshinweis

Hamburg Leuchtfeuer Hospiz
Simon-von-Utrecht-Str. 4d
20359 Hamburg
Telefon: 040/3177800
Fax: 040/31778010
www.hamburgleuchtfeuer.de

Deutscher Hospiz- und Palliativ-Verband e.V.
Aachener Straße 5
10713 Berlin
Telefon: 030/83223893
Fax: 030/83223950
www.hospiz.net

Wie lebt man ein Leben, das nur noch ein paar Monate dauern soll?

Eric Baumann
EINEN SOMMER NOCH
Mein Leben mit der
Diagnose Hirntumor
272 Seiten
ISBN 978-3-7857-2355-5

Er ist jung, erfolgreich, frisch verliebt – und auf dem Karrieresprung. Dem Journalisten Eric Baumann steht die Welt offen. Doch sein Körper spricht eine andere Sprache, schickt Kopfschmerzen, Sprachaussetzer, Sehstörungen. An seinem 34. Geburtstag erfährt Eric Baumann, dass er einen bösartigen Gehirntumor hat, der sofort operiert werden muss. Seine Überlebenschancen sind auch nach der Operation gleich null. Ab diesem Zeitpunkt steht über jedem schönen Augenblick die Frage: Werde ich das je wieder erleben? Dennoch gibt Eric Baumann auch in Momenten tiefster Verzweiflung nicht auf. Mit offenen Augen schaut er in die Welt und wehrt sich mit Lebensfreude und Mut mehr als drei Jahre gegen den sicheren Tod.

Gustav Lübbe Verlag

»Dieser Roman ist herzergreifend und wahrhaftig. Lisa Genova zeigt uns: Wenn die geistigen Kräfte nachlassen, bleibt immer noch das Gefühl der Liebe.«

GLOBE AND MAIL

Lisa Genova
MEIN LEBEN OHNE GESTERN
Roman
Aus dem amerikanischen Englisch von
Veronika Dünninger
320 Seiten
Mit zahlreichen Abbildungen
ISBN 978-3-7857-6016-1

Alice ist zufrieden mit sich und ihrem Leben. Sie ist glücklich verheiratet, stolz auf ihre Kinder und auch beruflich hat sie ihren Traum verwirklichen können. Als Professorin für kognitive Psychologie ist sie eine anerkannte Größe in Harvard. Doch plötzlich beginnt sie, Termine zu vergessen, sie verlegt ihre Sachen, und bei ihrer täglichen Joggingrunde weiß sie auf einmal nicht mehr, wie sie nach Hause kommt. Ein beängstigender Verdacht schleicht sich in ihr Leben: Ein Hirntumor? Alice rechnet mit dem Schlimmsten. Als sie erfährt, dass sie an einer frühzeitigen Form von Alzheimer leidet, kann sie es zunächst gar nicht glauben. Sie ist doch erst fünfzig! Machtlos muss sie dabei zusehen, wie ihre Erinnerungen ihr mehr und mehr entgleiten …

luebbe